- 西南科技大学龙山学术文库博士专项资助
- 西南科技大学国家社会科学基金培育项目"霍桑共同体思想在新英格兰三部曲中的再现及嬗变研究"（项目批准号：23sx080）
- 西南科技大学博士基金项目"霍桑新英格兰三部曲的新历史主义研究"（项目批准号：20sx7108）

龙山学术文库

罗曼司里的真实

霍桑新英格兰三部曲的新历史主义研究

胡 杰◎著

中国社会科学出版社

图书在版编目（CIP）数据

罗曼司里的真实 ：霍桑新英格兰三部曲的新历史主义研究 / 胡杰著. -- 北京 ：中国社会科学出版社，2024. 7. --（西南科技大学龙山学术文库）. -- ISBN 978-7-5227-3876-5

Ⅰ. I712.064

中国国家版本馆 CIP 数据核字第 2024G6B521 号

出 版 人	赵剑英	
责任编辑	王丽媛　贾森茸	
责任校对	韩天炜	
责任印制	张雪娇	

出　　版	中国社会科学出版社	
社　　址	北京鼓楼西大街甲 158 号	
邮　　编	100720	
网　　址	http://www.csspw.cn	
发 行 部	010－84083685	
门 市 部	010－84029450	
经　　销	新华书店及其他书店	

印　　刷	北京明恒达印务有限公司	
装　　订	廊坊市广阳区广增装订厂	
版　　次	2024 年 7 月第 1 版	
印　　次	2024 年 7 月第 1 次印刷	

开　　本	710×1000　1/16	
印　　张	13.75	
插　　页	2	
字　　数	190 千字	
定　　价	88.00 元	

序 言 一

几年前，我们驱车前往波士顿，主要目的地之一是临近的康科德（Concord）。在 19 世纪中、后期，在康科德及其附近区域，活跃着一群当时美国十分重要的作家、诗人、思想家、学者以及其他一些著名人士，因此这个小镇被誉为美国文艺复兴（也称美国新英格兰文艺复兴）时期的美国文化首都。由于这些对美国历史、社会、文化和文学做出巨大贡献的伟人们早已作古，因此我们前往他们的安息之地——位于贝福德街（Bedford Street）的睡谷墓园（Sleepy Hollow Cemetery）。

睡谷墓园由当时著名的风景园林公司克利夫兰和科普兰（Cleveland and Copeland）设计。1855 年 9 月 29 日，爱默生（Ralph Waldo Emerson）在墓园落成典礼上发表著名演说。他认为，睡谷是"再恰当不过的名字"，因为"在结束今世的年月之后，在这静谧的山谷里，如同在大自然的掌心，我们将静享长眠"；而"这个山谷将充满历史；善者、智者和伟人将在这里的树上留下他们的名字和德行；英雄、美人、圣洁者与行善之人将使这里的空气充满历史与雄辩"。

墓园风景十分秀丽，如设计者之一的罗伯特·莫里斯·科普兰（Robert Morris Copeland）所指出，它是设计师本人的自然园林原则与爱默生的超验主义美学思想的结合。然而墓园巨大，占地约 15 万平方米，要在漫山遍野的墓碑丛中寻找名人们的安息地，绝非易事。好在经人指点，我们很快找到"前往作家岭"（To Authors Ridge）的路标。我们沿着十分整洁的小路，翻越山坡穿过谷地，一路上目光所及，两旁满是错落有致各具特色的墓碑，深切地感受到空气里"充满历史与雄辩"。

在"作家岭"上，我们首先看见梭罗（Henry David Thoreau）十分简朴的一小块碑石，简朴本就是梭罗思想和生命的核心。我们随即看到近旁霍桑（Nathaniel Hawthorne）、著名女作家路易莎·梅·奥尔科特（Louisa May Alcott）以及大约50米处爱默生的墓地。在他们的墓碑前，前来瞻仰的游人都会放上一些笔以表达对这些伟人的崇敬。另外，在附近区域，我们还看到另外一些著名人物的安息之处，比如超验主义作家和诗人威廉·埃勒里·钱宁（William Ellery Channing），教育家、出版家、翻译家、著名的超验主义杂志《日晷》（The Dial）的主编、美国第一个英语幼儿园的创建人皮博迪（Elizabeth Palmer Peabody）等。这么一批相互影响、相互支持，共同为美国历史、文化、文学的发展做出巨大贡献的杰出学者、思想家、文学家，生前为好友，死后做近邻，在世界历史上也不多见。

在他们当中，霍桑特别值得称道。他被视为美国第一位杰出的小说家，而且在同时代文学家里对形形色色的美国人和丰富多彩的美国社会、历史、文化传统与思想潮流进行了最全面的考察和艺术表现，取得了饮誉世界的成就。他尽管性格内向，却密切关注社会变迁，甚至积极参与其中。他创造性地运用源自中世纪欧洲的罗曼司传统，既对人的内心进行深入探索，也以其特殊的艺术方式与时代互动，表现他对人性和社会变革的思考，使每一部作品都深入新的领域和新的方向。

作为一个成就辉煌、影响广泛的文学家，霍桑不仅视野开阔，而且特别深刻。如果只能用一个词来表现霍桑，那一定是"深刻"。霍桑的深刻是多方面的，但特别了不起的是，它往往以令人困惑的矛盾表现出来。比如，在美国文学家中，很少有人像他在《红字》中那样深刻地批判清教主义对人性的压抑，然而他在该小说中对人物的塑造、对人物内心的表现和对善恶冲突的探索都明显反映出他生于其中、长于其中的新英格兰清教文化的深刻影响。所以，人们有时很难看清他的真正立场。他在探索和表现清教传统上反映出的深刻矛盾在美国文学中似乎只有美国南方作家威廉·福克纳（William Faulkner）笔下的昆丁·康普生（其实也是福克纳自己）在对待南方社会传统上表现出的难以言说的矛盾能与之相比。然而，正是这种令人困惑或者说难以言说的矛盾表现出作家令人赞叹的深邃，因为这不仅源自他们自身真切的感受，更源自他们对人和社会的复杂性之洞悉。毕竟，清澈见底的不可能是深渊。

谈及霍桑在广阔的领域进行深刻的艺术探索，不禁令人想到爱默生在睡谷墓园的开园演说中关于人类灵魂难以捕捉的精彩说法。他说："我们将把逝者的遗体运来，但我们如何能捕捉那已逃离的灵魂？"他进而问道："人们之所以那么喜爱关于'流浪的犹太人'的寓言，难道不正是因为他们需要更广阔的时空来实现他们的思想吗？"

"流浪的犹太人"（the Wandering Jew）是西方文学中一个原型人物（archetypal figure）；据说他因受上帝诅咒而在各地永无休止地流浪，直至世界末日。关于他的传说吸纳了从《圣经》到欧洲各地民间传说的元素，自中世纪以来，已经演化出各种版本，广泛出现在欧美文学中，蕴含着丰富的意义。具有叛逆精神的超验主义领袖爱默生在这里显然赋予了这个受诅咒的人物以正面意义，用来象征人们那永不安宁、永远处于探索之中因而难以捕捉的灵魂。

霍桑的创作就是他从不停顿地探索。而一百多年来，历代批评家们一直在从不同的角度运用不同的理论对霍桑及其作品进行分析，试图捕捉他的灵魂。然而要真正对如爱默生所说像"流浪的犹太人"一样在广阔的时空里进行探索的霍桑及其创作进行深入研究，就必须具有像霍桑一样广阔的视野和对他生于其中、长于其中的历史、社会和文化有比较全面系统的把握。

胡杰正是具有这样的视野和学识的学者。她坐得住，沉得下心，多年在美国文学领域耕耘。在做霍桑课题期间，她去美国访学，充分利用当地丰富的资料并与相关专家探讨交流，对美国的历史与文化，对美国文艺复兴时期的社会现实与变革，对霍桑的生活经历、思想发展与文学承传进行了系统深入的研究。

在此基础上，胡杰运用新历史主义的研究方法，从在表面上似乎与罗曼司相去甚远的"真实"切入，深入分析霍桑的代表作"新英格兰三部曲"。她认为，"霍桑的罗曼司作品不仅在对话主流修辞话语、互文重要的历史事件过程中试图构建时代的历史真实、社会真实以及改革真实，而且参与了时代意识的塑造，是构成社会历史的能动力量"。因此，"霍桑的罗曼司从来没有离开社会历史的真实语境，而是以一种高超的艺术表现方式重构了美国过去与现在、理想与现实、个人与国家、传统与变革之间的关系"。胡杰进一步指出，霍桑"在文本中隐去了显性的社会政治符号，借用古老罗曼司的美学庇护去恢复历史的联系，思考现实的困惑，质疑改革的弊病，是体现共和国历史和文化真实的最高超的艺术想象"。这实际上抓住了霍桑的罗曼司创作的本质。正因为罗曼司创作赋予作者更大的自由度，杰出的文学家能在更深或者说更高的层次上揭示历史的真实。

这样颇有见地的观点，书中还有许多。但我历来认为：比一些具体的观点更为重要的是书中所表现出的踏实态度和严谨学风，以及以此为基础的文本功夫、开阔视野和令人信服的严密论证。因为若能如此，总会得出真知灼见。也正因为如此，我认为这是捕捉霍桑灵魂的又一次可贵尝试，所以很高兴能为本书作序。

肖明翰

2024 年 6 月 29 日

于美国休斯敦

序 言 二

　　霍桑是美国文学史上的经典作家，对于分析美国文化的形成与发展，具有独特的思想史价值。就学术史而言，关于霍桑其人其作的成果已有很多，要出新意较难。"罗曼司"与"真实"充满着张力，而"新英格兰三部曲"与"新历史主义"也蕴含着充沛的历史情感与道德力量。正是从这两组关系入手，胡杰老师迎难而上，着意于研究史的问题爬梳和思想考掘，尝试性地构建了一个分析经典、阐析经典生成的批评场域。新历史主义或许不再是理论研究的热点，但其对观念和思想的聚焦已然沉淀于当下的批评实践，成为开展文学与历史交叉研究的一种方法自觉。全书将"新英格兰三部曲"置于美国小说罗曼司传统的系谱流变之中，聚焦作品所呈现的时代意识和变迁特质，在文本细读的基础上着力强化文学与历史的话语碰撞和价值重塑，呈现出文化诗学综合研究的鲜明特色。

　　承蒙肖明翰教授信任，2019 年我担任了胡杰老师博士论文的答辩主席。答辩场景历历在目，胡杰老师谦逊严谨的态度给我留下了深刻的印象，论文答辩也成了一场有益于学术共同体发展的思想对话。师大是外语研究和外语人才培养的重镇，名师辈出，学术氛围浓厚，每每参与博士答辩，都感到自己受益良多。胡杰老师毕业已有 5 年，经过仔细地打磨、扩充和润色，全书质量又有了新的提升。作为从事外国文学研究的青年教师，有理由相信，勤奋努力的胡杰博士一定会在霍桑研究的道路上不断精进，取得更新更好的成绩。

湘潭大学　胡　强

目　　录

绪　论

纳撒尼尔·霍桑（Nathaniel Hawthorne，1804—1864）是美国文艺复兴时期重要的代表作家，也是美国第一位在欧洲，尤其是在英国获得真正文学声誉的严肃作家。与同时代作家梅尔维尔、艾米莉·狄金森等不同，霍桑不仅在有生之年就得到极高的推崇和认可，而且在去世后一百多年的时间里，他依旧享有持久而稳定的受关注度和研究热度。不管文学流派发生怎样激烈的变革，霍桑在美国文学史上的经典地位从未被动摇过。早在 1837 年，当霍桑第一部故事集《重讲一遍的故事》问世之时，美国浪漫主义诗人朗费罗就充分肯定了霍桑的艺术独创性和民族特色，认为霍桑是美国文坛"冉冉升起的新星"。爱伦·坡赞扬霍桑的艺术时说："他具有非凡的文学天赋，无论是在美国还是其他国家都是独一无二的。"梅尔维尔不仅把自己的代表作《白鲸》题献给霍桑，表达出对这位文学杰出作家的景仰，并在评论他的作品时说："有个美国人迄今为止在文学上表现出了最智慧的思想，最博大的胸怀，这个人就是纳撒尼尔·霍桑。"新英格兰诗人詹姆斯·罗素·洛威尔（James Russell Lowell）在评论霍桑时也指出："可以毫不夸张地说，霍桑与莎士比亚有某种相通性……他拥有这个世界最罕见的创造性想象力，是自莎士比亚以来最罕见的。"①

---

①　以上几段引言均出自《纳撒尼尔·霍桑——批评的传统》一书。Donald J. Crowley，ed.，
Nathaniel Hawthorne：*The Critical Heritage*，London：Routeldge and Kegan Paul，1970，pp. 55 – 321。

霍桑一生一共创作并发表了 5 部长篇罗曼司小说：① 《范肖》（*Fan-shawe*，1828）②、《红字》（*The Scarlet Letter*，1850）③、《七个尖角阁的老宅》（*The House of the Seven Gables*，1852）④、《福谷传奇》（*The Blithedale Romance*，1852）⑤、《玉石人像》（*The Marble Faun*，1860）⑥；一本传记《富兰克林·皮尔斯传》⑦（*Life of Franklin Pierce*，1852）；140 多篇短篇小说主要分 3 本故事集出版：《重讲一遍的故事》（*Twice-Told Tales*，1837，1840）⑧、《古屋青苔》⑨（*Mosses from an Old Manse*，1846，1854）和《雪影及其他重讲一遍的故事》（*The Snow-Image and Other Twice-Told Tales*，1851）⑩。另外，他还出版了 3 本儿童文学著作《祖父的椅子》（*Grandfather's Chair*，1841）⑪、《写给男孩女孩的书》（*A Wonder-Book for Girls and Boys*，1851）⑫、《密林故事》（*Tanglewood Tales for Girls and Boys*，1853）⑬；1 本散文集《我们的老家》（*Our Old Home*，1863）⑭ 和 3 本旅游札记：《美国札记》（*Passages from the American Notebooks*，1868）⑮、

---

① 霍桑还有四部未完成小说，在其去世后发表。

② Nathaniel Hawthorne，*Fanshawe*，Boston：Marsh and Capen，1828.

③ Nathaniel Hawthorne，*The Scarlet letter*，*A Romance*，Boston：Ticknor, Reed & Fields，1850.

④ Nathaniel Hawthorne，*The House of the Seven Gables Boston*，*A Romance*，Boston：Ticknor, Reed & Fields，1851.

⑤ Nathaniel Hawthorne，*The Blithedale Romance*，Boston：Ticknor, Reed & Fields，1852.

⑥ Nathaniel Hawthorne，*The Marble Faun*：*Or*，*The Romance of Monte Beni*，Boston：Ticknor and Fields，1860.

⑦ Nathaniel Hawthorne，*Life of Franklin Pierce*，Boston：Ticknor, Reed & Fields，1852.

⑧ Nathaniel Hawthorne，*Twice-Told Tales*，Boston：American Stationers Co.，1837.

⑨ Nathaniel Hawthorne，*Mosses from an Old Manse*，New York：Wiley & Putnam，1846.

⑩ Nathaniel Hawthorne，*The Snow-Image*，*and Other Twice-Told Tales*，Boston：Ticknor, Reed & Fields，1851.

⑪ Nathaniel Hawthorne，*Grandfather's Chair*：*A History for Youth*，Boston：E. P. Peabody，1841.

⑫ Nathaniel Hawthorne，*A Wonder-Book for Girls and Boys*，Boston：Ticknor, Reed & Fields，1851.

⑬ Nathaniel Hawthorne，*Tanglewood Tales for Boys and Girls*，Boston：Ticknor, Reed & Fields，1853.

⑭ Nathaniel Hawthorne，*Our Old Home*，Boston：Ticknor and Fields，1863.

⑮ Nathaniel Hawthorne，*Passages From the American Notebooks*，Boston：Houghton, Mifflin and Company，1868.

《英国札记》（*Passaqes from the English Notebooks*，1870）①、《法国及意大利札记》②（*Passages from the French and Italian Notebooks*，1871）。

如果从 1836 年帕克·本杰明（Park Benjamin）在《新英格兰杂志》（*New England Magazine*）首次刊出对霍桑作品——《温顺的男孩》的评论算起，英语世界有关霍桑的研究迄今为止已经持续了近两百年。在这期间，不管小说的写作技巧发生怎样根本性的变化，文学理论流派出现怎样的转型，霍桑的作品始终受到人们崇高的敬仰、密切的关注以及深深的信赖。总的来说，笔者认为，国外（主要以英美为主）对霍桑的批评与接受大致可以分为三个阶段。第一个阶段从 19 世纪中后期到 20 世纪初。有评论家认为霍桑大约早在 1840 年就建立起了非凡的声望，其作品也被奉为美国文学典范。最先引起评论家一致关注的是霍桑的写作风格。著名作家爱伦·坡在 1842 年看过霍桑的几篇短篇小说后对他写作风格的评价是"克制、安详、睿智、平滑"，"有类似华盛顿·欧文的节制"。女作家（Anne W. Abbott）看过《红字》后把霍桑的文风比作"一潭清水般纯净、祥和，有古典之美"。但同时代的另一位作家兼评论家赫尔曼·梅尔维尔却从这种安静、透明、优雅的文风下面看到了一种黑暗的力量。他认为霍桑关于黑暗的主题的描写与宗教有关："霍桑是把这神秘的黑暗简单地当作一种产生光和影神奇效果的手段呢，或者在他身上本身就潜伏着一种他自己也不为所知的清教徒的灰暗？我还不能完全确信，但我能确定的是他身上的黑暗力量来源于加尔文主义的原罪观，这是任何一个进行深入思考的头脑都无法完全逃脱的。"③

19 世纪后半期尤其是美国内战之后，美国文学进入现实主义阶段。

---

① Nathaniel Hawthorne, *Passages from the English Note-Books*, Boston：Fields, Osgood, and Co.，1870.

② Nathaniel Hawthorne, *Passages from the French and Italian Note-Book*, Boston：James R. Osgood and Company，1871.

③ 以上几段引文均出自《纳撒尼尔·霍桑的当代批评》一书。John L. Idol，Jr.，and Buford Jones，eds.，*Nathaniel Hawthorne*：*The Contemporary Reviews*，New York：Cambridge University Press，1994，pp. 67 – 109。

而美国现实主义文学的两位巨擘亨利·詹姆斯（Henry James）和 W. D. 豪威尔斯（W. D. Howells）都对霍桑及其作品进行过详尽的评论。其中，亨利·詹姆斯分别在 1872 年、1879 年、1896 年和 1904 年四次对霍桑进行评论。不过，虽然这两位现实主义作家都对霍桑推崇备至，但他们一致认为霍桑作品的现实维度不够。詹姆斯在他 1879 年的传记式著作《霍桑》（Hawthorne）① 一书中，甚至认为霍桑对清教题材的选用，并不是如梅尔维尔所说是已将其内化为一种道德意识，而只不过是因为新英格兰社会题材的匮乏以及贫瘠的移民生活使得霍桑只有把清教主义当作他想象作品的素材，进行艺术性的加工。简而言之，霍桑对所谓清教主义题材的借用不过是出于美学上的方便。在作品方面，他们都更倾向《福谷传奇》而不是《红字》，因为他们认为前者反映了 19 世纪的社会现实而后者因为太多讽喻手法的使用而使得人物类型太过简单、抽象、缺乏真实性。

进入 20 世纪，尤其是到了 20 世纪二三十年代，随着世界范围内现代主义思潮的广泛兴起以及各种文学理论的出现，霍桑研究很快发展到第二个阶段，这一阶段以分析霍桑作品（包括作者本人）的精神心理结构，研究霍桑小说的文本形式特征，以及探讨罗曼司作品的神话原型框架为主要内容。虽然早在 19 世纪就有评论家谈到霍桑忧郁、害羞、内向的性格特征，但在 20 世纪之初保罗·E. 莫尔（Pual E. More）在《大西洋月刊》（Atlantic Monthly）上发表的一篇名为《纳撒尼尔·霍桑的孤独》（"The Solitude of Nathaniel Hawthorne", 1901）的文章却奠定了霍桑离群索居，孤独求索的艺术家基调。1929 年牛顿·阿尔文（Newton Arvin）的传记《霍桑》（Hawthorne）一书更从现代主义的角度，分析了霍桑的孤独异化感。阿尔文认为霍桑是现代主义作家如艾略特（T. S. Eliot）、威廉姆·福克纳（William Faulker）等人的先驱，霍桑的孤独是现代主义时代

---

① 这也是美国文学史上第一本关于霍桑的传记和评论专著。

预言者的孤独，是一种想要与群体保持清醒距离的智者的孤独，体现了一种悲剧意识。同样认为霍桑具有现代主义意识的另一位评论家是莱昂内尔·特里林（Lionel Trilling）。1964 年，特里林发表了著名的评论文章《我们的霍桑》。在文中他将霍桑与卡夫卡相提并论，并指出两者有很多共同之处——"卡夫卡的名字迟早会和霍桑同时出现，因为对卡夫卡的理解将帮助我们拓宽对自己作家的认识。他们同样地远离公众及公众视线，他们关键一点的气质都是个人性格的温和、谦逊与作品的离经叛道形成鲜明对比。他们都对'陌生世界的黑暗旅程'投入了巨大关注。他们都不是宗教的信徒，但又都对家族的传统着迷，所以他们都获得了书写神秘的题材的特权，去展现真实世界所不存在的人类命运"。但是，特里林认为在现代性方面，霍桑因为拘泥于真实与道德的束缚还是不如卡夫卡大胆，"现代意识所需要艺术家具有比这个霍桑的想象力更加不妥协的想象力"①。

早在阿尔文、特里林等人研究霍桑作品中的现代主义意识之前，英国著名作家劳伦斯（D. H. Lawrence）已在他的《经典美国文学研究》（*Studies in Classic American Literature*，1923）一书中开始借助弗洛伊德的心理学理论对霍桑作品进行精神分析研究。

精神分析批评主要是将弗洛伊德、拉康等人的心理学研究成果融入文学批评的一种研究模式，它基于文学作为特殊精神活动的认知，展开对作家创作过程中的心理现象和文学作品中包含的心理现象以及读者接受心理进行分析的批评方法。精神分析理论对 20 世纪世界文化思潮的建构与发展产生了深刻的影响。1966 年弗雷德里克·克鲁兹（Frederick Crews）出版的《父辈的罪恶：霍桑的心理主题》（*The Sins of the Fathers：Hawthorne's Psychological Themes*）一书可以说是霍桑精神分析研究的集大成者。在这本书中，克鲁兹认为霍桑对"罪恶及负罪感"这一主题极感

---

① 以上几段引文均出自《霍桑百年散文》一书。Roy Harvey Pearce，ed.，*Hawthorne Centenary Essays*，Columbus：Ohio State University Press，1964，pp. 429 – 454。

兴趣，对"乱伦及阻止乱伦"这一题材的反复书写都来源于少年时的俄狄浦斯情结；霍桑本人的乱伦冲动和超我压抑之间产生的性心理焦虑被无意识地反映到他的札记、短篇小说和长篇罗曼司作品中。就克鲁兹看来，霍桑最强烈地感到本我与超我冲突的时候是在《红字》的创作时期，就像丁梅斯代尔牧师通过自我鞭刑压抑对海斯特的性渴望一样，霍桑也是通过写作来压抑自己对母亲的欲望。但克鲁兹认为霍桑在写《七个尖角阁的老宅》时，潜意识里的羞耻心和负罪感已经开始控制艺术家的本我，他开始把玩历史虚无主义和神秘的因果论，《福谷传奇》里还能看到这种焦虑隐藏在叙述者对故事的叙述态度中，等到写《玉石人像》时，从人物身上已经看不到这种困扰。所以克鲁兹最后总结说，霍桑最好的创作和后期创作的主要差别在于，"在后期他把他的人物牢牢地困住，防止压抑感情迸发"①。在克鲁兹之后，追随其对霍桑作品进行弗洛伊德式解读的还有乔安娜·菲尔特·迪尔（Joanne Felt Diehl）。在《重新阅读此"字"：霍桑、恋物和家庭罗曼司》一文中，她认为"红字A"在很多方面可以等同于弗洛伊德理论中的恋物（Fetish）这一概念，它的存在唤起了欲望与压抑欲望之间的冲突。所以"红字A"像其他被崇拜物的物品一样，代表了不能说但内心最强烈的渴望，即对母亲的渴望。

除了精神分析批评，在20世纪二三十年代开始流行的新批评研究方法也同样极大地影响了霍桑研究。新批评家如理查兹（I. A. Richards）、克林斯·布鲁克斯（Cleanth Brooks）、约翰·克罗·兰色姆（John Crowe Ransom）反对结合作家生平和社会文化语境理解文本，他们一致认为好的文艺作品应该是一个独立的有机统一体，评论家的主要任务是描述文本各部分如何形成一个统一的结构以及如何从象征、含混、张力、反讽、矛盾等语言特征中挖掘文本的深意。在新批评理论的影响下，霍桑作品因为完美的形式结构和丰富的象征意义一举成为形式主义批评家眼中的

---

① Frederick Crew, *The Sins of the Fathers: Hawthorne's Psychological Themes*, Berkeley: University of California Press, 1966, p. 67.

诗学典范。1941 年马西森（F. O. Matthiessen）在为纪念美国"第一个伟大的时代"而作的《美国文艺复兴：爱默生和惠特曼时代的艺术和表现》（*American Renaissance: Art and Expression in the Age of Emerson and Whiteman*）一书中，一方面详细分析了霍桑象征、讽喻等手法的运用，另一方面高度评价了《红字》的结构特征。他认为在这部小说中，霍桑"发展了最连贯的情节和最有机的人物行动，围绕绞刑架前的三个场景设计出了完全对称的文本结构"。三年后另一形式主义批评家雷郎德·舒伯特（Leland Schubert）在他的《作为艺术家的霍桑——小说的完美艺术技巧》（*Hawthorne the Artist: Fine Art Devices in Fiction*，1944）一书中不仅发展了马西森关于《红字》围绕绞刑架展开的观点，而且他还对小说框架进行了清晰的结构划分。比如他说，如果去掉《红字》的开头"海关"一章，和"结语"一章，小说结构对称匀称：绞刑台场景在第一次出现后，刚好重复地再次出现在文本中间和结尾；市场场景重复出现在小说的前三章和后三章。更绝妙的是，如果以中间绞刑架场景为界，文本重复出现了两次五章一组和三章一组的结构。在第四章和中间绞刑架场景之间的章节中，五章一组的章节主要关于海斯特和珍珠，三章一组的章节主要关于戴莫斯戴尔和齐琳沃尔斯。从绞刑架到后三章之间的章节中，三章一组的章节是关于海斯特和珍珠，五章一组的章节关于戴莫斯戴尔和齐琳沃尔斯。由此舒伯特总结说："所以我们发现《红字》其实是由七个部分组成的有机结构。"① 除了勾勒出小说情景的重复对称，舒伯特还讨论了小说反复使用的意象，如战栗、阳光、红字；重复的单词，如生活、原谅、罪恶；重复的颜色如红、黑、金等。他认为所有这些重复都给作品以一种音乐般的韵律和节奏。

另一位新批评文论家，里查德·哈特·佛哥（Richard Harter Fogle）继马西森、舒伯特之后又通过文本的光、影对比分析了霍桑作品的结构

---

① Leland Schubert, *Hawthorne the Artist: Fine Art Devices in Fiction*, Chapel Hill: University of North Carolina Press, 1944, pp. 138 – 139.

特征。他在著作《霍桑的小说：光与影》（*Hawthorne's Fiction：the Light and the Dark*，1952）中认为"光和影——这种清晰的设计表现了微妙的含混意义"。在佛哥看来"光"体现在霍桑透明的语言、平衡的结构，而"影"表现为人物不完美的行动和黑暗的情节。于是霍桑的小说在清晰的光影对比之下交织着善与恶、梦与实、明与暗的含混与不确定。佛哥认为"光与影相互消长：虽然霍桑没有得出一个自然的结论或者为人类提供一个解决方案，但他还是会用明亮的天堂的光亮去平衡人世间的悲苦"①。

20 世纪 50 年代新批评日渐式微，走向衰落。正在此时，加拿大学者诺思罗普·弗莱（Northrop Frye）出版了《批评的解剖》（*The Autonomy of Criticism*，1957）一书，为整个西方文学研究指出了新的研究方向即原型批评。原型批评又称神话原型批评是在人类学家研究成果的基础上，将神话、仪式、梦境等类型学阐释与人类想象作品相联系，对整个文学经验和批评作原创性的分类比较，寻求文学本质属性的研究方法。1957 年也是霍桑研究收获巨大成果的一年，这一年理查德·蔡司（Richard Chase）的专著《美国小说及其传统》（*The American Novel and its Tradition*）和罗伊·R. 梅尔（Roy R. Male）的《霍桑的悲剧观念》（*Hawthorne's Tragic Vision*）相继出版。在第一本书中，蔡司首先温和地批判了新批评把研究诗歌的技巧用来研究小说的做法，接着主要论证了美国小说的罗曼司传统和英国的小说传统。他认为两者最主要的区别在于前者更倾向于描写人类普遍共同的经验，反映抽象的真实，而后者着重于描述日常的、现实的真实。为蔡司的分析做出充分注解的莫过于梅尔和他的《霍桑的悲剧观念》一书。在这本书中，梅尔不仅对霍桑短篇名篇如《好小伙布朗》《拉巴契尼的女儿》《欢乐的五月柱》，而且对他的四部长篇罗曼司小说都进行了基督神话模式的解读。他认为霍桑最有成效的主题就是关于人类的道德成长，而成功处理该主题离不开男人遭遇女人这一原型。在这个

---

① Richard Harter Fogle，*Hawthorne's Fiction：The Light and the Dark*，Norman：University of Oklahoma Press，1964，p. 234.

遭遇中，要么男人走向成熟，要么失败。如果他走向成熟，那么他男性的新教徒式的激进改革的空间视野必定被女性的天主教式的家庭的时间观念所修正。他还认为霍桑正是以这种对照，暗示出两性的道德文化由此撰写新英格兰的神话、美国的神话乃至整个人类的神话。至此，跳出文本内在的美学关系，致力挖掘归纳霍桑作品的原初意象，揭示其普遍而抽象的文化象征意义，成为 20 世纪五六十年代霍桑研究的主要方向。1958 年哈利·莱文（Harry Levin）在他的《黑暗的力量：霍桑、坡、梅尔维尔》（*The Power of Blackness*：*Hawthorne*，*Poe*，*Melville*）一书中指出霍桑、坡和梅尔维尔的作品应被看作表达或再次表达一个又一个世纪传承下来的寓言，每一则寓言都有荣格所说的"集体无意识"的痕迹。莱文发现，在霍桑、坡和梅尔维尔的寓言中都涉及"善与恶"的冲突，尤其是黑暗的力量。莱文分析说这种可怕的黑暗力量把我们带回到美国独特的清教徒的黑色的起源（"身着黑色，面色沉重的一群人跨过凶恶的黑色海洋，黑着面向欧洲扭转头"），或者说是把我们带回到"世纪的本初，带到上帝在分开光与暗、日与夜之前的混沌的黑暗"。[①] 所以莱文认为霍桑等作家作品中关于黑色的意象验证了古老的关于黑暗力量的神话和人类对它的认识。其实莱文并不是第一个把霍桑的作品当作远古寓言或者神话来读的评论家。比如早在 1953 年威廉·比希·斯坦（William Bysshe Stein）在他的《霍桑的浮士德：恶魔原型研究》（*Hawthorne's Faust*：*A Study of the Devil Archetype*）一书中就把霍桑的小说看作古老的浮士德神话的近代版本。霍桑的神话原型批评家们除了探讨霍桑作品中宏大的神话主题，如人类堕落、浮士德或黑暗的力量等之外，也着力挖掘霍桑所构建的个体的神话。1969 年雨果·麦克弗森（Hugo McPherson）在他的《霍桑作为神话的创作者：想象的研究》（*Hawthorne as Myth-Maker*：*A*

---

　　① 对清教徒的这个描述，Levin 其实借用了 D. H. Lawrence 在《经典美国文学研究》一书中对霍桑的评论。D. H. Lawrence，*Studies in Classic American Literature*，New York：Penguin Books，1977，pp. 20 – 26。

Study in Imagination）一书中指出："作家个体的神话其实是作家思想的来源，因为一个艺术家整个艺术生涯创作的不是他的艺术作品而是生动的内心戏剧场。"① 他认为霍桑最根本的神话是关于墨丘利式的幽灵主人公对爱、人际交流、人生意义的寻求。在他的每部作品中都有这样一位主人公，他被黑暗夫人（Dark Lady）、黑暗男人（Black Men）和无数的强权铁人（Iron Men）所包围，阻碍他去发现被面纱遮盖的秘密或赢得娇弱的公主。

从 20 世纪初到 20 世纪 60 年代末，霍桑研究历经精神分析批评、新批评以及神话原型批评。它们在一定程度上深化和丰富了霍桑作品的系统研究，但是它们要么固守文本的封闭系统，忽视作品与社会文化的整体联系，要么过分依赖结构主义范式，用文学作品去印证固定的心理和神话模式，弱化了文学的社会意义和意识形态功能。因此在 20 世纪 70 年代，随着解构主义思潮的出现，霍桑研究必然进入一个革命性的新阶段。

以法国哲学家雅克·德里达（Jacques Derrida）、罗兰·巴尔特（Roland Barthes）、米歇尔·福柯（Michel Foucault）和美国批评家 J. 希利斯·米勒（J. Hillis Miller）为代表的解构主义理论家，反对形而上学，反对语言的透明性，反对逻各斯中心主义，反对二元对立结构。解构主义以破坏和瓦解一切的叛逆姿态为文学批评理论带来了根本性的变化。解构主义直接影响了 20 世纪后半叶出现和兴盛的各种文学批评流派，比如接受美学、后殖民主义研究、后结构主义研究、女权主义研究等。但是受解构主义启发最大，最终成为反对形式主义、结构主义最突出的文学理论当属新历史主义研究。

崛起于 20 世纪 70 年代末 80 年代初的新历史主义首先得益于福柯对传统历史观的解构。在《词与物——人文科学考古学》中，福柯指出连续不断进步的历史其实是一种话语表述，而"在其每一个关节点上都是

① Hugo McPherson, *Hawthorne as Myth-Maker: A Study in Imagination*, Toronto: University of Toronto Press, 1969, p. 55.

光滑的、千篇一律的宏大的历史其实是一种语言的构建"①。福柯的研究直接影响到新历史主义代表人物海登·怀特关于历史本体文学性特征的研究。海登·怀特认为，历史事件虽然真实存在，但对我们来说因为无法亲历，所以它只能以"经过语言凝聚、置换、象征以及与文本生成有关的两度修改的历史描述"②的面目出现。在历史修撰过程中，同样的历史事件，通过历史学家不同的情节编排和不同修辞手法的运用完全可能有截然不同甚至相反的意义，因此历史作为一种文本其实拥有像文学一样拥有的虚构性和文学性，即所谓的"历史的文本性"（textuality of history）。"历史的文本性"的提出否定了历史客观性，瓦解了文学与历史之间所谓"前景"与"背景"的关系。因此与旧历史主义批评相比较，新历史主义研究不再把历史看作理解文学作品的静态背景或反映对象而是打破文学、历史和社会科学的界限，将文学文本和各种文本综合起来考察，正如格林布莱特所说："历史不可能仅仅是文学文本的对照物或者是稳定的背景，文学文本受保护的独立状态也应该让位于文学文本与其他文本的互动以及它们边界的相互渗透。"③

打破文学与历史的界限，突出文学文本与各种社会、历史文本的互动，这其实体现了格林布莱特的文化诗学思想。新历史主义代表人物格林布莱特认为文学与促使其产生的文化语境并不是内部与外部的关系，相反是它们相互融合和相互塑造的关系。一个文学文本回响着其他多种文化文本的声音，是多种文化力量竞争，不同意识形态和观念交汇的场所。所以新历史主义研究就是展现历史事件、意识形态和文学文本相互穿行，并将其"商讨"（negotiation）、"交易"（exchange）、"流通"（circulation）过程呈现在读者面前的研究。

---

① ［法］米歇尔·福柯：《词与物——人文科学考古学》，莫伟民译，上海三联书店 2002 年版，第 479 页。

② H. Aram Veeser, ed., *The New Historicism*, New York: Routledge, 1989, p. 97.

③ Steph Greenblatt, *Shakespearean Negotiations: The Circulation of Social Energy in Renaissance England*, Berkeley: University of California Press, 1988, p. 95.

在新历史主义批评理论的影响下，霍桑研究首先出现了一批从 19 世纪历史文化语境探讨霍桑对 17 世纪清教主义态度的著作。这其实是响应了新历史主义学者如凯瑟琳·伽勒赫（Catherine Gallagher）和艾瑞克·唐纳德·赫什（Eric Donald Hirsh）等人"回到历史的"（Back to History）的号召。但新历史主义这次历史转向并不意味着文学研究重新转向传统的社会事件或作家生活史，而是要通向一种基于历史语境的当代性的文化批评，力图在共时性的历史文本中恢复历时性的文化发展历程。比如劳伦斯·布尔（Lawrence Bull）在他的著作《新英格兰文学文化：从革命到复兴》（*New England Literary Culture*：*From Revolution to Renaissance*，1986）中就以 19 世纪著名的自由宗教派和保守公理教会派有关清教起源的争论为起点，分析了霍桑对美国清教文化史的重塑。布尔首先分析了整个后独立战争时代的文化大气候，认为 19 世纪上半期的美国人民充满了对共和国起源的文化怀旧和对现代共和国前途和命运的担忧。不仅是霍桑，在他同时代其实也有一大批同样热衷于清教徒历史的罗曼司作家。但与他们不同的是，霍桑并不着眼于历史事件的记录，也不仓促地对清教主义传统做出价值判断，他更注重梳理清教徒历史与共和国发展之间的关系。另一位著名霍桑研究者麦克·J. 考拉科瑞欧（Michael J. Colacurico）同样从新历史主义的角度，用厚描的方式在他的《虔诚的疆域——霍桑早期小说中的道德历史》（*The Province of Piety*：*Moral History in Hawthorne's Early Tales*，1984）一书中分析霍桑的《欢乐的五月柱》《好小伙布朗》《牧师的黑面纱》等著名历史名篇中如何回应了加尔文教时期的历史和文化事件，以及如何颠覆了 19 世纪人们对清教历史的认知基础，从而确定了霍桑本人道德历史学家的立场。

新历史主义认为，文学作为话语实践的一种，它不可避免地成为权力运作的场所、意见纷争与利益变更的地方，以及正统势力和颠覆势力相冲撞的场合，所以自 20 世纪 80 年代后霍桑研究也十分注重霍桑个人意识形态与社会文化意识形态的对话与协商。查尔斯·斯旺（Charles

Swann）在《纳撒尼尔·霍桑——传统与革命》（*Nathaniel Hawthorne：Tradition and Revolution*，1991）一书中认为历史意识几乎贯穿霍桑的所有创作。而正是霍桑这种同时包含了传统与革命、回归与决裂的历史意识为处在社会转型期的共和国向何种方向发展提供了思考。迈拉·耶兰（Myra Jelen）在《美国化身：个体、国家和大陆》（*American Incarnation：The Individual，the Nation and the Continent*，1986）一书中认为从 17 世纪以降一直到爱默生时代，美国通过故意的"历史失忆"已经完美地将个体塑造成自然的一部分，构建出不受社会、集体限制的个人自由主义神话，但这种文化"语法"在具化过程中却遭到了霍桑和梅尔维尔等作家"词法"的反叛和抵制，最终使得大陆的精神"语言"有了限制和边界。

关于霍桑本人的政治态度，拉里·J. 雷洛兹（Larry J. Reynolds）和萨克凡·伯克维奇（Scavan Bercovitch）分别在各自的著作《欧洲革命和美国文艺复兴》（*European Revolution and the American Literary Renaissance*，1988）和《〈红字〉的职责》（*The Office of The Scarlet Letter*，1991）中以《红字》为例，力证了霍桑对暴力革命的反对。不同的是，雷洛兹结合欧洲革命的历史现实分析了霍桑对革命的反感，伯克维奇以国家意识形态为由，认为霍桑赞成的政治理想是政权的缓慢改良而不是暴力革命。除了对霍桑政治和历史意识的分析，还有一批新历史主义研究者从 19 世纪大众文学接受语境解读分析了霍桑作品，如 1985 年麦克·T. 吉尔摩（Michael T. Gilmore）在《美国浪漫主义与市场》（*American Romanticism and the Marketplace*）一书中把艺术家的角色与内战前美国资本主义营销制度联系起来。大卫·S. 雷洛兹（David S. Reynolds）在他的《美国文艺复兴之下：爱默生和梅尔维尔时代的颠覆想象》（*Beneath the American Renaissance：The Subversive Imagination in the Age of Emerson and Melville*，2008）一书中更正了以前认为美国文艺复兴时经典作家如霍桑、梅尔维尔等与时代脱节的看法，提出其实这两位作家也在自己的作品中回应了那个时代文化所涉及的谋杀、犯罪、捕鲸、中产阶级婚姻、女权运动等流行话题，只是他们用反讽、矛盾、含混、象征等手段，使主题更加复杂化和不确定，颠覆了流行文学直白的叙事模式。持同样观点的是彼得·韦斯特（Peter West）。他在《现实的仲裁——霍桑、梅尔维尔与大众文学的兴起》（*The Arbiters of Reality*：*Hawthorne*，*Melville*，*and the Rise of Mass Information Culture*，2008）一书中认为两位作家是报纸、杂志等大众文化兴起时代的先知。在大众文化为赢得市场把现实戏剧化和惊悚化的威胁面前，两位作家用更客观、更复杂的态度和更艺术的视角重新书写客观现实。

除了对霍桑文本与所属历史时代之间政治权力、文化意识的互文性解读，新历史主义研究给霍桑研究带来最大的震荡莫过于关于罗曼司体裁的争论。20 世纪五六十年代，以莱昂内尔·特里林、理查德·蔡司为代表的一批文学评论家认为罗曼司这一文学类型是以霍桑为代表的独特的美国文学传统。相对于小说对社会历史现实的细致描写，罗曼司传统通常远离社会现实，用神秘、象征、讽喻等手段去表达抽象理念和普遍真理。持这种观点的评论家从各自的著作出发以不同的方式共同阐释美国文学的这一传统特征，形成了罗曼司理论派。其中比较著名的研究有莱昂内尔·特里林的《自由主义的想象》（*Liberal Imagination*，1950），理查德·蔡司的《美国小说及其传统》（*The American Novel and Its Tradition*，1957）；里查德·波利尔（Richard Poirier）的《另外的世界——美国文学中文体的地位》（*A World Elsewhere*：*the Place of Style in American Literature*，1966）、约珥·波特（Joel Porte）的《美国的罗曼司》（*Romance in America*，1969）等。但是到了 20 世纪 80 年代罗曼司理论派的观点受到了新历史主义研究学者的质疑。他们首先坚决否定罗曼司小说与社会现实的脱离，认为 20 世纪五六十年代的罗曼司观念是冷战氛围下美国自由主义学者为了让文学独立于意识形态影响而"主观臆造"出的英美小说的差异。其意识形态本质是彰显出美国价值的普遍观和美国文化的例外论。结合 20 世纪五六十年代世界政治格局来分析美国罗曼司理论的冷战思维的研究有罗素·瑞森（Russell Reising）的《不可用的过去——美国文学理论与研究》（*The Unusable Past：Theory and the Study of American Literature*，1986）；唐纳德·E. 皮斯（Donald E. Pease）编著的论文集《对美国主义经典的修正干预》（*Revisionary Interventions into the A-mericanist Canon*，1994）；以及杰拉尔丁·墨菲（Geraldine Murphy）的文章《冷战政治和经典美国文学》（"Cold War Politics and Classic American Literature"，1988），艾米丽·米勒·别蒂克（Emily Miller Budick）的论文《斯坎文·伯克维奇、斯坦利·卡文尔和美国小说的罗曼司理论》（"Sacvan Bercovitch, Stanley Cavell, and the Romance Theory of American Fiction"，1992）等。

紧接着，另有一部分新历史主义研究者建议还原霍桑时代罗曼司创作与批评的历史语境，重新对霍桑、梅尔维尔等人提出罗曼司观念进行文化阐释。比如麦克·大卫·贝尔（Michael Davitt Bell）的《美国罗曼司的发展——人际关系的献祭》（*The Development of American Romance：The Sacrifice of Relation*，1980），埃文·卡顿（Evan Carton）的《美国罗曼司的修辞话语》（*The Rhetoric of American Romance*，1985）、乔治·戴克（George Dekker）的《美国的历史罗曼司》（*The American Historical Ro-mance*，1987）、艾米丽·米勒·迪巴克的《小说与历史意识：美国罗曼司传统》（*Fiction and Historical Consciousness：The American Romantic Tradi-tion*，1989），以及《19 世纪美国罗曼司——性别与民主文化的构建》（*Nineteenth-century American Romance：Gender And Construction of Democratic Culture*，1997）等都通过对 19 世纪文学传统，文化现象的深厚描述，梳理了罗曼司观念提出的原初背景（primal scene），揭示这一体裁本身所蕴含的政治和文化诉求。

当然，还有一些研究主要基于霍桑的罗曼司作品，阐释其与 19 世纪历史、现实的真实指涉关系，突出霍桑罗曼司体裁的时代特征。比如麦克·大卫·贝尔的《霍桑与新英格兰历史罗曼司》（*Hawthorne and the*

Historical Romance of New England，1971）和约翰·P. 小麦克威廉斯（John P. Mcwilliams, Jr.）的《霍桑、梅尔维尔和美国性格》（*Hawthorne，Melville，and the American Character*，1984）都以霍桑的短篇历史罗曼司为蓝本分别探讨了霍桑对清教徒历史的态度和清教徒品格的塑造问题。而另一些研究者如理查德·H. 米林顿（Richard H. Millington）的《实践罗曼司——霍桑小说的叙事方式及文化参与》（*Practicing Romance：Narrative Form and Cultural Engagement in Hawthorne's Fiction*，1992）、史蒂文·H. 世福林（Steven H. Shiffrin）的《宪法第一修正案、民主体制及罗曼司》（*The First Amendments，Democracy，and Romance*，1990）以及司格特·布拉菲尔德（Scott Bradfield）的《梦想革命：美国罗曼司发展过程中的越界研究》（*Dreaming Revolution：Transgression in the Development of American Romance*，1993）等，不仅对霍桑几部著名长篇罗曼司进行了研究而且探讨了罗曼司小说与政治制度，革命意识以及文化精神之间的关联。

　　另外，还有两本著作虽然没有以罗曼司为标题，但它们都不约而同地讨论了美国罗曼司文学的起源、发展、形式和主题。一本是大卫·H. 赫希（David H. Hirsch）的《早期美国小说中的现实与理念》（*Reality and Idea in the Early American Novel*，1971），另一本是唐纳德·皮斯（Donald Pease）的《愿景契约——文化语境下的美国复兴时期写作》（*Visionary Compacts：American Renaissance Writing in Cultural Context*，1987）。他们一致认为面对19世纪工业化和资本化的快速发展，同时代罗曼司作家期待借罗曼司文学实践去恢复和完成美国建国之初所许下的关于自由、民主的梦想。所以这种新型的文学类型允许理念上的对立和冲突，叙事上要求读者的解释与参与，主题上寄托人类大同的乌托邦理想。

　　总之，通过对国外近一百五十年研究动态的梳理，本书认为霍桑研究从最开始分析文本的文体特征，形式结构、心理诉求到挖掘其蕴含的文化原型结构再到20世纪80年代以来探讨其作品与时代意识、历史事

件、经济文化现实之间的相互呼应、对照关系，其研究历程与各类文学
思想的流变和各种文学理论的兴起高度契合，而分析霍桑作品的现实性
意义是目前主要的研究趋势。同时因为霍桑被公认是美国罗曼司传统的
标杆，霍桑的新英格兰三部曲被公认为罗曼司文学的典范和经典之作所
以对霍桑罗曼司作品的考察又是探讨罗曼司这一文学体裁与社会真实问
题是否有指涉关系的焦点所在。

国内对霍桑作品的译介开始于民国时期，其传世之作《红字》早在
1934年就有了全译本。除《红字》以外，霍桑的其他作品在中华人民共
和国成立后也被陆续译介到中国。自20世纪90年代以来，霍桑作品得到
全面的介绍。至今，霍桑的大部分短篇作品和五部长篇小说在国内均有
译作。

国内有关霍桑及作品的研究主要以论文为主。目前，笔者所知道的
主要有三本研究专著：一本是方成的《霍桑与美国浪漫传奇研究　英文
版》（1999）对霍桑和罗曼司体裁进行了专门研究；另一本是方文开的
《人性·自然·精神家园——霍桑及其现代性研究》（2008）以现代性的
视角审视霍桑的创作；还有一本是代显梅的《超验主义时代的旁观
者——霍桑思想研究》（2013）主要分析霍桑与其时代超验主义运动之间
的关系。在有关霍桑的研究论文中，对《红字》的研究主要占了一半以
上，其早期研究主要集中在阐释作品中出现的各种意象，或者从作家经
历出发探讨作品中的宗教救赎观、清教道德观、女性观、人性观等。但
20世纪90年代后，随着各种外国文学理论的引进，不管是对《红字》还
是对霍桑其他作品，其研究方向都开始往接受美学、叙事策略、原型理
论、心理分析、女权主义等视角扩展。比较有代表性的如田祥斌的《接
受美学与〈红字〉的未定点》① 和《接受美学与霍桑小说中的歧义》② 分

---

① 田祥斌：《接受美学与〈红字〉的未定点》，《三峡大学学报》（人文社会科学版）1996
年第4期。
② 田祥斌：《接受美学与霍桑小说中的歧义》，《外国文学研究》1997年第2期。

别从接受美学的角度讨论了霍桑小说中的歧义现象；而金衡山的《〈布拉斯岱罗曼司〉中的叙事者和隐含作者》① 讨论了叙事者卡佛台尔在《福谷传奇》中的多重身份以及小说的隐含作者问题，是比较早运用叙事学理论进行文学研究的成果之一；彭石玉的《霍桑小说与〈圣经〉原型》② 从人物、结构和情节三个方面将《红字》与圣经原型做了比较系统的对比分析；而刘意青的《谁是妖孽？霍桑短篇小说〈拉巴契尼的女儿〉新探》③ 则从心理分析的角度解读霍桑的短篇小说《拉巴契尼的女儿》中的人物，用弗洛伊德关于人格和性心理的理论透视吉奥瓦尼的内心世界；陈榕的《驯顺的灵魂和叛逆的身体——对霍桑短篇小说〈胎记〉的女性主义解读》④ 又运用女权主义批评话语，着重分析了小说中的男主人公阿尔默将妻子视为自己的附属财产、欲望的客体以及书写的文本的做法，揭示了阿尔默提出的"身体/灵魂"二分法中所隐藏的男权主义话语暴力。

尤其值得一提的是近十年间，文化和意识形态批评日益成为霍桑研究的新领域。方文开的论文《从〈带七个尖角阁的房子〉看霍桑的文化政治策略》⑤ 通过分析霍尔格雷夫的改变揭示了霍桑的渐进式历史观以及建构主流政治话语的文化努力。尚晓进的《罗马的隐喻：原罪与狂欢——谈〈牧神雕像〉与霍桑的国家意识形态批评》⑥ 以《牧神雕像》中有关于罗马的隐喻为切入点，指出作品具有反思 19 世纪上半叶美国的主导价值观念、批评和消解主流意识形态的文化意义。在此之前，尚晓进关于《福谷传奇》的研究论文《乌托邦、催眠术与田园剧——析〈福

---

① 金衡山：《〈布拉斯岱罗曼司〉中的叙事者和隐含作者》，《国外文学》1999 年第 4 期。
② 彭石玉：《霍桑小说与〈圣经〉原型》，《外国文学》2005 年第 4 期。
③ 刘意青：《谁是妖孽？霍桑短篇小说〈拉巴契尼的女儿〉新探》，《国外文学》1993 年第 3 期。
④ 陈榕：《驯顺的灵魂和叛逆的身体——对霍桑短篇小说〈胎记〉的女性主义解读》，《解放军外国语学院学报》2004 年第 4 期。
⑤ 方文开：《从〈带七个尖角阁的房子〉看霍桑的文化政治策略》，《外国文学研究》2008 年第 1 期。
⑥ 尚晓进：《罗马的隐喻：原罪与狂欢——谈〈牧神雕像〉与霍桑的国家意识形态批评》，《英美文学研究论丛》2010 年第 1 辑。

谷传奇〉中的政治思想》① 分析了田园剧、催眠术等对霍桑乌托邦政治思想的消解和解构。除此之外，金衡山在《〈红字〉的文化和政治批评——兼谈文化批评的模式》② 一文立足于三篇不同时期对《红字》的评论及其改编影片的评论，重新阐释《红字》对现实与人的心理的再现，说明在通俗文学的文化语境对解读海丝特女性主义形象的意义从而探索文化批评的模式和本质。马大康的《文学：对视觉权力的抗争——从霍桑的〈红字〉谈起》③ 从视觉权力的角度探讨了《红字》中人物"被看"和逃避或反抗"被看"的经验，并以此反思作家要以自己叛逆的眼睛抗拒视觉权力，解构既成空间秩序的文化理想。张瑞华的《文化对话：一种文化冲突模式——读霍桑的〈恩迪科与红十字〉与〈欢乐的五月柱〉》④ 从非理性主义、文化的对话性的角度研究了霍桑作品的文化底蕴。

总之从国内外研究现状来看，霍桑研究在经历了一百五十多年的发展后，仍然在国内外文学研究界占据着举足轻重的位置。而不管是国外的新历史主义研究视角，还是国内衍生出来的文化批评和意识形态研究，都日渐成为霍桑作品研究的新方向。

在国内外研究成果的基础上，本书将以霍桑的新英格兰三部曲作为主要的研究对象，采用文本细读以及对历史文化语境进行深度厚描（thick description）的研究方法，主要运用新历史主义文艺理论，适当结合福柯的话语理论、雷蒙·威廉斯的文化理论、阿尔都塞的意识形态理论批评，以及哈贝马斯的公民社会理论等，分析霍桑如何在其罗曼司创作中艺术地构建出属于自己时代的社会、历史及改革真实。

---

① 尚晓进：《乌托邦、催眠术与田园剧——析〈福谷传奇〉中的政治思想》，《外国语（上海外国语大学学报）》2009 年第 6 期。

② 金衡山：《〈红字〉的文化和政治批评——兼谈文化批评的模式》，《外国文学评论》2006 年第 2 期。

③ 马大康：《文学：对视觉权力的抗争——从霍桑的〈红字〉谈起》，《文艺研究》2007 年第 2 期。

④ 张瑞华：《文化对话：一种文化冲突模式——读霍桑的〈恩迪科与红十字〉与〈欢乐的五月柱〉》，《国外文学》2009 年第 4 期。

　　"新历史主义"这一概念是由格林布拉特在 1982 年为《文类》杂志文艺复兴研究专号撰写的导言中正式提出的，后为评论界广泛接受。但如格林布拉特所说，新历史主义是一种实践而不是一种教义因此新历史主义并没有一套完整统一的共同纲领和理论。本书采用新历史主义的研究视角主要基于以下几点对新历史主义理论的基本认同。

　　第一，新历史主义是对所谓传统的历史主义和形式主义的双重反拨，它既不赞同将"将作家和文本的关系视为封闭的体系"的形式主义研究，也不赞成将把文学看作固定历史文化背景反映的旧历史主义研究。因此本书对霍桑三部著名的长篇罗曼司进行新历史主义研究，一方面是纠正长期以来国内外对 19 世纪罗曼司体裁的研究过于注重对形式的美学关注而忽略了对作品社会历史背景进行考察的研究范式；另一方面也是跳出把罗曼司文学视为美国独特历史文化特征反映的研究窠臼，不再把 19 世纪的历史看作铁板一块，或者单一的、不变的体系，而是分析罗曼司文学与产生于其中的社会历史文化现实之间的动态互文关系。

　　第二，新历史主义研究号召文学研究"重回历史"即重新将文学纳入历史文化语境进行考察，但新历史主义要恢复的历史维度并不是单一、线性的客观历史，而是一种文本化的历史，是由众多社会文本和文化文本彼此对照折射，共同烘托出的一种历史文化氛围。受此启发，本书将突破长期以来对罗曼司文学所采用的浪漫主义"整体性视角"，[①] 重回孕育罗曼司文学的历史文化现实，从 19 世纪纷繁复杂的历史史料，以及分裂、不连续的各类文本中分析罗曼司文学与社会存在的各种力量之间的对话、颠覆与妥协关系，凸显罗曼司文学的社会指涉价值。

　　第三，新历史主义文学批评认为文学是历史现实与意识形态两种作

---

　　① 新历史主义研究者杰罗姆·麦甘（Jerome McGann）对传统的浪漫主义研究的"整体性视角"提出了批评，他认为浪漫主义常常基于某些概念普遍化的整体性建构，而忽略了这个时期创作理念和策略的多样化，也忽略了诗歌本身的历史和社会政治意义。这个观点转引自张剑《英国浪漫主义诗歌与新历史主义批评》，《外国文学评论》2008 年第 4 期。

用力发生交汇的场所，是通过"协商""交换"和"流通"等富于平等对话色彩的手段，与历史现实的各种意识形态相互塑造的过程。因此，本书在充分细读了三部罗曼司文本之后，将其主题思想以及意义的存在条件置于19世纪历史文化语境，充分展开对不同意识形态、价值观念、思想范式之间冲突、批判和对话等关系的考察，从而揭示出霍桑文本参与历史发展进程，参与塑造现实文化思想的过程。

第四，新历史主义研究与文化研究相结合，表现出强烈的政治倾向性和意识形态性。格林布拉特认为"不参与的、不作判断的、不将过去与现在联系起来的写作是无任何价值的"①。新历史主义具有的政治性，并不是在现实世界去颠覆现存的社会制度，而是在文化思想领域对社会制度所依存的政治思想原则加以质疑并进而发现被主流意识形态所压抑的异在的不安定因素，揭示出这种复杂社会状况中文化产品的社会品质、政治意向的曲折表述方式和它们与权力话语的复杂关系。霍桑一直被认为是一位远离社会政治，孤独探索内心世界或者执着于清教主义善恶观念的作家，但本书希望通过对新历史主义理论的运用，挖掘出霍桑关注社会变化、历史变迁、对不合理的政治和社会制度及其政治思想体系进行批判的另一面。

第五，任何文学理论都有它的文类基础，同时它也对这种文类的批评最有效。比如，"新批评"来源于英美诗歌批评，它最精彩的批评观点和批评实践也产生于对诗歌的批评。20世纪70年代开始出现的各种后现代批评理论似乎主要以小说为文类基础，因此它们似乎更适合对小说进行分析和研究。新历史主义倾向于探讨文本背后被压抑或"缺场"的历史因素。因此它往往更倾向于寻找那些表面上是唯美的，实际上与社会历史有"交易"和"对话"的诗人和作品。本书受到杰罗姆·麦甘（Jerome McGann）、梅杰瑞·列文森（Marjorie Levinson）等人对英国浪漫主

---

① Stephen Greenblatt, *Learning to Curse：Essays in Early Modern Culture*, New York：Routledge, 1990, p. 107.

义诗歌进行新历史主义研究的启发，认为有明显的政治倾向的作家和作品往往被认为过于明了、直接，而不需要"新历史主义"对其政治社会内容进行"解密"，而只有像英国 19 世纪浪漫主义诗歌，以及美国 19 世纪罗曼司文学等这些表面上看似与社会政治绝缘，但其实通过"文本的历史化"我们才会发现这些文类的表达方式是隐晦的，历史内容有时被审美意图所掩盖，有时因规避风险而改头换面（displacement），但其实仍暗含了社会政治意义的存在，它们与当时的社会政治话语有着很强烈的对应效果。

正是基于以上五点与新历史主义的共识，本书决定把题目确定为《罗曼司里的真实》，其中真实一词主要有以下两方面的内涵。一方面，艺术的真实和自然的真实不同。艺术家在进行艺术创造时有偏离经验世界和理性真实的特权，有凭借创造性的想象创造出"第二自然"或者"第二世界"的自由。关于这一点文学评论家 M. H. 艾布拉姆斯（M. H. Abrams）在《镜与灯——浪漫主义文论及批评传统》（*The Mirror and the Lamp*：*Roamantic Theory and the Critical Tradition*，1953）一书中已有详述，这里将不再赘述。本书认为霍桑之所以在《七个尖角阁的老宅》的序言中对罗曼司和小说进行区分，其真实目的同样也是要恢复文学虚构和自由想象的特权，摆脱对现实世界亦步亦趋的模仿，建立起文学自身的规范和原则，从而在更深层次上揭示社会和历史的真实。所以罗曼司的真实不同于现实物质世界表层的真实，而是艺术世界所体现出的本质性真实。当然本书选用真实一词还有另一方面的考量，也是本书的主要观点所在。虽然霍桑在《七个尖角阁的老宅》的序言里极力主张完全独立自觉的文学创作，但是从他的罗曼司创作来看，尤其是透过新历史主义视角来看他的罗曼司创作时，本书认为他并没有如 20 世纪五六十年代的罗曼司研究者们所认为的那样，创造了一个孤独自我，缺乏社会现实和历史维度的抽象世界，相反本书认为霍桑恰恰是开拓性地利用人们的意识、观念为主要观察点，在纷繁复杂的社会现象中探索和触摸到了其时代社会的真实，这种真实远比逼真地模仿自然世界更加有力量，因为它既反映了时代各种意识形态的对话、冲突和相互塑造，也反映了作者本人对真实世界的思考和再创造。因此真实一词在这里有着悖论的意味，尤其是在考察霍桑的罗曼司文本中，它其实包含着看似矛盾但内涵丰富的两层意义：它一方面强调文艺作品不受社会现实制约的内在真实和艺术规律，但另一方面它同时回应了20世纪五六十年代罗曼司研究者们忽略社会历史的视角，期待回到罗曼司真实的现实所指。

受新历史主义的启发，以及基于对真实的理解，本书主要运用新历史主义对霍桑的新英格兰三部曲进行研究，以意识为主要切入点，力图还原其三部作品中构建的历史真实、社会真实与改革真实，其研究的主要内容主要由四个章节及绪论和结语部分组成。

绪论部分首先简要概述霍桑及其作品在文学史上的影响、研究意义，以及文本在国内外的批评和接受情况；接着探讨本研究中运用新历史主义理论对霍桑研究带来的新思路和新的启发；最后简介本书的研究方法、主要论点及各章的主要内容。

第一章主要从新历史主义的视角对美国文学罗曼司传统进行谱系研究。美国罗曼司传统的系统研究最初始于1957年理查德·蔡司的《美国小说及传统》一书。在这本书中，蔡司认为美国小说的罗曼司传统常常以矛盾、冲突、不统一、不协调的文化特征，以及神话、原型、讽喻、象征等显著的形式特征表现出超验的真理和普遍的人性。蔡司关于美国小说的罗曼司理论吸引了一大批追随者和支持者，称之为罗曼司理论派（American Romance Theorists），他们一致认为远离社会现实的真实模仿是美国罗曼司小说与英国小说主要区别。20世纪80年代，随着新历史主义以及意识形态批评的出现，以蔡司为首的罗曼司理论派遭到了新美国主义者派（New Americanists）激烈的反对和质疑。新美国主义者派首先从文学批评的意识形态出发，认为罗曼司理论派对罗曼司传统非社会化的定义其实是冷战时期西方知识分子为了彰显其自由主义文艺观与美国文化例外论的工具。其次，新美国主义者派号召回到美国罗曼司文学产生的最初场景（prime scene），去分析以霍桑为代表的罗曼司作家倡导罗曼司文学时，与时代政治文化、思想意识形态之间协商对话的交流过程。在新美国主义者派的启发下，本章第三部分主要从清教主义意识、19世纪理性文化与罗曼司文学主题三方面探讨了美国罗曼司的历史性，还原了这一文学传统对历史现实的指涉性。本书认为基于清教意识里出世与入世，精神与物质的辩证思想，美国的罗曼司一方面展开想象的维度，运用隐喻性的语言，更自由地表现人类经验，但另一方面在清教意识积极入世观的指引下，它不可能像同时代浪漫主义理念所鼓吹的那样只满足于纯精神的抽象，而放弃对真实社会的批判和对现实生活的思考。另外本书结合19世纪理性文化现实，分析霍桑罗曼司观念提出的真实诉求。19世纪上半期是一个极端崇尚理性、客观和务实的时代，人们对文学想象和文学虚构充满了敌意。因此霍桑在他四部以罗曼司命名的长篇小说序言里虽然提出了罗曼司文学的观念，对罗曼司作家身份进行了貌似清晰的界定，但他并无意描写出充满了神秘事件和冒险传奇的传统罗曼司，而是希望在传统罗曼司的美学庇护下对凡事都坚持有根有据的理性文化进行颠覆和反叛。最后本章通过对霍桑、梅尔维尔等罗曼司作家作品的分析，认为19世纪罗曼司文学既饱含强烈的历史意识又有深刻的现实所指，体现了对美国政治思想和社会现实的批判。因此本章最后总结19世纪的美国罗曼司作家不是对历史和现实的逃离，相反他们是在文本中隐去了显性的社会政治符号，借用古老罗曼司的美学庇护去恢复历史的联系，思考现实的困惑，质疑改革的弊病，是体现共和国历史和文化真实的最高超的艺术想象。

第二章主要分析霍桑在其代表作《红字》中对共和国公民意识的塑造以及其努力构建出的历史真实。本章首先以新历史主义逸闻主义的研究方式开篇，以本书中一时代误用的词——公民身份（citizenship）为切入点，指出霍桑对流行于19世纪二三十年代由政治家、演说家、律师和历史学家构建的国家历史神话（national myth）的质疑与解构。接着通过对《海关》里两种公民典范的描述，分析霍桑在充分思考个人与国家、过去与现在关系的基础上，希望以公民精神为纽带建立起两个世纪的历史关联，重塑美国民主起源的努力。本书认为霍桑从不服从的公民反抗和公民社会的构建两方面完成了公民意识的塑造。借助阿尔都塞的意识形态国家机器理论以及莫里斯·哈布瓦赫的集体记忆研究，本书分析了《红字》中清教专制统治下对个体的压抑和控制。但海斯特的积极反抗让她从一个臣民变成一个有自由意志、不服从的个体公民。同时本章重点分析了霍桑如何在与同时代革命意识、物化思想，以及伦理观念相协商、对话的过程中勾勒一个公民社会的愿景。霍桑通过对海丝特偏激、革命一面的解构，表明其要求回归公民秩序的渴望，通过挪用19世纪同情的价值观，霍桑提出在公民社会恢复人类情感联系的重要性，通过对海斯特隐私的保护和真实一面的召唤，霍桑表明希望建立公民社会伦理道德的愿望。总之从本章的分析中，我们看到霍桑与清教起源的主流意识的协商和对话，他不满足于民主起源于清教统治的国家神话，于是从塑造不服从的公民精神到塑造一个尊重秩序、拥有温情、协调隐私和真实张力的公民社会，架构起了两个时代超越两百年的历史关联。

　　第三章主要分析霍桑在《七个尖角阁的老宅》中对历史意识的塑造以及竭力构建出的社会真实。在此作品中，霍桑首先描写了一个由工业革命带来的转型化社会，其中各种人物都处于历史身份困境之中。这既包括拥有贵族背景的品钦家族对过去的沉溺，如赫普兹芭对家族荣耀的反复回顾，生活只停留在过去的克利福德；也包括游走于社会文化边缘，一味革命冒进，要求与过去斩断一切关系的社会激进改革者霍尔格雷夫。总之霍桑通过描写一群要么沉溺于过去，要么与历史传统决裂，陷入激进虚无状态的灵魂，表现了整个社会在转型期深陷历史困境的真实。接下来，本章重点分析霍桑如何在充满变数、不确定的时代，重塑正确的历史意识。一方面霍桑质疑了美国自然修辞，还原了美国历史和自然的界限，主张抛弃历史的成规定见，为真正摆脱过去提供契机。另一方面通过对霍尔格雷夫改革思想的梳理，霍桑对话现代社会的超验主义意识，提出了以个人的道德完善为基础，社会缓慢改良的历史观。最后，本书分析霍桑如何以开放的结尾重塑读者的历史意识，让读者认识到历史既不是约定俗成的自然法则，也不是光明向前的超验理想，而是每一个人努力的当下，历史的未来走向也来源于人的参与和创造。

第四章主要分析霍桑在《福谷传奇》中对乌托邦意识幻灭过程的追踪以及构建出的改革的真实。19 世纪上半叶，尤其是内战之前，是资本主义经济快速发展的时期。同时，这一时期也是美国进行各种社会改革运动和乌托邦实验的黄金时期，是女权主义、超验主义、社会主义、宗教复兴主义等各种思想观念声气相连、彼此呼应的浪漫主义时代。本章通过分析《福谷传奇》与以玛格丽特·富勒为代表的女权运动，以爱默生为代表的超验主义运动，傅立叶的爱欲理想，以及农业田园理想的互文性指涉关系，表明霍桑追踪每一种乌托邦意识幻灭的过程，以及其对待时代改革矛盾而复杂的态度。

最后一章总结全书。通过对霍桑新英格兰三部曲的新历史主义研究，本书一方面认为霍桑以意识观念为出发点，探索了历史的真实，揭示了时代的变迁、回应了社会各项改革运动。另一方面通过对新英格兰三部曲与时代各种意识形态、流行修辞、文化政治事件之间的对话、协商、流通过程的分析，本书认为霍桑以历史和现实为参照，以文本形式参与了社会意识的塑造，进行了社会能量交换，完成了社会历史构成。因此，本书认为霍桑的罗曼司创作从来没有离开社会历史的真实语境，而是以一种高超的艺术表现方式重塑了美国过去与现在、理想与现实、个人与国家、传统与革命之间的关系。

第一章　美国小说罗曼司传统的谱系研究

　　罗曼司最早源于公元 12 世纪的法国，是不同于史诗的一种新的叙事模式。它最初的题材大多关于宫廷骑士们的冒险、爱情故事或者中世纪的圣徒事迹，所以常被称为骑士罗曼司或者中世纪罗曼司。到了 18 世纪，随着小说的兴起，虽然充满了巨龙、精灵和骑士等冒险故事的英雄式罗曼司（Heroic Romance）逐渐淡化，但罗曼司超越日常生活的虚构倾向和理想主义色彩被小说所继承并得以发展。正如克拉拉·里夫（Clara Reeve）的代理人在《罗曼司的进程》（*The Progress of Romance*）一书所说："现代小说是从罗曼司的废墟中生长出来的。"[①] 根据芭芭拉·福克斯（Barbara Fuchs）、约翰·J. 里凯蒂（John J. Richetti）等人的研究，不管是笛福（Daniel Defoe）的《鲁宾逊漂流记》（*Robinson Crusoe*）的还是理查逊（Samuel Richardson）的《帕米拉》（*Pamela*）都保留了明显的罗曼司元素。[②] 因此 18—19 世纪之间英国文学中出现了许多与罗曼司体裁有亲缘关系的罗曼司变体比如激情罗曼司（passionate romance）、历史罗曼

---

　　① Clara Reeve, *The Progress of Romance and the History of Charoba*, *Queen of Aegypt*, New York: Facsimile Text Society, 1930, p. 8.

　　② 关于罗曼司和现代小说之间的传承关系可参见 Barbara Fuchs, *Romance*, New York: Routledge, 2004, pp. 109 – 114 以及 John J. Richetti, *The English Novel in History*, *1700 – 1780*, Oxford: Clarendon Press, 1969, pp. 94 – 109。

司（historical romance）以及哥特罗曼司（gothic romance）等。

美国的罗曼司创作发轫于 18 世纪 90 年代末到 19 世纪 20 年代之间，重要代表作家有詹姆斯·费尼莫尔·库伯（James Fenimore Cooper）；查尔斯·布罗克登·布朗（Charles Brockden Brown），威廉·吉尔摩·西姆斯（William Gilmore Simms）以及凯瑟琳·塞奇威克（Catharine Sedg-wick）等。19 世纪四五十年代，美国文艺复兴作家爱·伦坡、霍桑、梅尔维尔对罗曼司体裁的推崇，标志着美国罗曼司发展高潮阶段的到来。其中霍桑不仅把他的四部重要的长篇著作都以罗曼司冠名，他还声称自己为罗曼司作家，并在自己著作的序言中对罗曼司这一体裁进行界定和描述，由此为 20 世纪 50 年代美国小说罗曼司传统的研究提供了依据。

第一节　美国小说罗曼司传统的神话原型研究

美国小说的罗曼司传统研究始于 20 世纪四五十年代，是一批著名的文学评论家对 19 世纪和 20 世纪一些经典小说家如詹姆斯·费尼莫尔·库伯、纳撒尼尔·霍桑、梅尔维尔·赫尔曼、亨利·詹姆斯、威廉姆·福克纳等作品所做的一种特殊文类（genre）的研究。首先对此理论做出奠基性贡献的是莱昂内尔·特里林。在特里林著名的《自由主义的想象》（*Liberal Imagination*，1950）一书中，他详细分析了英美两国小说不同的社会起源，认为美国小说是不同于英国风俗小说（novel of manners）的一种新的文学类型，是"偏离了社会领域真实问题考察"的自由想象。

　　而我所描述的小说（指英国小说）从来没有在美国出现过。不是我们没有伟大的小说而是美国的小说偏离了阶级意图，偏离了对社会领域真实问题的考察。事实是美国的天才作家们都把注意力从社会抽离：坡和梅尔维尔所关注的真实与社会本身相去甚远。当霍桑说他创作的是罗曼司而非小说是非常敏锐的，因为他意识到他的作品缺乏社会维度。①

特里林对美国小说的分析极大地影响了之后的美国文学研究者们。受此启发，1957 年美国著名评论家理查德·蔡司在他的《美国小说及其传统》（*The American Novel and its Tradition*）一书中，通过与欧洲小说传统的对比研究，明确指出了美国小说独特的罗曼司传统。蔡司认为，与小说相比，罗曼司传统表现为矛盾冲突、不统一、不协调的开放文本结构以及神话、原型、讽喻、象征等手法的广泛运用。更重要的是，蔡司认为小说和罗曼司主要区别在于前者用丰富的细节逼真地模仿社会真实，而后者为了抽象主题和普遍意义可以忽略某些社会真实。

　　这个词（指罗曼司）除了显而易见的画面感和英雄感外，主要意味着享有不受普通小说对逼真性、情节的开展以及连贯性限制的自由。它一方面倾向于情节剧和田园剧，或多或少地表现为形式上的抽象。另一方面它趋向于探究人的潜意识，愿意摒弃道德问题或者忽略社会中场景中的人，或者只是抽象或间接地考虑这些事情。②

蔡司对美国小说罗曼司传统的阐释在 20 世纪五六十年代吸引了一大批追随者，形成了罗曼司理论派（American Romance Theorists）。他们在蔡司的研究基础上，出现了两种研究倾向：一方面他们进一步强调美国罗曼司小说与社会政治、历史背景的分离，突出罗曼司的非现实性（un-realistic）特征，如 1968 年约尔·波特（Joel Porte）在他的《美国的罗曼

① Lionel Trilling, *The Liberal Imagination: Essays on Literature and Society*, New York: Viking Press, 1950, p. 212.

② Richard Chase, *The American Novel and its Tradition*, New York: Doubleday Anchor Books, 1957.

司》（*Romance in America*）一书的序言里就提到："罗曼司作为美国 19 世纪重要文学的类型已经没有必要再讨论；美国文学研究者如理查德·蔡司已经为美国小说建立了坚实的理论基础，即美国小说的兴起与发展取决于作家有意识地与欧洲主流写作截然不同的非现实主义（non-realistic）的罗曼司传统。"① 比利·马吕斯（Bewley Marius）在《奇怪的设计：美国经典小说的形式》（*The Eccentric Design：Form in the Classic American Novel*）一书中也说："詹姆斯之前重要的美国小说家充分表明他们并没有采用社会观察来获得（文本）的深刻意义，也没有寻求传统的社会形式来突出（文本）价值……在他们最成功的作品中他们都背离了社会，转而面向他们自己的个人情感和精神需求。"② 另一方面罗曼司理论家从象征、讽喻（allegory）、梦幻等形式特征入手，努力挖掘 19 世纪美国罗曼司小说所蕴含的抽象主题或文化原型。比如哈利·莱文在他的《黑暗的力量：霍桑、坡、梅尔维尔》③ 一书中把霍桑、坡和梅尔维尔的作品看成验证人类古老的关于黑暗力量的神话；莱斯利·菲德勒（Leslie A. Fiedler）在《美国小说中的爱情与死亡》（*Love and Death in the American Novel*，1960）一书指出："文学和文化主要表达的以及我们能在书本中确定下来的真正所谓美国性的东西，即爱与死亡的主题以及……这一主题牵涉到的善恶双重性在美国文学中的处理方式。"④ 另外还有理查德·波里尔（Richard Poirier）和里昂·马尔克斯（Leo Marx）两位评论家也都探讨了美国经典作家对独特的美国经验的神话诗学（mythopoetic）表现。前者在他的《另外的世界——美国文学中文体的地位》（*A World Elsewhere：The Place of Style in American Literature*，1966）中认为美国小说家在文体上虚构了一

① Richard Chase, *The American Novel and its Tradition*, New York：Doubleday Anchor Books, 1957.

② Bewley Marius, *The Eccentric Design：Form in the Classic American Novel*, New York：Columbia University Press, 1959, pp. 14 – 15.

③ Harry Levin, *The Power of Blackness：Hawthorne，Poe，Melville*, 1960.

④ Leslie A. Fiedler, *Love and Death in the American Novel*, New York：Stein and Day, 1960, p. 11.

个超越时空，挣脱社会、历史束缚的个人主义世界。后者在《花园里的机器——科技和田园梦想在美国》（*The Machine in the Garden*：*Technology and the Pastoral Ideal in the Garden*）一书中指出当美国作家如霍桑、梭罗、梅尔维尔、菲茨杰拉德等人面对工业化的进程时，想象出一个完全与"环境、社会制度、物质现实无关"① 的虚拟性解决方案，即"复合田园主义"（Complex Pastoralism）。

这些研究曾为追溯美国文学传统，分析罗曼司文本的文本特征，探索美国经典小说与美国文化之间的关系作出了突出贡献。但是他们的研究视角看似尊重了多元的文化取向（黑色力量、心理爱欲、个体自由、田园梦想），实则却隐藏了一种统一的意识形态，即美国文学具有"非政治化"和"非社会性"的整体特征。正如批评家罗素·瑞森所说："神话批评家如蔡司和菲德勒可能讨论了很多作家的大量文本采取了多元的文化假设，但是实际上他们却通过将他们考察的文学隶属在神话或者原型的题目之下而缩小了他们的研究范围。这样的研究明显否定了不同作家不同历史、文化、政治视角的重要性。"②

第二节　美国罗曼司理论的新历史主义修正

蔡司虽然确立了美国文学明确的罗曼司传统，但因为后来的研究者越来越倾向于剥离美国罗曼司文学与历史语境的关系，将罗曼司文学解读成具有抽象意义的道德寓言或者原型神话，所以在 20 世纪 80 年代，随着新历史主义的兴起，罗曼司理论受到了强烈的质疑和批判。新历史主

---

① Leo Marx，*The Machine in the Garden*：*Technology and the Pastoral Ideal in America*，New York：Oxford University Press，1964，p. 264.

② Russell Reising，*The Unusable Past*：*Theory and the Study of American Literature*，New York：Methuen，1986，p. 34.

义代表人物斯蒂芬·格林布拉特（Stephen Greenblatt）认为，旧历史主义研究的最大缺陷是"整个知识分子文化阶层倾向于单一的政治观点和意识形态"①。

另外，以路易斯·蒙特鲁斯（Louis Montrose）、海登·怀特（Hayden White）、乔纳森·多里摩尔（Jonathan Dollimore）等为代表的其他新历史主义者，提倡将历史、阶级、性别、种族等政治无意识问题重新纳入文学研究领域，并且分析这些问题与文学文本之间的互动关系。于是，在新历史主义的启发下，美国罗曼司理论所隐含的自由主义共识即文学是独立于政治意识之外的自由想象的观点首先受到了质疑。

唐纳德·E. 皮斯认为，自由主义共识其实是一种基于冷战思维的意识形态建构。它在让罗曼司传统变成体现美国意识形态优势的文化资本的同时，也让美国文学变成了脱离政治、社会话语的学术真空。实际上，这种单一的意识形态阻断了文化领域与政治领域之间的关联，压抑了罗曼司文学的社会政治解读。因此，美国罗曼司理论的新研究者们主张首先结束美国文学想象的自由主义共识，恢复美国意识形态领域的多元冲突与斗争。其次，按照新历史主义者的观点，历史具有文本性，文学研究历来依赖的单一、恒定、静态的历史文化背景并不存在。因此，以唐纳德·E. 皮斯、迈拉·耶兰、罗素·瑞森以及简·汤健士（Jane Tompkins）为代表的新美国主义者（New Americanists）② 号召回到历史，回到罗曼司文学产生的最初场景（prime scene），去恢复被以前美国研究所忽略的社会政治语境。比如耶兰在她编撰的《意识形态与美国经典文学》（*Ideology and Classic American Literature*, 1986）一书中，收录了近十篇研究美国文艺复兴时期文学的论文，但都以建构政治、经济、历史语境与

① Stephen Greenblatt, "introduction", *Genre*, Vol. 15, No. 1, 1982, p. 5.
② 新美国主义者派是由 1988 年评论家弗雷德里克·克鲁兹（Frederick Crews）在纽约书评上戏谑的称呼而得名。受新历史主义研究的启发，这批美国学者提出不仅要考察和关注文学作品本身的意识形态，就连文学理论背后蕴藏的政治意识形态也应同样地去考察和关注。

文学文本的关系为主要研究目标。瑞森在他的《不可用的过去——美国文学理论与研究》（*The Unusable Past*：*Theory and the Study of American Literature*）一书中不仅批判了从蔡司到里昂·马尔克斯等一众批评家对美国文学非政治性，非现实主义的原型化研究，而且指出文学研究"不可避免"的新方向是要再现审美话语中社会、经济、意识形态的重要性。最后，因为新历史主义者坚信文学与历史共同构成一个"作用力场"，文学文本不仅是语言的载体，它还起到修正、颠覆时代意识，参与历史构成的能动作用，所以新美国主义者认为罗曼司研究不应该仅仅停留在语言、象征等形式主义的研究层面上，还应该关注它与社会历史现实的相互塑造关系。比如，唐纳德·E. 皮斯在他的最新研究《愿景的契约》（*Visionary Compact*，1987）一书中，就一反原来对罗曼司文学形式主义特征以及抽象主题的探讨，而是结合 19 世纪美国内战前的社会现实，重塑罗曼司文学的社会文化功能。他认为，美国在内战前面临着一种巨大的文化割裂，包括个人动机与公共政治行为的割裂，过去与现在的割裂，个体与集体的割裂，权威与身份的割裂。于是以霍桑和梅尔维尔为代表的美国罗曼司作家的创作承担着一个共同的文化任务，即继续未完成的建国原则和建国契约，实现自由的个人对国家公共政治领域的真正参与和决策，实现真正具有民主理想的公共契约精神。因此，19 世纪的罗曼司作家要宣扬的不是个人对社会的逃离，或个人与社会的对抗，他们最终想要表现的是享有充分自由的个人对社会生活的回归，对集体政治力量的参与和塑造。

　　总之在 20 世纪 80 年代，深受新历史主义影响的新美国主义者们认为，罗曼司理论派关于独立于社会之外的文学自由想象理论其本质是一种冷战思维下的意识形态构建，它隔离了文化与公共政治领域的联系，压抑了文学文本的政治、社会语境，阻碍了对 19 世纪美国文学的全面考察，因此他们建议恢复被旧美国者（old Americanist）所拒绝的社会政治语境研究，重新考察罗曼司文学观念提出的时刻，以霍桑为代表的罗曼

司作家与时代政治文化，思想意识形态之间协商对话的交流过程。

第三节　美国罗曼司的历史性

一　美国罗曼司与美国清教意识

蔡司在《美国小说及其传统》中指出美国罗曼司文学的一大特点，即思想上的激烈冲突与不统一，所以常常表现为矛盾而开放的文本。他把这一表现主要归结为清教文化中永恒的善与恶的争斗、光与影的对立，以及被上帝选中和被上帝诅咒之间的宏大隐喻。本书认为美国罗曼司小说的创作确实受到了清教意识的影响，但给文本带来张力的并不是善与恶的永远争斗，或者是永无定论的模糊含混，相反是清教意识中出世与入世、精神与物质的辩证统一让罗曼司文学既保持了理想主义诉求又根植于社会现实的土壤。

1831 年，法国著名的思想家、历史学家亚历克斯·德·托克维尔（Alexis de Tocqueville）在《论美国的民主》一书中指出，美国的民主政体使每个（微小而独立）的公民和整个社会之间横亘着茫茫虚空，再加上加尔文教让每个独立的信徒可以不再依靠神职人员的权威直接与上帝交流，因此对于美国这样民主国家的文学而言，其主题必将是"远离时代与社会的人，（孤独地）站在自然与上帝面前"[1]。他甚至预言，这样的文学将"永远迷失在云端，漫游在纯粹的想象王国"[2]。很显然，托克维尔对美国民主政体和宗教文化的分析影响了蔡司对美国罗曼司传统的研究。可事实上托克维尔对美国文学的预言本身基于对加尔文教的错误

---

① Alexis de Tocqueville, Democracy in America, Vol. 2, Cambridge：Sever & Francis, 1862, p. 82.

② Alexis de Tocqueville, Democracy in America, Vol. 2, Cambridge：Sever & Francis, 1862, p. 83.

理解，由此掩盖了美国想象文学（尤其是罗曼司文学）真实的哲学基础。

马克·T. 吉尔摩（Michael T. Gilmore）在《中间地带——美国罗曼司小说的清教主义与意识形态》①一书中指出，加尔文教虽然相信预定论，但他们总是在纯精神的唯信仰论（Antinomianism）和重视世俗权力的阿米尼乌斯派（Arminianism）之间寻找一个中间地带。换句话说，他们一方面拥有信仰的热情，寻求精神世界的超脱和救赎，另一方面他们也积极入世，投身现实社会的改造。因此在英国国教左翼和右翼的撕扯中，小心翼翼建立其中间领地的美国加尔文教徒，既不会因为精神的原因而遗世独立，也不会在物质的面前缴械投降，全身心地去拥抱世俗。17世纪，在写给清教领袖罗杰·威廉姆斯（Roger Williams）的一封信中，北美清教代表约翰·科顿（John Cotton）曾这样描述新英格兰的信仰。

> 我们知道上帝带领我们行走于两个极端，所以我们既不会因为其他教派的污染残留而弄脏自己，也不会因为这些残留的污染而放弃那些教派本身，更不会放弃在他们中间传播上帝神圣的戒约，因为从他们身上我们才能找到强烈的救赎的力量。②

约翰·科顿的话说明清教主义奉行积极入世的信条，他们摒弃尘世的罪恶，但不摒弃尘世本身。尘世是他们革新自我，获得救赎的场所，而所谓神召，如威廉姆·铂金斯（William Perkins）所说，无非是"在尘世间上有风范有原则地生活"因为"生活在世间就如同生活在天堂"③。

---

① Michael T. Gilmore, *The Middle Way: Puritanism and Ideology in American Romantic Fiction*, New Brunswick: Rutgers University Press, 1977, p. 3.

② 转引自 Michael T. Gilmore, *The Middle Way: Puritanism and Ideology in American Romantic Fiction*, New Brunswick: Rutgers University Press, 1977, p. 3。

③ William Perkins, *The Work of William Perkins*, Berkshire: Sutton Courtenay Press, 1970, p. 447.

对清教徒入世精神最积极的倡导者莫过于美国宗教大觉醒运动的领导人乔纳森·爱德华兹（Jonathan Edwards）。他认为上帝仁慈显现的最主要标记就是基督徒在人世间既服务了上帝又造福了同类："被选中的人对全人类和整个社会负有责任。让罪恶的人得到圣徒的指引肯定好过对其驱逐、舍弃或者让整个世界任由他们挥霍。"①

当然作为一种的宗教，清教主义同样注重精神世界的追求和修炼。清教和天主教最大的区别在于，其信徒不仅相信可见教会（visible church），他们更相信不可见教会（invisible church），即相信所有圣徒和基督、圣灵在灵魂上是相通的，组成一种无形的、肉眼不可见但无比神圣的精神力量。这一力量可以抵制有形教会的腐败和堕落，使得基督徒重回精神的纯净。清教主义这一灵性的本质说明清教意识中永远存在着对物质世界形而上的想象。

正是源于清教意识里出世与入世、精神与物质的辩证启发，美国的罗曼司一方面努力远离琐碎而平凡的物质实际，向往精神和想象的自由，而另一方面在清教意识积极入世观的指引下，它又不可能像同时代超验主义者所提倡的那样远远脱离社会生活的现实而满足于绝对的精神抽象。② 如霍桑所说，罗曼司作家的最高理想是寻找一个中间地带，一个"介于现实世界和神话世界之间，一个实际的东西和想象的东西可以在那里相互渗透，相互影响的中立区"③。其实在霍桑等人看来，这个中介区不仅是现实与想象的相互影响和相互渗透，更是现在与过去、传统与改

---

① Jonathan Edwards, *A Faithful Narrative of the Surprising Work of God*, London：John Oswald, 1737，p. 124.

② 在《拉巴契尼的女儿》中，霍桑借用奥贝潘的身份表明自己的作家立场："作为一位作家，看来他处于先验论者和一大批以笔和墨来诉求社会理智和同情的人之间的一个不幸的中间位置"，详情可见［美］纳撒尼尔·霍桑《霍桑集：故事与小品》（下），罗伊·哈维·皮尔斯编，姚乃强等译，生活·读书·新知三联书店1997年版，第1130页。由此可见，霍桑认为真正的作家既不是纯粹的先验主义者，也与大力呼吁社会同情的感伤主义作家如斯托夫人等有一定距离。

③ ［美］纳撒尼尔·霍桑：《红字》，姚乃强译，长江文艺出版社2008年版，第45页，略有改动。

革、历史与虚构的艺术融合。在这个艺术形式里，罗曼司作家既有对完全物质主义、精神麻木的批判，比如《海关》里如同动物一样，天天满足口舌之欲的老稽查官，以及《七个尖角阁的老宅》里奸猾、虚伪、为追求财富不择手段的法官品钦；也有对纯粹精神抽象、脱离社会现实的否定，比如从《好小伙布朗》《牧师的黑面纱》到《福谷传奇》，从过去到现代，脱离社会和实际的纯理想主义的精神抽象不仅带来了好小伙布朗、胡伯牧师的精神破产，也导致了如火如荼的改革事业的失败。伊桑·布兰一辈子都在寻找抽象的"不可饶恕的罪恶"而在他生命的最后一刻他才认识到，真正的罪恶是他无法融入鲜活生动的社会生活（"哦，人类，我抛弃了同你的兄弟情谊，我的双脚践踏了你伟大的心胸"①）。海丝特的最后回归恰恰是因为她放弃了偏激而抽象的精神纲领，认识到真正的公民自由只有投入切身而实际的清教社会改造才有可能实现。

二　美国罗曼司与 19 世纪理性文化

蔡司在《美国小说及其传统》中指出，霍桑比他之前的库珀、威廉·吉尔摩·西姆斯等人都更加明确，只有罗曼司（而不是小说）才是"美国文学注定的叙事形式"②。为此他还专门援引了霍桑写在《七个尖角阁的老宅》前面的那段著名的序言：

> 如果一个作家将其作品称作罗曼司，那么很显然，他是希望能在处理作品的形式和素材方面享有一定的自由，但如果自称的是小说，就无权享有这种自由了。人们认为小说是一种旨在忠实

---

① ［美］纳撒尼尔·霍桑：《霍桑集：故事与小品》（下），罗伊·哈维·皮尔斯编，姚乃强等译，生活·读书·新知三联书店 1997 年版，第 1255 页。

② Richard Chase, *The American Novel and its Tradition*, New York：Doubleday Anchor Books, 1957, p. 18.

于细节描写的创作形式，不仅写可能有的经历，也写人生经验中可信的、普通的经历。罗曼司作为一种艺术形式，必须严格遵守创作法则，如果背离了人性的真实，也同样是不可原谅的罪过。然而，罗曼司的作者却有着选择和创造具体情景以展现这一真实的自由。①

根据以上序言，蔡司认为霍桑第一次将罗曼司和小说区分为前者主要探索具有普遍意义的人类心理的真实，后者关注的是现实社会中的人类经验。但事实上，关于罗曼司和小说的区分，霍桑并不是首创。早在18世纪中期塞缪尔·约翰逊就把罗曼司分成 Heroic Romance 和 Comedy of Romance。基于约翰逊的解释，前者主要描写贵族的、久远的年代里神秘事件和冒险行为，后者主要描写对于现实世界精准而普遍的观察。因此前者更像我们现在所说的罗曼司，后者更接近现代意义上小说。约翰逊之后，司各特也同样对罗曼司和小说进行了区分，他认为罗曼司作家"为了勾勒一个美好的理想世界，可以在很大程度上免于严苛地遵照生活的普遍可信性，而小说家要把自己的作品放在每个当代读者的普通经验都可以接受的范畴之内"②。1828 年出版的韦伯《美国英语辞典》（*An American Dictionary of English Language*）也对小说和罗曼司进行了区分，认为："罗曼司不同于小说，它总是处理伟大的行为和非凡的冒险，也就是说……它能在事实和真实生活的可信范围之外进行大幅度地跳跃和飞腾。"③ 由此可见，罗曼司和小说作为两种不同的文类在批评界早有定论，那么霍桑为什么在这里还要再次重申两者的区别呢？

---

① 引文的英文版转引自 Richard Chase, *The American Novel and its Tradition*, New York：Doubleday Anchor Books，1957，p. 18。

② Walter Scott, "Essays on Romance", *The Miscellaneous Prose Works of Sir Walter Scott*, Edinburgh：Robert Cadell，1834，p. 554.

③ Noah Webster, *An American Dictionary of the English Language*, New York：S. Converse，1828，p. 192.

另外，霍桑虽然一直声称自己是罗曼司作家，他的四部小说也都被定位为罗曼司，① 但他却在《玉石人像》的序言里哀叹美国根本没有罗曼司创作的土壤："没有阴影、没有古老、没有神秘、没有如画的风景和阴暗的冤枉，除去万里晴空下的平淡的繁荣之外一无所有……"② 抱怨罗曼司创作题材的缺乏："我相信，要过上好长时间，罗曼司作家才可能在我们雄伟的共和国的编年史中，或在我们个人生命的独特又适当的事件中，找到易于处理的相宜题材。罗曼史和诗歌，常春藤、地衣和墙花，都需要废墟才能生长。"③

如果说"罗曼司"真的是"需要废墟才能生长"，那么霍桑怎么又在平淡无奇的繁荣之中找到了罗曼司创作的素材？如果美国无法提供罗曼司古老而神秘的场景，悠久而曲折的历史，那么为什么霍桑还是以美国为背景完成了三部优秀的罗曼司作品？要回答这些问题，我们必须回到霍桑罗曼司观念提出的具体历史文化语境，分析霍桑重申罗曼司这一文学概念的真实意图。

19 世纪初，当美国第一代职业罗曼司作家如布朗、欧文（Washington Irving）、西姆斯、库珀开始文学创作时，正是美国提倡事实理性，反对虚构想象的时代。特别是随着苏格兰常识哲学（Common Sense Philosophy）在新大陆的兴起，人们更加强调感官经验和理性推理的重要性，反对主观想象和文学虚构。

在常识哲学的影响下，出于对想象力的恐惧和不信任，19 世纪的社会精英（大多是保守的律师、政治家或者神职人员）对小说创作表现出了强烈的敌意。他们认为小说的虚构性造成了人们对幻想的沉溺以及实

---

① 1850 年霍桑的第一篇长篇小说《红字》问世，其副标题以"一部罗曼司"冠名，1851 年，霍桑完成第二部长篇小说《七个尖角阁的老宅》，并在序言中写下那篇著名的有关罗曼司定义的文字。1852 年，罗曼司一词成为他的第三部小说 Blithedal Romance（中文译为《福谷传奇》）的主要标题。1860 年他的最后一部小说《玉石人像》又称为"班尼峰的罗曼司"。

② ［美］纳撒尼尔·霍桑：《玉石人像》，胡允恒译，安徽文艺出版社 1998 年版，第 4 页。

③ ［美］纳撒尼尔·霍桑：《玉石人像》，胡允恒译，安徽文艺出版社 1998 年版，第 4 页。

用能力的低下。比如，1803 年，牧师塞米尔·米勒（Samuel Miller）在他的《18 世纪简单回顾》（*Brief Retrospect of the Eighteenth Century*，1803）一书中谈到小说时，曾抱怨道："没有哪一种书写比小说能更直接地打消人们获得实际知识的企图，也没有哪一种书写比小说能更直接地在头脑中填充进无用的、非自然的和迷惑的思想而摧毁了道德的标准"①。美国总统托马斯·杰文逊更是把小说阅读看作一种毒害。

> 一旦这种毒害侵入头脑，它就会摧毁稳重的语调、反对健康有益的阅读。朴素和未被装饰的理性和事实就会被拒绝。除了用奇思怪想包装起来的东西，其他的东西怎么看都有毛病，都不能引起人们的重视。其结果只能是夸张的想象，病态的判断，和对实实在在的生活营生的厌恶。②

同时，受理性文化的影响，文学评论家们也很少注意小说作为一种文学类型的文学价值而只是以其情节逼真性作为唯一的评判标准。正如评论家在马丁·特伦斯（Martin Terence）在《受教的视野》（*The Instructed Vision*，1961）一书中所说："（当时）一位评论家对一部小说的赞誉恰恰是因为它不像小说——它说教得有多么好、它腔调有多么严肃高尚，以及它与发生的真实事件有多大的吻合度才是它获誉的关键。"③ 于是，面对整个文化强大的事实性和实用性取向，早期的美国小说一方面严格遵守事实性写作的风格（factualist style），将想象力局限于所见所闻的客观事实之中，满足于对物质客体或者历史史实的忠实再现。比如小说家

---

① Samuel Miller，A *Brief Retrospect of the Eighteenth Century*，New York：T. and J. Swords，1803，p. 176.

② Samuel Miller，*A Brief Retrospect of the Eighteenth Century*，New York：T. and J. Swords，1803，pp. 104 – 105.

③ Martin Terence，*The Instructed Vision*：*Scottish Common Sense Philosophy and the Origins of American Fiction*，Bloomington：Indiana University Press，1961，p. 58.

伍德沃斯（Samuel Woodworth）的小说《自由之王或者神秘的长官》（*The Champions of Freedom*; *or The Mysterious Chief*, 1816）一书虽然是以刚刚过去的 1812 年英美战争为背景，但他为了最大程度地杜绝"荒谬的情节"再现"最准确无误和最完备齐整的 1812 年战争"①，居然把战役事件一一并列起来最后使得小说读起来更像一个战争纪要。另一方面，小说家们把小说当成说教的工具，努力突出其实用性价值。他们在小说中谴责小说，警告人们抵制幻想、激情、冲动等的诱惑，重申美德、理性，判断的重要性。比如小说《东方慈善家》（1800）的作者亨利·舍伯恩（Henry Sherburne）就曾说："只有服务于理性和美德的想象类作品才值得崇拜。"② 而畅销书作家威廉姆·希尔·布朗在（William Hill Brown）在小说《同情的力量》（*Power of Sympathy*, 1789）中更借女主人公追求小说里的理想伴侣最终落得身败名裂的故事表明沉迷阅读小说的危害。

极端的现实主义倾向和浓厚的说教色彩，严重桎梏了美国文学的成就，同时也造成了美国早期文学无法与欧洲优秀的文学作品相比肩的尴尬境地。这种情况一直持续到 19 世纪第二个十年。此时，随着美国人民民族意识的日益增强，美国知识阶层要求以美国本土生活为主要题材，建立独立民族文学的呼声越来越高。于是美国作家纷纷转向罗曼司这一古老的文学体裁，希望在这一古老文学传统的诗学庇护下，获得更宽泛的创作自由和想象空间。正如西姆斯所说，"虽然罗曼司小说家的疆域还未得到普遍确认，但这个疆域确实给了他（罗曼司作家）更多拓展的空间……本身对历史学家来说是猜测和臆想的部分在罗曼司作家身上也变成了创作的自由"③。

---

① 转引自 Martin Terence, *The Instructed Vision*: *Scottish Common Sense Philosophy and the Origins of American Fiction*, Bloomington：Indiana University Press, 1961, p. 29。

② Henry Sherburne, *The Oriental Philanthropist*, *or True Republican*, Portsmouth, N. H.：Printed for Wm. Treadwell & Co., 1800, pp. 3 – 8。

③ William Gilmore Simms, *Views and Reviews in American Literature*, *History*, *and Fiction*, New York：Wiley and Putnam, 1845, p. 31.

美国早期小说研究者马丁·特伦斯指出，罗曼司作为欧洲一种古老的文学体裁，常指那些情节离奇，结局非凡的事件或者浪漫奇幻的想象，而当这一文类与美国本土题材相结合时，即使饱受理性文化熏陶的评论界也不得不允许此类文学形式本身固有的文学想象和文学虚构。① 因此，凭借着罗曼司所获得的诗学许可（poetic licence），美国早期作家如布朗、欧文、西姆斯等人纷纷采用罗曼司的手法去包装本土题材使之形象、生动，引人入胜。华盛顿·欧文在他的《纽约外史》（*Knickerbocker's History of New York*，1809）一书序言里回顾其创作的初衷时也说，"将本土的场景、地名以及熟悉的名字穿上想象的奇幻外衣在我们这个新兴的国家很少出现过，但是这就像生活在被魔法控制的旧世界里的城市里一样妙不可言"②。

通过适当的文学虚构和想象，早期的罗曼司作家将真实的本土素材赋予了诗学的联想，形成了类似地方神话传说或历史人物传奇等类型的罗曼司实践。这一文学实践为美国作家开发本土题材，逐渐改变反虚构、重说教的接受语境起到了积极作用。但是到了 19 世纪中期，当霍桑、梅尔维尔等人进行严肃罗曼司文学创作时，他们逐渐不满足这种让文学想象附属于某一个浪漫场景，或某一段历史史实的保守罗曼司理论（Conservative Theory of Romance）。③ 对他们而言，这样的罗曼司实践虽然看似有了想象力的参与，但实际上它仍然以理性的客观事实为主导，文学的想象不过一种机械的点缀和外在的包装，并没有确定文学想象独立而主体的地位。另外，从意识形态来看，这样的罗曼司，不管是历史罗曼司还是地方传奇故事，其主要吻合的仍是主流的历史话语和流行修辞，缺

---

① Terence Martin, *The Instructed Vision：Scottish Common Sense Philosophy and the Origins of American Fiction*，Bloomington，Indiana University Press，1961，pp. 141 – 142.

② Washington Irving, *A History History of New York*，New York：Penguin Classics，2008，p. 4.

③ 根据麦克·大卫·贝尔（Michael Davitt Bell），保守罗曼司理论下的罗曼司，仍是对历史和现实的模仿，只是其真实的部分碰巧而又幸运的是诗学和浪漫的。这也就是为什么早期的罗曼司大多集中为历史罗曼司的缘故。详见 Michael Davitt Bell, The Development of American Romance：the Sacrifice of Relation, Princeton：Princeton University Press，1977，pp. 14 – 16。

乏探索历史真实的精神和挑战主流文化价值观念的勇气，因此是另一种形式的理性主义模仿。比如库珀的皮袜子故事系列，虽然描写了美国人民开拓边疆的冒险故事，但本质上仍然唱响的是美国主流意识下的白色人和才能担负起开发大西部的"昭昭天命"（manifest destiny）的主旋律。

因此，在《七个尖角阁的老宅》的序言里，霍桑之所以对早有定论的罗曼司和小说进行再次区分，他其实想反对的并不是小说这个文类本身，而是反对这个文类在他那个时代所代表的，以可信、已知为基础的理性认知原则，和以实用主义、事实主义为标准的写作规范，以期恢复文学自由想象和大胆质疑的主体地位，建立起文学独立的社会价值和艺术规律。事实上，经过美国文艺复兴时期霍桑等人对罗曼司的改变和创作，美国罗曼司在特定的历史环境下完成了对理性常识的对抗，张扬了文学的想象性权威。以至于等到20世纪初的亨利·詹姆斯再谈到罗曼司的特征时说，他能准确地总结说：

> 罗曼司唯一的整体特征，唯一一个适用于所有情况的特征就是它处理经验的方式，（在罗曼司里）经验是放纵的、自由地、是无牵绊的、非纠缠、无阻碍的，逃离了我们通常附加给它的条条框框，如果我们非要给经验施加实物去拖拽它，那么它也不会利用熟知和可掌控状态的方便，不会服从于我们庸俗社会的常规，而在一种特殊的，让它放松的中介下进行。①

詹姆斯之所以能在新的世纪看到罗曼司特征中"自由自在""无拘无束"的想象，这当然得益于霍桑和早期的罗曼司作家一道，借用欧洲古老罗曼司文学的诗学许可，进行了大胆而反叛的文学实验，通过象征、神话、传说的大胆使用，挑战了理性、僵化的文学标准、确定了文学想

---

① Henry James, "The Preface to The American", In R. P. Blackmur（ed.）, *The Art of the Novel: Critical Prefaces by Henry James*, New York: Scribner's Press, 1934, p. 39.

象的权威。但另一方面，詹姆斯之所以还能觉察到罗曼司对"庸俗社会常规"的"不服从"的特性，以及对"经验""不熟知"的处理方式，却是因为与其他早期罗曼司作家的不同，霍桑在借用古老罗曼司美学庇护的同时，解构了那些"可信"的历史神话、流行修辞，去质疑了那些由主流意识所确认的稳定和繁荣。这也是为什么在这篇序言中，霍桑紧接着对罗曼司和小说的区分之后表现出与早期罗曼司作家完全不同的创作理念。他指出："把非凡的事物当作一种清淡、微妙、飘忽的风味加以融合，而不是当作实实在在的菜肴的一部分提供给读者，这无疑是明智之举。"① 而对于这部罗曼司小说，虽然他承认因为不同年代的原因，"笼罩着一层富有罗曼司色彩浪漫的迷雾"，但他极力否认故事在地点上的历史联系，和"地方风土人情"式阅读。② 在序言的最后，霍桑希望"这部书能被严格当作罗曼司故事来阅读……因为故事更多关注的是头顶上的云彩，而不是埃塞克斯县的任何一块实际的土地"③。这一切说明霍桑并不是像欧文一样着力于再现某一地的历史虚构或者风土传说，也无意创作出库珀那种神秘非凡、奇幻冒险为主要内容的浪漫传奇。对霍桑而言，真正的罗曼司（"严格意义的罗曼司"），既能让读者从眼前实实在在的物质实际中抽离（"任何一块实在的土地"），又能让其从民族历史和整个社会现实的广阔（"头顶上的云彩"）视角，去反思过去与现在、物质与精神、传统与改革、个人与社会的关系。

由此，我们也可以理解为什么霍桑在《玉石人像》的序言中哀叹在美国罗曼司难以完成了。因为让美国罗曼司作家将美国每一块土地都赋

---

① ［美］纳撒尼尔·霍桑：《七个尖角阁的老宅》，李映珵译，长江文艺出版社 2008 年版，第 4 页。
② 霍桑在《七个尖角阁的老宅》序言中指出："作者的本意不是描写地方的风土人情，也不是对某个他敬重有加的社会团体妄加评论。"接着他又说希望读者把故事中的人物看作完全虚构的人物，和古老的小镇无关。这都说明霍桑并不想进行基于某个地点真人真事改编的具有某种奇幻浪漫色彩的保守罗曼司创作。
③ ［美］纳撒尼尔·霍桑：《七个尖角阁的老宅》，李映珵译，长江文艺出版社 2008 年版，第 5 页。

予诗意而浪漫的想象但又必须"坚持有根有据的美国故事"的保守罗曼司创作当然很困难。但是如果我们的文学形式，可以自由地"调节氛围，增加画面光线"或者自由地"加深或渲染画面阴影"，可以在"作者认为合适"的时候，自由地对历史和现实发出质疑和批判，那么这样的罗曼司不仅是完全可以完成，而且应该很出色地完成，就像霍桑的前三部罗曼司小说。

当然这种质疑和批判如果没有隐藏得很好，很容易受到理性文化的围剿与讨伐。比如梅尔维尔的《泰比》（Typee）、《奥穆》（Omoo）之所以获得了极大的成功很大原因是这两部罗曼司作品遵从了当时以真人经历改编成历险故事的写作模式，符合了理性文化的认知框架，而他的《玛迪》（Mardi）因为大胆讽刺了美国民主制的虚伪以及殖民扩张时的帝国主义意识，不得不惨淡收场。

同样地，霍桑因为在"海关"一章中对物化官员精神的现存官僚体系进行了深刻地披露，从而引起了评论界的反感以至于霍桑在《红字》的第二版序言里不无讽刺地说道："（对于作者而言），即使他将那幢海关大厦烧毁，再把最后一根还在冒烟的木料浸到一位深孚众望的大人物的血泊中，引起的反响可能也不至于如此激烈。"[1] 虽然霍桑的第二版的《红字》并未对海关一章做出任何修改，但我们有理由相信，为了新作品能得以问世，在《七个尖角阁的老宅》的序言里，霍桑只有回到罗曼司这个安全的话语体系中，才能缓和评论家对他上一部作品的敌意。

综上所述，霍桑在《七个尖角阁的老宅》的序言里虽然坚持罗曼司和小说区分，但他并无意创作出像欧洲那样古老的浪漫传奇，他只是想借传统罗曼司的美学庇护，将美国文学改变为脱离理性认知框架的独立文学想象，确定文学应有的内在规律和写作原则。所以严格地说来，霍桑罗曼司观念所对应的不是小说而是事实（fact），是理性的文化标准。

---

① ［美］纳撒尼尔·霍桑：《红字》，姚乃强译，长江文艺出版社 2008 年版，第 13、45 页。

与此同时，因为霍桑在"海关"中太过真实讽刺了海关官僚日常生活，霍桑只有反复暗示新作品神秘而古老的罗曼司背景，才能转移读者对其新作品的现实主义解读，才能抵消上一部作品带来的社会冲击。

三　历史与现实——罗曼司主题的真实性

如果说霍桑借传统罗曼司的美学庇护，获得了自由文学想象和文学虚构的权利，但他又无意写古典的浪漫传奇故事，那么他所坚称的罗曼司又是关于什么的主题呢？20 世纪 50 年代的批评家认为，以霍桑为代表的罗曼司作家主要以寓言和象征的形式表现了抽象的人类本质或者普遍的文化原型。当然他们的评论也并非空穴来风，首先他们从社会背景的角度出发，一致认为因为美国没有阶级，没有深厚的历史，有的只是"茫茫荒野上人与自然，人与孤独的自我之间的内在争斗"[①]，因此美国的罗曼司必然会抛弃人与社会、人与历史之间复杂关系的描述，以抽象的方式表现民族或者人类经验。于是霍桑作品要么被罗伊·R. 梅尔（Roy R. Male）认为是体现了人类悲剧的存在，要么被 R. W. B. 刘易斯（R. W. B. Lewis）认为是表现了核心的美国文化价值——亚当精神，或者被亨利·纳什·史密斯（Henry Nash Smith）认为是摆脱了体制和传统束缚的处女地（Virgin land）意识。这些研究虽然都有一定的合理性，但他们总体还是延续了旧历史主义的研究思路，把文学作品看作社会背景和文化思潮的静态被动反映，他们用罗曼司这个词不是在描述一种特定的文学形式而是在描述特殊的美国文化或者早期的美国生活。新历史主义研究告诉我们，文学文本是与时代历史、文化意识相互协商、相互塑造的过程。因此 19 世纪罗曼司作家不可能摆脱对时代历史、社会现实的思考而只关注精神的本质或者文化的抽象。正如罗伯特·克拉克（Robert Clark）所说："虽然霍桑的作品总是体现出超验主义的乐观主义精神以及

---

① Richard Chase, *The American Novel and its Tradition*, New York: Doubleday Anchor Books, 1957, p. 11.

加尔文人性悲观论之间的冲突，但真正驱动文本张力的不是这些抽象观念的超级结构而是社会现实。只有社会现实才是霍桑考虑的重点"；"霍桑通过罗曼司形式对想象力权威的确立不是逃离现实也不是开启了一个进入超验精神的通道，而是采取了一个比社会规范广阔得多的视角去表现社会与历史的真实"。①

事实确实如此，首先美国罗曼司并没有创造出一个超时空的另外的世界（A World Elsewhere）②而是表现出强烈的历史意识。评论家艾米丽·米勒·别克（Emily Miller Budick）在她的《小说与历史意识——美国罗曼司传统》（*Fiction and Historical Consciousness*：*American Romance Tradition*，1989）一书中指出："历史意识并不一定指发生在过去的事件和行为而是对时空中特定背景的渲染。"③比如霍桑在他的早期名篇，如《恩迪科与红十字》《欢乐的五月柱》《白发勇士》《我的亲戚莫里纳上校》《总督府传说》中不仅重塑了新英格兰从清教徒建国到独立革命之间的历史，而且通过一些戏剧化的历史场景浓缩了关键的历史时刻，再现了具有代表性的历史抉择，引发了读者历史性的追问。就连看似最突出体现"原罪观""人性堕落"等抽象意义的短篇小说《好小伙布朗》《牧师的黑面纱》其实也隐藏了具体的历史指涉，比如好小伙布朗是第二代清教徒的代表，胡伯牧师是第二次宗教大觉醒时期的产物。等到霍桑开始撰写长篇罗曼司小说《红字》《七个尖角阁的老宅》《福谷传奇》时，客观的历史重构已经不再是他的主要关注点，他的主要目的在于通过建

---

① Robert Clark，*History*，*Ideology*，*and Myth in American Fiction 1823 – 1852*，London：Macmillan，1984，pp. 53 – 55.

② 理查德·波里尔（Richard Poirier）在《另外的世界——美国文学中文体的地位》一书中认为美国著名作家如库珀、霍桑，梅尔维尔，马克·吐温等都用语言、文体（语法、句法以及比喻）搭建出了一个自由的另外的世界。在这个世界里主人公独立于时间，环境，社会习俗等等一切的束缚和限制。Richard Poirier，*A World Elsewhere*：*The Place of Style in American Literature*，New York：Oxford University Press，1966。

③ Emily Miller Budick，*Fiction and Historical Consciousness*：*American Romance Tradition*，New Haven，CT：Yale University Press，1989，p. ix.

立起历史与现在的关联，塑造读者对历史连续体的主观感知。比如海斯特身上既有 17 世纪反律法派（Antinomianism）宗教领袖安娜·哈切森（Anna Hutchinson）的原型，也有 19 世纪女权运动领导人的玛格丽特·富勒（Margaret Fuller）影子，但不论如何，她都表现了从清教神权时代到共和国时代一个公民的浪漫主义抗争。《七个尖角阁的老宅》的主要故事情节集中于 19 世纪的社会，按理说清教主义此时早已让位给繁忙而喧嚣的商业伦理。但很快我们发现，清教主义的影响在 19 世纪仍然清晰可见：上校品钦和法官品钦惊人地相似；马修·莫尔和霍尔格雷夫·莫尔都学会了用催眠术控制别人的灵魂。因此在 19 世纪，品钦和莫尔的后人（包括读者）能否摆脱悲剧的重演取决于他们对历史的正确认知和态度。如果在《七个尖角阁的老宅》里霍桑探讨了历史的黑暗遗赠，那么《福谷传奇》则是表现了霍桑对历史轮回深深的无奈。福谷不仅回应了 19 世纪布鲁克农场的社会主义实验，更回应了美国历史上从清教徒建立山巅之城到圣徒约翰·依律特建立祈小镇（praying town）的所有乌托邦梦想。不幸的是它们都以失败告终。

除了强烈的历史意识，美国罗曼司还有深刻的现实所指。19 世纪上半期美国政体稳定，经济发展，国土不断向西扩张，综合国力上升，因此国内洋溢着不断向前的乐观主义精神，充斥着"人间伊甸园""完美新世界"的主流修辞。但是 19 世纪的美国罗曼司作家却在理念与现实、修辞与历史之间看到了一种强烈的矛盾和错位。比如当时美国社会抛出的"天命昭昭"的神话修辞时，其实就暗含了基督文化承载着上帝的旨意去解放和开化西部蛮夷人民的意味。可事实上，基督文明之外的文明并非劣等、低贱的文明，以清教主义为核心的文化也并非完美的文化。因此在《白鲸》中，梅尔维尔不仅创造了魁魁格（Queequeg）这个高贵野蛮人（Noble savage）的形象，而且通过展现船长亚哈（Ahab）的偏执与疯狂深刻反思了基督教文明将自我恶意投射到其他自然种群并进行征伐与屠杀的过程。同样地，在《七个尖角阁的老宅》

中让几代品钦人念念不忘的财产，其实是一张印第安契约，代表了白色人种通过阴谋和手段对印第安人进行驱赶的事实。也正是这块土地困扰了品钦家族近两百年，开启了品钦、莫尔两个家族较量的历史，象征美国文明的原罪。

除了解构自身文明的优势，19世纪罗曼司作家也解构社会自满和乐观情绪，比如当整个社会都沉浸在美国的政体优势和制度完美时，霍桑的《海关》暴露了官僚体制下海关官员的慵懒、僵化；《七个尖角阁的老宅》让我们看到民主体制下对立阶级的形成（赫普兹芭儿妹妹代表没落贵族，莫尔家族代表平民阶级），官僚资本的剥削（品钦法官代表官僚资本阶级）。

尤其是19世纪后半期，当美国资本主义经济发展到垄断资本主义时期，罗曼司作家借用隐喻、梦幻、象征等方式开始对劳动力成为商品的资本主义经济制度进行深刻的反思和批判。梅尔维尔的《皮埃尔》（Pierre）、《书记员巴比特》（Bartleby, the Scrivener）表明当劳动（写作、抄书）成为商品后，个人的异化。①《一位淑女的画像》用隐喻的方式表现自主独立的个体伊莎贝尔·阿彻（Isabel Archer）被他人操纵、占有的过程，对话了19世纪后半期美国资本主义商品社会里占有与反占有的社会关系。②《哈克贝瑞芬历险记》虽然抨击了奴隶制，但也质疑和反讽了劳动力自由这一资本主义"神话"，否认自由市场经济能带来真正的个体自由。③

---

① 可参见 Paul Royster 的文章 "Melville's Economy of Language", *Ideology and Classic American Literature*, Cambridge: Cambridge University Press, 1986, pp. 313 – 36 以及 Michel T. Gilmore, *American Romanticism and the Marketplace*, Chicago: University of Chicago Press, 1985, pp. 132 – 145。

② 可参见 Michael T. Gilmore, "The Commodity World of The Portrait of a Lady", *The New England Quarterly*, Vol. 59, No. 1, March 1986, pp. 51 – 74。

③ 可参见 Howard Horwitz, "Ours by the Law of Nature: Romance and Independence in Mark Twain's River", *Revisionary Interventions into the American Canon*, Durham & London: Duke University Press, 1994, pp. 243 – 271。

由此可见，19 世纪美国的罗曼司作家虽然借用象征、讽喻、神秘、魔幻等手段，但表现的仍是现实的主题。他们希望在一切向前看的杰克逊时代建立起历史的关联，回应错误的历史意识和历史观念。他们更希望揭露美国理念与现实的矛盾，解构美国神话的虚幻假象，以民主、平等的原则、重建过去与现在、自然与文明、人与社会之间的和谐关系。在西方文学史上，罗曼司是一种文类特征极为冗杂的文学类型，且在漫长而广泛的发展过程中，随着阶级、时间、地点和语言的不同而不断流变。19 世纪上半叶美国作家的罗曼司创作作为西方罗曼司传统的一个分支，虽然继承了这一传统的象征、讽喻、神秘、魔幻等文体特征，但在具体的历史文化背景下，它仍然有深刻的历史与现实所指。

20 世纪中期以理查德·蔡司为首的美国罗曼司理论派一方面功不可没，因为他们不仅发展整理出了美国小说确定的罗曼司传统，而且以美国文学为蓝本追溯了美国文化的神话原型结构，有着深远的意义。但另一方面因为他们过于重视罗曼司的抽象意义和价值意义而忽略 19 世纪的社会经济现实，使得 19 世纪美国文学研究出现了非历史性和非社会性研究倾向，受到了新历史主义批评家的质疑和批判。兴起于 20 世纪 80 年代的新历史主义，在美国的代表被称为新美国主义者；他们号召结束文学研究的自由主义共识，恢复文学、文化领域与政治公共领域之间的关联，积极探讨文学文本与历史现实之间的互动关系。本章遵循新历史主义"回到历史"的思想，力图探讨 19 世纪罗曼司文学所体现的真实，认为 19 世纪罗曼司的产生，它的形式和主题都指向真实的历史文化语境，是与主流意识形态的协商、对话的结果。当然，本书不是要否定罗曼司理论派的研究成果，而是要在他们研究的基础上，增添出历史和现实的新维度，揭示 19 世纪罗曼司丰富的时代性（contemporaneity）。正如新历史主义者瑞森在评论富兰克林（H. Bruce Franklin）① 对梅尔维尔的研究时所说："重要的一点是我们并不拒绝其他阅读，而是我们可以看到一个不同的梅尔维尔，一个与温特斯（Winters）② 的反启蒙主义者、菲德尔森③ 的象征主义航海者，或者里昂·马尔克思（Leo Marx）④ 的田园主义者等形象都完全不一样的另外一面的梅尔维尔"⑤，同样地，本书也希望通过此研究让大家看到一个不只纠结于人性善恶、道德挣扎，同时也关注历史关联、社会弊病、改革进程等社会真实问题的另一面的霍桑。

---

① 富兰克林在《作为罪犯和艺术家的受害者》（*The Victim as Criminal and Artist*）一书中，他以道格拉斯的《弗雷德里克·道格拉斯：一个奴隶的自述》（*Narrative of the Life of Frederick Douglass*）所描述的时代和社会背景来解读梅尔维尔的《白鲸》所蕴含的政治意图。他认为《白鲸》的研究不应该忽略梅尔维尔对捕鲸工人劳动的态度。他认为小说的中心伦理是关于无产阶级联盟。Franklin 提出关于梅尔维尔作品的两点基本推论：第一，"（文本的）根本的力量来自于鲸鱼、海洋、捕鲸业、捕鲸工人的生活现实"，第二，"这是对无产阶级受压迫阶级崇高性、尊严和神圣性的赞颂。"张瑞华：《文化对话：一种文化冲突模式——读霍桑的〈恩迪科与红十字〉与〈欢乐的五月柱〉》，《国外文学》2009 年第 4 期。

② 叶佛·温特斯（Yvor Winters）在他的《莫尔的诅咒：美国反启蒙主义历史的七项研究》一书中把梅尔维尔与坡、库珀、爱默生、霍桑、艾米丽·狄更森、亨利·詹姆斯等七人一起列为受新英格兰思想而非受启蒙主义理性思想影响的美国作家。见 Yvor Winters, *Maul's Curse：Seven Studies in the History of American Obscurantism*, Norfolk：New directions, 1938。

③ 即查尔斯·菲德尔森（Charles Feidelson）在《象征主义与美国文学》一书中着重分析了《白鲸》中的象征主义手法的运用。见 Charles Feidelson, *Symbolism and American Literature*, Chicago：University of Chicago Press, 1953。

④ 即里昂·马尔克思（Leo Marx）在《花园里的机器——科技和田园梦想在美国》一书中对梅尔维尔反对现代文明，回归自然田园思想的研究。见 Leo Marx, *The Machine in the Garden：Technology and the Pastoral Ideal in America*, New York：Oxford University Press, 1964。

⑤ H. Bruce Franklin, *The Victim as Criminal and Artist：Literature from the American Prison*, New York：Oxford University Press, 1978, p. 255。

第二章 《红字》——公民意识的
塑造与历史的真实

在《红字》的开篇中，当海丝特被带到市场上受罚示众时，叙述者
突然停住对事件进程的交代转而对惩戒工具发表起了评论："事实上，作
为刑具的这架绞刑台（scaffold）在经过过去两三代人之后到现在已经纯
粹成了一种历史和传统。但在那古老的时代，它被认为是督诫和提高良
好公民身份（good citizenship）的一个有效工具，如法国恐怖时代的断头
台一样。"① 美国文学评论家拉里·雷诺兹（Larry Reynolds）在仔细读过
这段后认为，绞刑台一词的使用是不符合历史事实的，因为在17世纪新
英格兰的马萨诸塞州，通常使用的公共惩戒工具是鞭刑柱（whipping
post）、足枷（stocks）和颈手枷（pillory），而霍桑这里故意祭出当年查
理一世曾被砍头的绞刑台（scaffold）是有意地误用（anachronism），他是
想把17世纪曾发生在英国的弑君革命与18纪的法国大革命联系在一起，
表明他对暴力革命的反对。② 如果说雷诺兹注意到 scaffold 这一时代误用
的词汇是霍桑对待革命态度的一个表征（representation），那么他却忽略

① 本书除特别说明，有关《红字》的译文主要来自姚乃强的译本。但本段引文（出自
《红字》第8页），笔者稍有改动，笔者认为原译文没有将 Scaffold 和 citizenship 两词正确译出。
② 详情可见 Larry J. Reynolds, "The Scarlet Letter and Revolutions Abroad", *American Litera-
ture*, Vol. 57, No. 1, March 1985, pp. 51 –53。

了另外一个同样不符合时代背景的词汇——公民身份（citizenship）。

《红字》故事发生的背景是 1642 年的波士顿。① 熟悉历史的人都知道，此时的新英格兰还是查理一世统治之下的一块海外殖民地，马萨诸塞州人民的官方政治身份也还是英王统治下的臣民而非公民，比如当海丝特离开监狱，面目狰狞的狱吏在前面吆喝开路时，仍然保持着对君主的敬意："劳驾，闪开，闪开，以国王的名义。"② 所以，虽然公民（citizen）一词早在 17 世纪的英语词汇中就已存在，但公民并不具有政治上的身份和权利，它大多时候指的是一个城邦的居民。比如 1651 年汤姆斯·霍布斯（Thomas Hobbes）在他的政治学著作《列维坦》（Leviathan）中虽然采用了公民一词，但他其实指的就是城市居民。1645 年新英格兰的清教徒领袖约翰·科恩在其政治主张中也使用了公民一词，但他依旧仍把 citizen 等同于居民而非真正政治意义上的公民："将人民团结成一体的最好方法就是誓约，丈夫与妻子之间的誓约，英联邦里行政长官与臣民之间的誓约，同一个城市里公民之间的誓约。"③ 依照科恩的意思，在新英格兰殖民地里的公民就是居民，其政治身份不过是行政长官治下的臣民，根本就不具备真正的公民身份或者公民权。他们既没有现代美国公民身份所暗含的选举权和工作权，④ 也没有古罗马共和国时期公民身份所蕴含的"既为国家被统治者也为统治者"的政治含义。事实上，人们对公民身份（citizenship）的普遍政治认知是美国独立战争和法国大革命之后才有的事情。那么霍桑在这里为什么故意误用了一个与故事所述年代

---

① 根据查理·里斯坎普的考证，《红字》的时间框架应该是 1642—1649 年，因为小说第 12 章叙述了新英格兰总督约翰·温思罗普（John Winthrop）的去世，历史上这一年正好是 1649 年，往前推七年，故事应该开始于 1642 年。详情可见 Charles Ryskamp，"The New England Sources of The Scarlet Letter"，*American Literature*，Vol. 31，No. 3，Nov 1959，p. 31。

② ［美］纳撒尼尔·霍桑：《红字》，姚乃强译，长江文艺出版社 2008 年版，第 8 页。

③ 转自于 Mary Beth Norton，*Founding Mothers and Fathers：Gendered Power and the Forming of American Society*，New York：Vintage Books，1996，p. 13。

④ 美国政治家茱迪·史珂拉（Judith N. Shklar）认为当代美国公民身份两个最重要的特征就是选举权和工作权。详情可见 Judith N. Shklar，*American Citizenship：The Quest for Inclusion*，Cambridge，MA：Harvard University Press，1991，p. 45。

背景完全不符合的词语呢？他所谓的 citizenship 到底有什么深意？这又与他自己所属的时代有什么关系？在这则描写 17 世纪清教徒生活的故事里，霍桑本人又想回应同时代什么样的历史态度和价值立场呢？

第一节　清教起源的国家神话与历史的文本性

新历史主义者路易斯·蒙特洛斯（Louis Montrose）认为，历史是历史学家基于基本事实而进行的一种编码式叙述，因此它具有虚构性和叙事性的文本特征，即所谓的"历史的文本性"。[①] 众所周知，在 19 世纪二三十年代，新英格兰地区普遍流行着关于清教徒历史的纪念性修辞（commemorative rhetoric）。每年在普利茅斯举行的先辈节（Forefathers Day）以及纪念马萨诸塞州创建百年的庆祝盛典上，主要的学术精英、政治显要以及法律人士都会受邀进行纪念性的演讲。演讲一般在具有历史意义的殖民聚居点举行，万人空巷，听众云集。在平均长达 40 多页、历时 2 个多小时的演讲词里，这些演讲家们不管在内容上还是在形式上都精心准备、小心举证，努力证明美国清教历史的神圣性。比如著名演讲家爱德华·埃弗里特（Edward Everett）在 1824 年的普利茅斯演讲中说："普利茅斯清教徒聚居点就是自由的神圣遗赠。"[②] 另一位演说家乔赛亚·亚当·昆西（Josiah Adam Quincy）更是把独立革命的胜利归功于清教理念的胜利，认为第一代清教徒就是人类自由权利的捍卫者："他们（第一代清教徒）的遭遇使得他们早已在内心种下了清晰而又不可磨灭的对公民自由以及对宗教自由的热爱，种下了坚定不移地伸张和维护自然权利

---

① 路易斯·蒙特洛斯第一次提出"历史的文本性""文本的历史性"这个概念是在文章 "Professing the Reniassance：The Poetics and Politics of Cutlure" 中，详情可见 Veeser, H. Aram, ed., *The New Historicism*, New York：Routledge, 1989, pp. 19–20。

② Edward Everet, *An Oration Delivered at Plymouth, December 22, 1824*, Boston：Cummings, Hilliard and Co., 1825, p. 11.

的信仰。"① 影响最深刻、最令人动容的纪念性演讲莫过于丹尼尔·韦伯斯特（Daniel Webster）1831 年发表的普利茅斯演讲，号召听众对早期殖民者致以最崇高的敬意。

我们来到这个石山来表达我们对清教先辈的敬意，我们感怀他们遭遇，感谢他们的努力，景仰他们的品格，崇敬他们虔诚，热爱他们那些公民自由和宗教自由的原则。正是这些原则使得他们远涉危险的大洋，抵抗住来自天国的风暴，经受住野人、病痛、放逐、饥荒的肆虐，然后在这片土地上开拓、建设。②

正是在新格兰地区纪念性修辞的影响下，清教主义渐渐突破地域限制，演变成为民主起源的国家神话（national myth）。共同构建这一国家神话的有同时代的政治家、演说家、律师和历史学家，他们一致认为 17 世纪的清教统治撒下了民主自由的种子，奠定了共和国的基础；共和国公民权利是殖民地时期公民身份发展演变的自然结果。19 世纪美国著名律师、演说家、辉格党代表人鲁弗斯·乔特（Rufus Choate）曾这样高度评价清教徒的政治实践。

呜呼，在五月花的船舱里，在他们还没有靠岸之前，就形成了代议制的共和政府。这个政府的力量来自有着共同目标，惺惺相惜的机构和人民。在这里同时并存着保守主义的安稳与进步主义的萌芽；在这里同时存在着公共的教会与自由的学堂……在这里已经形成了法制化和规模化的城镇，有了神学院，有了城市中心，有了初级民主的典范。教会、政府、法律、教育、思想意识的每一个层面

① Josiah Quincy, *An Address to the Citizens of Boston*, Boston: J. H. Eastburn, 1830, p. 16.
② Daniel Webster, *A Discourse Delivered at Plymouth, December 22, 1820*, Boston: Wells and Lilly, 1821, p. 183.

都在默契地遵守着同一个伟大原则即人们生而平等自由，人们生而拥有平等的机会与希望。[①]

1828 年，美国高院的大法官约瑟夫·斯托里（Joseph Story）在谈到马萨诸塞州的起源时，也把 19 世纪的民主原则归功于 17 世纪清教政治："塞勒姆体制的基础来自第一块共和国形式的聚居地。其人民是所有权力的来源，他们选择自己的地方长官和行政机构，他们建立了属于自己一个代议制政府"[②]。除了政治和法律领域，受到清教起源的国家神话影响的还有内战前的美国历史编纂。美国著名历史学家乔治·班克洛夫特（George Bancroft）在他所著的《美利坚合众国历史》（*History of the United States*）（这本书是 19 世纪近三分之一美国家庭的必选读物）一书中，为了证明新英格兰对共和国民主发展的奠基作用，不惜夸大事实，甚至认为清教主义时代已经实现了民主政治和公民权利。

在整个新英格兰，每一个独立的聚居地本身就是一个小小的民主政体，这是我们盎格鲁－撒克逊祖先洞察了人性弱点后自然产生的制度。如果在古代的共和国，公民权还是世袭的特权，那么在康乃迪克州，公民权只要通过居住权就可以得到。每一个小城议会就是一个小小的立法机构，所有的居民，不管穷富、聪明还是愚笨，都拥有平等的权利。[③]

根据海登·怀特历史诗学观点，历史从来不是一种客观存在，受意识形态和权力关系的影响，人们在修撰历史的过程中不可避免地会在情

---

① Rufus Choate, *The Colonial Age of New England*, Boston：Little ，Brown，1862，p. 385.

② Joseph Story, *A Discourse in Commemoration of the First Settlement of Salem*, Boston：Hilliard, Gray，1828，p. 62.

③ Bancroft George, *The History of the United States*, *from the Discovery of the American Continent to the Declaration of Independence*, 2nd，ed.，Boston：Little Brown，1952，p. 343.

节编排、论证解释等环节进行"创造性"发挥。① 班克洛夫特之所以要描绘出一个温和、人性的清教统治当然是为了将殖民地时期的历史纳入美利坚合众国的整体历史中，体现出整个民族统一连贯、前进发展的自由历程。但对霍桑而言，真正的清教徒历史并不一定都是光辉、宏大的历史叙事，它也充斥着镇压贵格派（Quakers）、反律法争论（Antinomian Controversy）及巫人审判案（Witch Trial）等不名誉事件。清教统治无法抹去其压制自由、残暴愚昧的黑暗时刻。因此如果说以班克洛夫为代表的"纪念性修辞"正在构建恢宏、进步的民族主义历史叙事，那么霍桑则致力于发掘被主流话语压制或掩盖的黑暗历史；如果"纪念性修辞"在积极神话化清教徒统治的国家集体意志，那么霍桑则要在作品中处处表现不屈服的个体抗争。当然正如托马斯·布鲁克（Thomas Brook）所说，霍桑并不是一个简单的神话解构者，他在解构的同时，也在创造神话，一个关于公民的神话。② 而这个神话的核心是公民意识的塑造。霍桑不认为残酷的清教统治可以带来公民的自由与尊严，但是他却坚定地相信正确的公民理念可以改变清教统治的方向，带来真正的民主政治。如果说 17 世纪的清教统治和 19 世纪的共和国民主有什么历史的联系的话，那一定不是清教时代的国家体制保证了民主制度的发展，而是每个拥有鲜明反抗意识的个体努力，在高压的清教社会中分化出了一个独立、自由的公民社会，③ 是这个公民社会的发展保证了真正公民身份的实现和民

---

① 详情可见 Hyde White, *Methahistory：The Historical Imagianation in Nineteenth-century Europe*, Baltimore and London：Johns Hopkins University Press, 1973, pp. 1 - 13。

② 托马斯·布鲁克将《红字》看作一则公民的神话，详情可见 Thomas Brook, "Citizen Hester：The Scarlet Letter as Civic Myth", *American Literature*, Vol. 13, No. 2, Summer 2001, pp. 181 - 211。

③ 虽然公民社会这一概念在当今公民理论系统中涵盖的范围和内容相当复杂，但本书决定采用杰安·柯亨（Jean L. Cohen）和安杰尔·阿拉托（Andrew Arato）在《公民社会和政治理论》（*Civil Society and Political Theory*）一书的定义，认为公民社会指的是"自由和平等的公民在一个合法界定的法律体系之下结成的伦理—政治共同体"。详情可见 Jean L. Cohen and Andrew Arato, *Civil Society and Political Theory*, Cambridge：MIT Press, 1992, p. 84。后文还会对公民社会进行进一步说明。

主制度的到来。

因此虽然《红字》的故事发生在 17 世纪，但霍桑并不满足于对过去历史的完全复制或客观再现（这本身也是不可能完成的），相反他是想通过故事本身架构起过去与现在的关系，寻找到一种超越时空的公民精神。在霍桑看来，正是这种精神造就了共和国今天的民主，也是清教徒历史真正的真实。不过令霍桑担忧的是，在他的时代，这种精神正在美国公民身上渐渐消失。

第二节　《海关》里两种公民"典范"

霍桑笔下的海关是 19 世纪美国政府机构的一个缩影，海关里公职人员本应是共和国公民的典范，但在霍桑看来，他们老迈昏聩，慵懒麻木，构成了一幅毫无生趣、碌碌无为的海关官员工作图。

> 在我任职期间，他们继续蹒蹒跚跚地走在码头上，摇摇晃晃地上下台阶……他们在办公室里将椅子后腿仰靠在墙上，藏在他们习惯的角落里蒙头大睡；上午醒来一两次，相互重复讲了千百遍的海上见闻和发了霉的笑话，这些东西已成了他们的口令和答暗号，叫人腻烦。①

海关里的老人们之所以会变得如此消沉羸弱，一方面是由于 19 世纪越演越烈的党派政治及其衍生而出的恩主制度（Patronage System）②，让越来越多的官员在职位去留的巨大压力下，只关注定期总统选举的结果

---

① ［美］纳撒尼尔·霍桑：《红字》，姚乃强译，长江文艺出版社 2008 年版，第 26—27 页。
② 恩主制度又称为政党分肥制（Spoil System）指在党派政治中，选举胜利的一方可以将政府部门的职位分配给自己的朋友、亲戚和支持者，作为他们帮助其选举成功的回报。

而磨灭了对公共事务的热情。而另一方面更重要的原因是这些官员们只把自己看作效忠国家机构的机器，而非有独立人格意识的自由公民。霍桑在《海关》里勾勒了两类公民典型，一种是以老稽查官为代表的动物性公民。他虽然"体面"地履行了自己的"职责"，但是霍桑认为他与"那些四脚爬行动物"没有什么区别——他"肤浅""虚妄""没有灵魂""没有头脑""没有思维能力、没有深沉的感情"；总之，"除了一般的本能之外，一无所有"。① 试想如果共和国任由这样一群只耽于声色口腹之乐，既不关心过去，也不问将来的公民来管理，那么何谈文化传统的传承和民主理想的推进？所以霍桑同时又塑造了另一类以米勒将军为代表的士兵公民的典型。不同于老稽查官的物化和麻木，米勒将军身上"有一种永恒的动力，有某种深入他意识里的东西，一旦受到激励，他一定能够像丢掉号服一样把年迈体弱摒弃一边，放下拐杖，拿起战刀，像战士一样冲锋陷阵"②。但遗憾的是，米勒将军只活在喊声震天、厮杀搏斗的战争语境里，活在战功赫赫的记忆中，却无法适应时代的变迁，也无法履行正常的民事职务。

> 阅兵列队的演变、战斗的厮杀声、三十年前听到的阵阵古老雄壮的乐曲，这样一些情景和声音也许仍活在他的心际耳边。与此同时，商人、船长、衣冠楚楚的职员和举止粗俗的水手，虽然他们进进出出，熙熙攘攘，可这种弥漫着商业气氛的海关生活的喧闹声，他却充耳不闻。③

米勒将军对战争记忆的沉溺，体现了霍桑时代的人们将战争时期的英勇、忠诚等同于公民理想的革命修辞。但在霍桑看来，米勒将军这种

---

① ［美］纳撒尼尔·霍桑：《红字》，姚乃强译，长江文艺出版社2008年版，第28—29页。
② ［美］纳撒尼尔·霍桑：《红字》，姚乃强译，长江文艺出版社2008年版，第33页。
③ ［美］纳撒尼尔·霍桑：《红字》，姚乃强译，长江文艺出版社2008年版，第33页。

对抽象国家主义的效忠不仅造成了与现代生活的格格不入——"他就像一把放错位置的老战刀。这把曾经在战场上闪闪发光，而今早已锈迹斑斑的"；更造成了他与别人的隔膜和间隙——"跟他谈话是一件艰巨的任务，相距仅几码，却觉得他在千里之外，遥不可及"。① 因此我们有理由相信，霍桑在这里借米勒将军描写了与老稽查官完全不一样的公民典型，虽然他对米勒将军的英勇无畏也不乏溢美之词，但他并不认为米勒将军就代表了理想的公民形象——他有战斗的激情，却没有履行公职的态度，他沉湎于过去战争的辉煌，却忘记了和平建设的价值，他认为个人对国家服从就是最高荣耀，但忽视了个人自由意志的选择才是真正民主的基石。

所以在霍桑看来，不管是靠在国家坚强臂膀上获得安逸生活的老稽查官还是对国家无比忠诚、血洒战争年代的老将军，都不是理想的公民形象，他们只能算是公仆而非公民。其实在关于个人与国家关系的问题上，霍桑在《海关》的开头就用了两个鲜明的国家象征符号（National Symbol）——美国国旗和美国之鹰来激发读者对国家权威的思考。在介绍海关官邸之前，叙述者首先特意提到海关门前飘扬着一面"十三根横条垂直的而不是平行的美国国旗"②。对于美国读者来说，他们当然知道国旗这样悬挂的方式"表明这里是山姆大叔的一个民事部门而不是军事部门"③。但霍桑却想通过这一熟悉的符号象征，提醒读者在他们的国家，民事部门与军事部门，就像清教时期的政府与教会一样，界限其实并不清楚，是可以互相渗透，轻易置换的（不过是同一块布怎么摆放的问题）。联想到海关里那些成天梦想着战争辉煌的退役老兵以及有军事背景的总统扎卡里·泰勒（Zachary Taylor）当选④，我们当然可以理解霍桑为

① ［美］纳撒尼尔·霍桑：《红字》，姚乃强译，长江文艺出版社2008年版，第17页。
② ［美］纳撒尼尔·霍桑：《红字》，姚乃强译，长江文艺出版社2008年版，第17页。
③ ［美］纳撒尼尔·霍桑：《红字》，姚乃强译，长江文艺出版社2008年版，第17页。
④ 霍桑在《海关》里对1848年扎卡里·泰勒将军当选总统进行了言辞犀利的讽刺。除了因为泰勒当选直接导致了霍桑的免职之外，评论家雷诺兹认为霍桑本人也不喜欢军人出身的泰勒总统在竞选时期所采用的暴力话语和修辞。详情可见 Larry J. Reynolds, "The Scarlet Letter and Revolutions Abroad", *American Literature*, Vol. 57, No. 1, March 1985, pp. 44 – 67。

什么会对此忧心忡忡了，因为军事对民事的渗透必然会带来国家军事权威的加强从而威胁到公民的个人权利和个人自由。如果说读者从国旗的不同摆放位置还未觉察到公民自由所受到的威胁，那么接下来，凶猛、凌厉的美国之鹰形象则足以让读者不寒而栗。

> 正门上方悬挂着一只巨大的美洲鹰的雕像，双翅展开，胸部护着一面盾牌，如果我没记错的话，它的两只鹰爪各抓着一束矢箭和倒钩箭。这只不祥的飞禽以它所惯有的坏脾气，借助它凶相毕露的大喙嘴巴和眼睛以及凶猛好斗的姿势，似乎在恫吓无辜的人们，尤其是警告镇上的全体居民，务必注意安全，不可擅自侵入它的羽翼庇护下的这所邸宅。①

事实上，真正的美国之鹰图像和霍桑的"记忆"确实有一些偏差，它的两只鹰爪一只抓的是一束矢箭，另一只抓的是一枝橄榄枝而不是倒钩箭，但笔者以为霍桑在这里是有意的误用，不过是想表明威严、冷酷的国家权威有可能对每个自由公民造成的伤害。但令霍桑遗憾的是，很多人并没有看到雄鹰凶悍的一面，而是"千方百计地来到这只联邦雄鹰的羽翼下寻求庇护"，想象"它的胸脯一定会像鸭绒枕头一样酥软暖和"。② 结果只能是"即使在它心情最愉快时，它也没有多少温柔……对它刚孵下的雏鹰，用爪子抓，用喙嘴啄或用带倒钩的羽箭刺他们，使他们伤痕累累，刻骨铭心"③。由此可见，不管是幻想着依赖国家的保护——像鸭绒一样柔软的胸脯，还是幻想着忠诚于国家的威严，都会带来个体自由人格的丧失，正如霍桑所说，当"靠在共和国强大的臂膀上时，他自己本身的力量就离开了。他丧失了他自立自主的能力，他丧失

---

① 纳撒尼尔·霍桑：《红字》，姚乃强译，长江文艺出版社 2008 年版，第 47 页。
② 纳撒尼尔·霍桑：《红字》，姚乃强译，长江文艺出版社 2008 年版，第 47 页。
③ 纳撒尼尔·霍桑：《红字》，姚乃强译，长江文艺出版社 2008 年版，第 47 页。

的程度与他原来本性的弱点和力量恰成正比"①。因此，在《海关》的最后，霍桑把自己离开海关看作一件愉悦的事。脱离了官僚的豢养体系，从依赖国家体制，没有独立人格的公仆到与国家权威保持一定距离的自由公民，霍桑以自己的经历见证：民主不仅仅是一种制度而是一种生活方式的选择。

第三节　从臣民到公民——专制与反抗

一　清教权威的专制统治

阿尔都塞的意识形态国家机器理论认为，国家权力的实施可以通过两种方式、并在两种国家机器中进行：一种是强制性和镇压性国家机器；另一种则是意识形态国家机器。前者包括政府、行政机构、警察、法庭和监狱等，它们通过暴力或强制方式发挥其功能。后者包括宗教、教育、家庭、法律、政治、工会、传媒（出版、广播、电视等）以及诸多文化方面（如文学、艺术、体育等）的意识形态国家机器，后者统统以意识形态方式发挥作用。② 17 世纪英格兰殖民地虽然名义上还不是一个国家，但是作为一个政治共同体，清教统治者们仍然利用宗教、严苛的法律、社会习俗等意识形态国家机器实施着绝对权威的统治。

比如约翰·温思罗普（John Winthrop），马萨诸塞州首任殖民总督，新英格兰清教统治时期的代表人物，在他的著名演说《论自由》中，就曾用婚姻的例子暗示个体对权威的服从。

> 女人一旦选择了男人作为她的丈夫，他就是她的主人，她就应

---

① ［美］纳撒尼尔·霍桑：《红字》，姚乃强译，长江文艺出版社 2008 年版，第 47 页。

② ［法］阿尔都塞：《意识形态和意识形态国家机器》，陈越编译，载《哲学与政治：阿尔都塞读本》，吉林人民出版社 2003 年版，第 335 页。

服从于他，这是一种自由而不是束缚。真正的妻子应该把这种服从看作荣耀，是自由……更有甚者，兄弟们，这也是你和你们的行政长官的关系。是你们选择了我们作为你们的长官，一旦被你们所选举，我们就得到了上帝的权威，一切按上帝的法则行事，所以如果你发现我们（你们的行政长官）有什么不足之处，你应该首先自反其身，然后使得你们自己更加容忍我们，而不是苛责审查你们行政长官的过失。①

这段话的危险之处在于温思罗普将世俗的婚姻关系、公民与政府的关系和宗教信仰混为一谈，认为妻子对丈夫，人民对行政长官就应该像基督徒对基督一样表现出绝对地服从。难怪叙述者会评论说："在那个时代，一切权力机构都被认为具有神权制度赋予的神圣性"②，因为权力的执行者拥有了和上帝/圣经一样的绝对威严。在这样的清教政体观念下，清教统治阶层的权利被无限放大而个体公民的自由却被无限压缩。当个体公民感觉行政长官有什么不足和缺陷，他们首先敢做的不是质疑政权等级结构，而是净化、压抑自己的欲望来符合清教传统。由此可见，在17世纪温思罗普等人的政治观念中，所谓的"公民"其实仍是和他们母国的人民一样的臣民；唯一不同的是，前者是在一个政治共同体内的臣民，后者是君主政体下的臣民。③ 但对身处19世纪的霍桑来说，他所认同的公民概念既不是指一个城市的居民，更不是指对统治阶级言听计从的臣民，它的政治内涵暗示一种自我统治的能力以及对主流文化和官方集权质疑的声音。虽然霍桑也不同意《红字》里男女主人公海丝特、丁

---

① John Winthrop, *Winthrop's Journal*: *History of New England 1630 – 1649*, Vol. 2, New York: Charles Scribner's Sons, 1908, pp. 238 – 239.

② [美] 纳撒尼尔·霍桑：《红字》，姚乃强译，长江文艺出版社2008年版，第17页。

③ 查尔斯·菲德尔森在分析《红字》时的清教社会时，说道："与后世民主制度下的不恭敬比较起来，马萨诸塞州的公民对他们长官的态度近似于一种封建式的忠诚与崇敬"。详情可参见 Charles Feidelson, Jr., *Symbolism and American Literature*, Chicago: The University of Chicago Press, 1953, p. 48。

梅斯代尔对天然自由（natural liberty）的放纵，但他更反对的是清教统治为实现高度权威对公民自由（civil liberty）的操纵和控制。

首先，我们看到清教权威利用公开审判操控集体记忆。《红字》的故事其实开篇了两次。在最初的"狱门"和"市场"两章中，相同的场景，相同的地形和相同的人群分别在清教文化的公共领域出现了两次。不同的是在"狱门"一章，叙述者的讲述充满历史的沧桑感，他以历史学家和道德学家的口吻暗示清教徒乌托邦理想的破产以及人性的普遍堕落。但到了"市场"一章，叙述的时间充满了即时感，绞刑台成为集体身份认同的支点，这似乎在说明，当乌托邦理想破灭后，法律和宗教——这两种清教训诫工具便成了清教统治的基础。因此清教徒对海斯特的公开审判与其说是对其越轨行为的惩戒，不如说是清教统治借此公共惩戒的场所，加强个体对清教严厉法律的集体认同，形成对惩戒罪恶的集体记忆。莫里斯·哈布瓦赫在定义集体记忆时，认为它是"一个特定社会群体之成员共享往事的过程和结果。保证集体记忆传承的条件是社会交往及群体意识需要提取该记忆的延续性"①。海斯特被判佩戴红字 A 在绞刑台上示众的三小时是"全城镇的人像赶集一样蜂拥而来"，连"不明所以"的小学生都"放了半天假，赶来凑热闹"的三小时。与此同时，海丝特感受到有"成千上百个旁观者在场"被"一双双严厉的眼睛注视"②，"心给抛到大街上，任凭他们吐唾沫和践踏"③，"即使被判处死刑也不会有人认为这个判决过于严苛"④。所以通过对海丝特的公开审判，清教统治者不仅让每个观众成为事件的亲历者，而且是强迫每个个体形成庄严肃穆，"如死刑般威严"⑤ 的集体记忆的过程。⑥

①　[法] 莫里斯·哈布瓦赫：《论集体记忆》，毕然、郭金华译，上海人民出版社 2002 年版，第 77 页。
②　[美] 纳撒尼尔·霍桑：《红字》，姚乃强译，长江文艺出版社 2008 年版，第 8 页。
③　[美] 纳撒尼尔·霍桑：《红字》，姚乃强译，长江文艺出版社 2008 年版，第 12 页。
④　[美] 纳撒尼尔·霍桑：《红字》，姚乃强译，长江文艺出版社 2008 年版，第 8 页。
⑤　[美] 纳撒尼尔·霍桑：《红字》，姚乃强译，长江文艺出版社 2008 年版，第 9 页。
⑥　[美] 纳撒尼尔·霍桑：《红字》，姚乃强译，长江文艺出版社 2008 年版，第 4 页。

其次，清教统治者实施着对"犯罪"主体的文本化和符号化。福柯认为，打上标记的身体是权力意志的体现，社会惩罚"最终涉及的总是身体。权力关系总是直接控制它、干它、给它打上标记、训练它、折磨它、强迫它完成某些任务、表现某些仪式和发出某些信号"①。这也是清教统治者要求海丝特一定要佩戴红字 A 的原因，他们要让红字 A 成为权力的象征，让打上标记的身体变成驯服的工具。事实上，当红字 A 第一次和其佩戴者海丝特一同出现时，后者确实在观众眼中被红字变成了一张没有历史的空白书写纸——"吸引大家目光的，而且事实上也改变了其佩戴者的，却是那个红字……原本熟识海丝特·白兰特的，无论男人还是女人现在突然都觉得他们好像都是第一次见到她"②。这是因为此时海丝特的身体由于红字的标记已经退化成为书写权力的工具。随着故事的推进，红字 A 又把海斯特变成一个行走的司法能指，成为街头巷尾人们随时拿出来进行道德教育的法律文本："牧师们会在街上停步，对她劝诫一番，准会招来一群人围着这个可怜的、罪孽深重的女子蹙眉狞笑。如果她去教堂，满心以为自己会分享众生之父在安息日的微笑时，她往往会不幸地发现她自己就是讲道的内容。"③ 最后红字 A 甚至将海丝特物化为一种罪恶的象征，性别的暗示。

> 她将在长年累月中，逐渐放弃自己的个性，而成为布道师和道学家众手所指的一般象征；他们以此来具体说明和体现他们关于妇女脆弱本性与罪恶情欲的形象。他们教导纯洁的年轻人好好看看她——这个胸前佩戴红字的女人；看看她——这个有着可尊敬父母的淑女；看看她——这个原来纯洁无瑕的女人，如今，要把她看作

---

① ［法］福柯：《规训与惩罚：监狱的诞生》，刘北成、杨远婴译，生活·读书·新知三联书店 1999 年版，第 27 页。
② ［美］纳撒尼尔·霍桑：《红字》，姚乃强译，长江文艺出版社 2008 年版，第 7 页。
③ ［美］纳撒尼尔·霍桑：《红字》，姚乃强译，长江文艺出版社 2008 年版，第 35 页。

罪孽的形象、罪孽的肉体和罪孽的存在。她必须带入坟墓的耻辱，将是竖立在她墓前的唯一的墓碑。①

福柯认为一切权力技术都是围绕着身体展开的，权力不断地驯化、控制着身体。清教统治者正是通过红字 A，希望在越轨者的身体上打下权力的标记，剥夺其鲜活的主体性，强迫海丝特接受父权、政权和教权的惩罚。

最后，清教统治者还不遗余力地加强对公民私人生活的监控。根据清教殖民地的统治原则，清教的地方行政长官，作为上帝选出的在尘世里的代表，拥有对上帝子民的绝对管理权。而为了驯化出对上帝忠诚的子民，地方行政长官们必然加强对公民各方面的监管，他们不仅插手复杂的法律事件而且还负责监督大众的精神世界。正如劳伦·勃兰特（Lauren Berlant）在分析 17 世纪的清教国家政治时所说，"在理论上没有哪个私人领域是国家不可以涉入的，也没有哪一种思想是能逃脱国家控制的"②。正因为此，在海丝特的审判中，"铁面无私的圣贤们"坚信自己有权利坐下来"审判一个犯了错误的女人的心灵"让她"袒露灵魂深处的隐私"。③ 出狱后的海丝特，一方面要在地方长官的严密监视和允许下才能开始新生活，另一方面因为佩戴红字，她的一举一动无不暴露在全城人的注视和关注之下，每时每刻接受别人的嘲弄、羞辱或者背后的窃窃私语。马大康在《文学：对视觉权力的抗争——从霍桑的〈红字〉谈起》一文中提到："'看'是权力的施行者，也即施暴者；'被看'则是受虐者。当人暴露在'他人'的注视之下时，他的自主性就被剥夺了，他成了视觉权力的牺牲品，他的一举一动都受到了强权的监视和限制，

----

① ［美］纳撒尼尔·霍桑：《红字》，姚乃强译，长江文艺出版社 2008 年版，第 30 页。

② Lauren Berlant, *The Anatomy of National Fantasy*: *Hawthorne*, *Utopia and Everyday Life*, Chicago：University of Chicago Press, 1991, p.98.

③ ［美］纳撒尼尔·霍桑：《红字》，姚乃强译，长江文艺出版社 2008 年版，第 18—19 页。

必须得到强权的允许"。① 所以，与其如霍桑所说"红字是狡黠诡谲的清教法庭一项完美设计，让海丝特不得不接受永不休止，永远有效的惩罚"②，不如说这一设计让全城的人都变成了清教强权的帮凶和同谋者，成为严苛法律的实施者和执行者。

当然，清教统治者对公民个人事务干涉最明显的例子莫过于贝灵汉总督等人仅仅凭主观臆断，认为"珠儿是魔鬼的孽种"就企图拿走珠儿的监护权。他们自诩这是"出于基督教对母亲灵魂的关心"，但是，叙述者却代表霍桑对这种无孔不入的清教监管表达了强烈的嘲讽。

> 这样一件事，在晚些时候，最多交给城镇行政委员会这一级去处理就行了，而现在居然要公众讨论，而且政界显要人物还要参加，看来不免有点稀奇，也确实有点滑稽可笑。不过在世风纯朴的时代，那些与公众的利益关系很小，甚至比海斯特母女的生活福利问题更为次要的问题，都跟议会审议和政府立法奇怪地搅和在一起。③

正因为清教统治者把公共领域与私人领域混淆不清，把管理公共事务的公共权力运用到干涉，甚至控制个人情感、思想灵魂，家庭生活等隐私的层面，所以殖民地的人民要么只能把私人空间曝光在光天化日之下，暴露在众人的注视之中，要么只得隐藏自己的真实想法，以假面目示人。

面对清教权威的高压专制统治，不管是接受审判的海丝特还是参与审判的观众，都面临着放弃自我与清教主流意识形态妥协还是坚持自我与主流意识形态对抗的选择。幸运的是，海斯特勇敢地选择了后者。

---

① 马大康：《文学：对视觉权力的抗争——从霍桑的〈红字〉谈起》，《文艺研究》2007年第 2 期。
② [美] 纳撒尼尔·霍桑：《红字》，姚乃强译，长江文艺出版社 2008 年版，第 35 页。
③ [美] 纳撒尼尔·霍桑：《红字》，姚乃强译，长江文艺出版社 2008 年版，第 49 页。

二 海斯特的反抗

清教统治者对海丝特的公开审判，以及将其变成罪恶符号的目的无非是彰显清教律法严酷的惩戒机制，在分散的群众中创造出一个统一而驯服的集体意识，从而确保自己在年轻的殖民地里的世俗权威。但出狱后被迫靠手工技艺为生的海丝特却通过她的针线活对这一权威进行了最成功的反讽。在"海丝特的针线活"一章里，我们看到海丝特因为罪恶的标记被逼到了社会边缘，所以她只得把给人做针线活当作自食其力的手段。于是她精巧而富于想象力的技艺很快就赢得了达官贵人们的青睐："贵族妇女们非常乐意利用这技艺来给她们夹金银丝的织物增添一份经人工妙手装饰的绚丽和灵气。"①

根据埃德温·鲍尔斯（Edwin Powers）的研究，新英格兰殖民地在1651年的《简朴法案》（Sumptuary Law）中曾明文规定禁止奢侈装饰，反对铺张浪费"不能随意佩戴金或者银绶带，缝制金或银的纽扣；女性不能戴丝质的头巾和围巾"②。但在《红字》中我们看到这一禁令只能管住平民，"有财有势的人仍可以随心所欲，禁而不止"③。所以，海丝特的刺绣手工渐渐成为一种时髦的象征，成为社会进行阶级区分的标记。更重要的是，清教统治阶级也需要这些奢华的外在装饰来体现政权的威仪。在"一些公众典礼，如圣职加委、官吏任职以及新政府对人民显示威仪的种种仪式上……齐领的环状皱领，编织精美的饰带和刺绣华丽的手套都被认为是显耀官吏权势必不可少的东西"④。海丝特最殷勤的顾客应该是贝灵汉总督，他在家穿着的有宽大皱领的睡袍，以及"准备出席盛典

---

① 〔美〕纳撒尼尔·霍桑：《红字》，姚乃强译，长江文艺出版社2008年版，第32页。

② Edwin Powers, *Crime and Punishment in Early Massachusetts*, *1620 - 1692*：*A Documentary History*, Boston：Beacon Press, 1966, pp. 60 - 61.

③ 〔美〕纳撒尼尔·霍桑：《红字》，姚乃强译，长江文艺出版社2008年版，第32页。

④ 〔美〕纳撒尼尔·霍桑：《红字》，姚乃强译，长江文艺出版社2008年版，第32页。

时佩戴"① 的精美刺绣手套都是出自海丝特之手。而与他奢侈的服饰相匹配的，是贝灵汉姆总督的家，叙述者告诉我们，其堪比"阿拉丁王宫，与一个庄重的清教徒统治者的宅邸并不甚相称"②。由此可见，虽然像温斯罗普一样的清教徒理论家声称要抛弃旧世界的腐败、奢靡，依靠对上帝的信仰建立一个简朴、虔诚的"山巅之城"，但在实际生活中像贝灵汉姆这样的统治者根本无法"拒绝的唾手可得的享受，乃至奢华"③。清教统治者一方面用严酷的律法逼迫人民对清教权威服从，但另一方面他们又用违背法律的方式表现其阶级优势和特权。他们一方面用红字定义了海丝特的罪恶，但与此同时又不得不借用她的手去装点他们政权的威仪，满足他们奢侈的生活享受。

如果说海丝特的针线活戳破了清教统治的虚伪，那么它同样是海丝特反抗清教统治者、捍卫爱情的武器。面对清教统治者的严厉惩处，海丝特从来没有屈服过，她始终坚信她和丁莫斯代尔之间的爱情"具有自身的神圣之处"④。为了彰显爱情的神圣，她不仅仔细装扮胸前的红字，更重要的是她倾其所能，甚至出于"一种变态的动机"⑤ 购买最奢华的衣料，动用最丰富的想象装扮他们爱情的结晶——珠儿："她用鲜红的天鹅绒为她裁制了一件样式别致的束腰裙衫，还用金色线在上面影绘色绣了各色图案。这样浓烈的色彩……与珠儿的美貌十分相配使她成了在地球上闪耀火焰中最明亮的一株小火苗。"⑥ 于是，在清教徒眼里被视为罪恶情欲后果的珠儿，在海丝特"绞尽脑汁"精心装扮下，变成另一种红字，成为不屈服爱情的象征，一种旺盛生命活力的代表，以至于叙述者都说："这个孩子是另一种形式的红字，是被赋予了生命的红字"⑦。因此，对海

<hr />

① ［美］纳撒尼尔·霍桑：《红字》，姚乃强译，长江文艺出版社 2008 年版，第 49 页。
② ［美］纳撒尼尔·霍桑：《红字》，姚乃强译，长江文艺出版社 2008 年版，第 52 页。
③ ［美］纳撒尼尔·霍桑：《红字》，姚乃强译，长江文艺出版社 2008 年版，第 56 页。
④ ［美］纳撒尼尔·霍桑：《红字》，姚乃强译，长江文艺出版社 2008 年版，第 140 页。
⑤ ［美］纳撒尼尔·霍桑：《红字》，姚乃强译，长江文艺出版社 2008 年版，第 40 页。
⑥ ［美］纳撒尼尔·霍桑：《红字》，姚乃强译，长江文艺出版社 2008 年版，第 50 页。
⑦ ［美］纳撒尼尔·霍桑：《红字》，姚乃强译，长江文艺出版社 2008 年版，第 34 页。

丝特而言，精美的针线活就是她"抒发生活激情的方式"，是她反抗的声音。当整个清教权势阶层都因她的激情而被装扮，她之前被定义为罪恶的激情反而变成清教社会不得不公开承认和接受的具身（embodiment），这是多么大的讽刺？难怪叙述者说海丝特从针线劳作中获得慰藉的行为"恐怕并不能说明其真心实意的悔改，在内心深处可能还大有可疑"①。

除了借精美的织物来反抗清教权威们对红字的罪恶定义，海丝特还通过七年清苦自律的生活和无处不在的扶危救困（当然下文将会阐述海丝特这样做的真正原因），改变清教统治者赋予红字 A 的功能和作用，使它从一个僵硬的司法能指变成了一个多元、自由的人性阐释。对于那些海丝特给予了帮助的人而言，她胸前的红字是神职的标志，字母 A 的意义代表着"能干"；对于那些同情海丝特遭遇，早已宽恕了海丝特·白兰特的寻常百姓来说，他们也"不再把红字看作罪过的标志而看作犯罪后行善积德的标志"，因为"她为此已经忍受了那么长，那么凄惨的处罚"。② 对于那些眼见海丝特在危难中还能安适如常的迷信的信众而言，在他们的心目中"那红字就有了与修女胸前挂的十字架同样的作用"③，拥有佩戴者刀枪不入的神性。

七年时间，海丝特用看似恭顺的外表默默抵抗着清教统治者利用公共权威控制集体记忆和集体身份的努力，她用自己的美德和行为改变了官方文化的话语霸权，以社会边缘者的姿态坚持自我身份的构建。其中最突出的当属海丝特对自己作为母亲的权利的维护。当海丝特得知殖民地几个头面人物正策划着把珠儿交给其他人监护时，她马上带着珠儿到贝灵汉总督府邸求情。结果对珠儿进行一番考察后，贝灵汉总督和威尔逊牧师更加确定地要实施这一计划。这时，海丝特不得不激动地向丁梅斯代尔喊道："替我说句话吧！你了解我，你具有这些人所没有的同情

① ［美］纳撒尼尔·霍桑：《红字》，姚乃强译，长江文艺出版社 2008 年版，第 34 页。
② ［美］纳撒尼尔·霍桑：《红字》，姚乃强译，长江文艺出版社 2008 年版，第 108 页。
③ ［美］纳撒尼尔·霍桑：《红字》，姚乃强译，长江文艺出版社 2008 年版，第 109 页。

心！你了解我心里想的是什么，也了解一个母亲的权利是什么。"①

在这里，海丝特对"母亲的权利"的呼吁其实和前文叙述者引入"公民身份"的概念一样，是霍桑的有意误用（anachronism）。在 17 世纪，丧失孩子抚养权的母亲，不可能要求所谓的"母亲的权利"，因为在当时的婚姻关系中，父亲是孩子法律上的自然监护人。如果孩子没有父亲，公共对孩子的监护权甚至都要大于母亲。这也是为什么殖民地几位头面人物认为他们为了珠儿的"健康发展"有权把珠儿从她母亲身边带走。根据麦克·格罗斯伯格（Michael Grossberg）的研究，母亲第一次在法律上被确认拥有孩子独立的监护权是 1774 年英国大法官曼菲斯尔德在普通法中的执行。② 而大众真正开始接受"母亲的权利"这一概念，承认母亲在培养下一代中所扮演的积极角色，推崇母亲在家庭教育中的重要地位，是在 19 世纪才开始有的修辞。所以当霍桑让海丝特喊出"母亲的权利"这一 19 世纪才有的词汇其实是想有意表明海丝特不同于 17 世纪整个清教社会对母亲身份（motherhood）的认知。这也是她与"世界抗争"③，独立于清教意识形态的重要一步。

事实上，海丝特要"誓死捍卫的权利"④ 不仅仅是珠儿的监护权，更重要的是争取一种不同于清教主流意识形态的自由宽厚的教育方式：

> 当时的家规要比现在严厉得多。皱眉怒视，严声责骂以及用戒尺抽打，这些《圣经》允许的手段全都使用有加，不仅用于对错行为的惩罚，而且也是用来培养儿童品德的有益措施。然而海丝特与珠儿是寡母孤儿，她不会对孩子过于苛刻严厉，她考虑到自己的过失和不幸，很早就竭力想对托付给她的婴孩施以慈爱而不失严格的

---

① ［美］纳撒尼尔·霍桑：《红字》，姚乃强译，长江文艺出版社 2008 年版，第 61 页。

② 可参见 Michael Grossberg, *A Judgment for Solomon：The d'Hauteville Case and Legal Experience in Antebellum America*, New York：Cambridge University Press, 1996。

③ ［美］纳撒尼尔·霍桑：《红字》，姚乃强译，长江文艺出版社 2008 年版，第 60 页。

④ ［美］纳撒尼尔·霍桑：《红字》，姚乃强译，长江文艺出版社 2008 年版，第 60 页。

管教。①

17 世纪清教徒所奉行的严厉苛责的家庭教育源于严厉、不容忍的清教文化。对于清教父权权威来说，教育的重点在于文化的复制和思想的统一，这只要看看叙述者所描述的那些小小清教徒滑稽的游戏就可见这种文化教育的力量。② 也正是在这一文化逻辑的驱使下，贝灵汉总督坚持要把珠儿从海丝特身边带走，让她成为这一文化的复制品："想一想吧，要是把她从你身边带走，让她衣着庄严朴素，严格管教，懂得天上人间的真谛，那不是对小孩的眼前和将来都有好处吗？在这方面你又能为孩子做些什么？"③ 在他的另一部作品《温顺的男孩》中，霍桑也对这一文化复制的家庭教育进行了激烈的批判。故事最让人心痛的是，一群深受清教主义思想茶毒的小清教徒们，他们把父辈的不容忍品格发挥到了极致，竟对他们的同龄人主人公伊尔伯拉母希姆（Ilbrahim）展开了血腥而残忍的迫害。

突然间，他们父辈身上的魔鬼钻进了这些还穿开裆裤的狂热分子的躯体里，他们尖锐地狂叫了一声，朝可怜的贵格会小教徒冲来。顷刻间，他被一伙小恶魔围在中间，他们朝他挥舞棍棒、投掷石块；他们表现出来的毁灭的本能远比成人的嗜血好斗更为令人恶心。④

海丝特当然不想让自己的珠儿变成清教文化的复制品，变成清教父

---

① ［美］纳撒尼尔·霍桑：《红字》，姚乃强译，长江文艺出版社 2008 年版，第 41 页。

② 海丝特常看到当地孩子们做的游戏都是在模仿清教大人们的行为，比如扮演上教堂做礼拜或是拷打贵格派教徒，或是假装跟印第安人打仗，剥头皮，或是模仿巫师的怪样子相互吓唬。以至于叙述者都说："事实上，这伙小清教徒是有史以来最不容人的家伙。"

③ ［美］纳撒尼尔·霍桑：《红字》，姚乃强译，长江文艺出版社 2008 年版，第 58 页。

④ ［美］纳撒尼尔·霍桑：《霍桑集：故事与小品》（上），罗伊·哈维·皮尔斯编，姚乃强等译，生活·读书·新知三联书店 1997 年版，第 137 页。

权文化下那些"最不容忍的小清教徒"①。面对珠儿乖张的个性和野性的本能，海丝特能给予她的只有最大限度的母爱和宽容并随时提醒她母女两人几乎被剥夺了的人类情感交流的价值。这其实也呼应了19世纪家庭教育的理念，尊重母亲爱的教育，培养孩子的同情心。如果说珠儿是海丝特的红字，那么珠儿在接受爱和海丝特给予爱的过程中，她早已不是清教文化所定义的罪恶的含义，她是母爱滋养出的花朵，是学会了爱与同情的感性个体。这也是为什么珠儿最后能在丁梅斯代尔身边流出感伤的泪水，全是因为"这个伟大的悲剧场面，激发出了她全部的同情心"②。于是，在亲生父亲和母亲共同的情感教育之下，珠儿终于解除了她与世界作对，与清教社会为敌的符咒，不再是"一个传递痛苦的信使"，而成为一名与"人类同甘共苦共患难，一起成长"③心怀慈悲与温情的真正的女人。

第四节　从公民到公民社会的形成——海丝特的回归

一　何为公民社会

公民社会的思想在西方源远流长，最早可追溯到古希腊罗马时期，亚里士多德的《政治学》就使用了"公民社会"（希腊文为 Koinonia Politike）来指称"城邦"。到了17—18世纪，以托马斯·霍布斯（Thomas Hobbes）和约翰·洛克（John Locke）为代表的资产阶级思想家认为，公民社会（civil society）的概念与国家（state）概念和政治社会的概念基本上是重合的，他们共同对应的是一种野蛮状态或自然状态。比如洛克就指出："凡结合成为一个团体的许多人具有共同制订的法律以及可以向

---

① ［美］纳撒尼尔·霍桑：《红字》，姚乃强译，长江文艺出版社2008年版，第43页。
② ［美］纳撒尼尔·霍桑：《红字》，姚乃强译，长江文艺出版社2008年版，第197页。
③ ［美］纳撒尼尔·霍桑：《红字》，姚乃强译，长江文艺出版社2008年版，第197页。

其申诉的有权判决他们之间的纠纷和处罚罪犯的司法机关，他们彼此都处在公民社会中。"① 到了 19 世纪，"公民社会"的概念经过黑格尔和马克思的改造，正式与"国家"的概念明确分离，认为其是与独立于国家的物质经济生活关系的总和。②

到了 20 世纪，葛兰西再次把"公民社会"和"政治社会"对立起来，认为前者主要指包括政党、工会、教会、学校以及新闻出版等民间组织的总和，后者主要指政府、议会、法院、军队、警察等国家强制权力机构。国家是公民社会和政治社会的统一有机整体。到了 20 世纪 90 年代，学者如肯尼（John Keane）、科亨（Jean L. Cohen）、阿拉托（Andrew Arato）、沃泽尔（Michael Walzer）、哈贝马斯（Jurgen Habermas）将"公民社会"理解为介于国家与市场结构之间的公共领域，它包括私密领域（特别是家庭）、各种社团（特别是志愿性社团）、社会运动和各种公共沟通形式。公民社会以公民不服从和新社会运动的特征，实现对国家权力机关的政治批判，推动民主的进程。

本书认为，身处 19 世纪的霍桑也许没有清晰的公民社会理论，但是他具有强烈的民主意识和公民自觉。另外，在海关三年的工作经历也让霍桑真切感到了政府权力对公民自由的侵蚀与危害。所以当我们现在读《红字》时，我们可以明显地感受到一个严肃的有社会责任感的作家在进行理想的民主社会构建时，不谋而合地符合了现代公民社会的某些特征和内涵。特别是通过对海丝特回归这一事件的戏剧化处理，霍桑其实是在极权的清教社会中分化和构建出了一个独立的公民社会的雏形，在这个社会里，既有与政治社会的对抗与不服从，也有对公民秩序的尊重和

---

① ［英］洛克：《政府论》（下），叶启芳等译，商务印书馆 1964 年版，第 53 页。

② 黑格尔虽然用的是"市民社会"的概念，但他的市民社会已经具备了公民社会的内涵，而且他是第一个将市民社会与国家进行了学理区分的学者。之后的马克思汲取了黑格尔"市民社会"概念的积极内涵，认为市民社会是"物质经济生活关系的总和"，从而实现了社会与国家纯粹的彻底分离。关于公民社会概念的演变可参见丛日云、庞金友《西方公民社会理论的复兴及特点》，《教学与研究》2002 年第 1 期，以及王晓升《市民社会、公民社会与国家——重新认识葛兰西的"市民社会"概念》，《华南师范大学学报》（社会科学版）2010 年第 2 期。

回归；既有个人的自由独立，也强调人际的互助同情；既有对私人领域的保护，也有对公共伦理的召唤。因此，我们可以说霍桑对民主理想和公民精神的塑造最后是通过公民社会的构建来完成的。

二　公民秩序的回归——解构海丝特的另一面

小说的最后，海丝特回到新英格兰，重新佩戴上了红字。但是，我们被告知，海丝特这次选择戴上红字，既不是出于"严厉官吏的强迫"，也不是因为珠儿的恳求，而是完全出于"她自己的意志"。① 这时候的海丝特与小说前面章节中描述的那个外表隐忍、坚强，内心激进革命的海丝特完全不一样了，她有对自己所犯错误的忏悔，有对社会规范（不管是道德规范还是法律规范）的尊重。那么霍桑为什么一定要解构海丝特激进革命的一面，让她对社会的反抗与不服从必须以尊重社会正常秩序为前提呢？

根据霍桑夫人索菲亚写给母亲伊丽莎白的信件推测，霍桑大概于1849 年的九月下旬开始全力撰写《红字》。② 此时，离刚刚结束的1848 年欧洲革命还不到一个月。大概一年半以前，这场革命从意大利开始，席卷了欧洲大陆几乎除俄国以外的所有城市和国家，推翻了封建贵族统治，建立了革命的临时政府。面对这场波及整个欧洲的大革命，美国公众一直抱有极大的热情和关注度。伊丽莎白·怀特（Elizabeth B. White）的研究显示，美国当时主流的媒体报纸大概开辟出四分之三的版面在头条刊登欧洲的战事情况。③ 霍桑许多朋友比如他的出版商埃弗特·戴金克（Evert Duyckinck）、女权主义活动家玛格丽特·富勒，甚至他自己的妻子

---

① ［美］纳撒尼尔·霍桑：《红字》，姚乃强译，长江文艺出版社 2008 年版，第 203 页。

② 1849 年 9 月 27 日，在写给母亲和姐姐的信中，索菲亚专门提到了霍桑开始撰写《红字》时废寝忘食的情形："霍桑从早写到晚，他写得如此专注以至于我都有点害怕了，但是他现在很好，容光焕发。"

③ 关于美国人对于 1848 年革命的普遍态度，可参见 Elizabeth B. White, *American Opinion of France, from Lafayette to Poincare*, New York：Alfred A. Knopf，1927。

索菲亚都对欧洲革命表示出了极大的热情，对新兴的革命政府寄予了极大的同情。

但是，对于霍桑而言，革命一直是一件很可怕的事情，因为和革命联系在一起的常常是暴徒般的无政府主义狂欢和社会秩序的崩坏。他的这一态度在他的短篇小说《我的亲戚莫里纳上校》（"My Kinsman，Major Molineux"）中表现得最为明显。故事虽然以独立革命为背景，但霍桑对革命运动中暴徒式的狂欢以及人性的堕落进行了深刻的讽刺。① 霍桑在最后一部未完成的长篇小说《塞普提米斯·费尔顿或长生不老的灵丹》（Septimius Felton，or The Elixir of Life Manuscript）中曾阐述了他对革命的最终态度："在一个革命和公共秩序崩坏的时代，所有荒谬的事情都可能发生。我们所看中的冷静、习俗、井然有序的优雅都瞬间消失殆尽。人们大多都像疯了一般。公共道德的违反，女权的放纵比比皆是，随处可见。自杀，谋杀，所有人们的头脑中不可控制的情绪都体现在野蛮的行为中，而旁观者对此却无动于衷。"② 事实证明，1848 年发生在法国的六月革命，其血腥程度让当时在巴黎狂热支持法国人民革命的戴金克的弟弟乔治·戴金克（George Duyckinck）很快感受到了社会秩序失控的恐怖："人性几乎和六十年前（指 1789 年法国人民攻陷巴士底狱）一模一样。人头被穿在长矛和剑上，女人们围着砍下的头颅跳舞好像在庆祝刚干完的这项差事。不用怀疑，一旦起义成功，用来砍头的断头台将变得和六十年前一样繁忙"。③ 而同年 4 月，休斯大主教（Bishop John Hughes）在

---

① 关于霍桑在《我的亲戚莫里纳上校》故事中体现出来的反对暴力革命的态度，可参见 John P. McWilliams，Jr.，"Thorough-Going Democrat' and 'Modern Tory'：Hawthorne and the Puritan Revolution of 1776"，*Studies in Romanticism*，Vol. 15，No. 4，Fall 1976，pp. 549 – 571。

② Nathaniel Hawthorne，Septimius *Felton*；*or*，*The Elixir of Life Manuscript*，Edward H. Davidson，Claude M. Simpson，and L. Neal Smith（eds.），Columbus：Ohio State Univ. Press，1997，p. 67.

③ 转引自 Larry J. Reynolds，"The Scarlet Letter and Revolutionary Aboard"，*American Literature*，Vol. 57，No. 1，March 1985，p. 49。

写给《纽约询问快报》（*New York Courier and Enquire*）的一封信中更是认为罗马革命者建立的政府无异于恐怖政权："基于我认为的最真实的事实记录，他们（指意大利的革命者）在罗马人民中间建立起了恐怖统治，他们却称之为政府"①。

著名评论家托马斯·伍德森（Thomas Woodson）指出，霍桑并非只对新英格兰的过去感兴趣，他其实对自己的时代和社会持有更高的关注度。② 因此当震动整个欧洲的大革命最终演变成一幕幕暴力、流血和混乱的悲剧时，霍桑几乎同一时间在他的著作中积极并创造性地回应了这一事件。大革命中社会规范的失效，社会秩序的紊乱，以及革命暴力所产生的新的恐怖，这些都让本身对革命就持有保守态度的霍桑更加担心：哪怕萌芽中的革命思想也会威胁到真正公民自由和公民社会。于是遏制革命成为霍桑塑造公民社会的主要考量，革命与否也成为小说中人物能否获得霍桑同情的重要指标。如果说在《红字》的前十二章，几乎全书一半的内容里，叙述者对海丝特的反抗表示同情和赞扬，那么从"海丝特的另一面"这一章开始，叙述者就和海丝特分道扬镳，开始谴责和解构海丝特激进革命的另一面。

在这一章里，叙述者首先告诉我们，海丝特已经从抗争自己的合法权益（爱情的权利、母亲的权利）转向了一种目无法纪、无所限制的精神自由——"在长期与社会的隔绝中，她已经不习惯用她自己以外的标准来衡量她思想的是非曲直"；"世上的法律对她的思想来说不是法律"；"她无规则可循，无向导指引，漫无目的地在精神的荒野中徘徊……她一直以一个离群索居者的眼光来看待人类的习俗，以及教士和立法者所建立的一切。她批评牧师的绶带、法官的黑袍、颈手架、家庭以及教会等。

---

① 转引自 Larry J. Reynolds, "The Scarlet Letter and Revolutionary Abroad", *American Literature*, Vol. 57, No. 1, 1985, p. 49。

② Thomas Woodson, "Hawthorne's Interest in the Contemporary", *Nathaniel Hawthorne Society Newsletter*, Vol. 7, No. 1, Spring 1981, p. 1.

她对这些东西几乎没有什么敬畏之情。"①

　　紧接着我们得知，除了精神自由，海丝特还从"军人推翻了贵族和帝王，比军人更勇敢的人则推翻和重新安排了旧偏见的完整体系"的事件中，获得了颠覆性的力量和革命的思想，企图完全"推翻清教徒制度的基础"。② 在这里霍桑其实巧妙地互文了 17 世纪的英国革命，史学上又称之为清教徒革命。1649 年，清教徒和军人出身的克伦威尔把英王查理一世送上断头台，但之后复辟的力量又推翻了克伦威尔的政权，重新安排了新的社会体系。这说明在新英格兰殖民地早期历史上，英国一次又一次的暴力革命，曾强烈地影响到像海丝特一样受到压迫又兼具反抗精神的社会公民，曾产生过激进的社会思想，引发过激烈的社会动荡。这也是为什么一开始叙述者就把海丝特与曾经动荡过北美清教徒政治和宗教秩序的圣徒安妮·哈钦森③相提并论，而这里叙述者又再次提出"如果不是因为要保护女儿的这株幼芽和蓓蕾，海丝特也许会和安妮·哈钦森共创一个教派，名垂青史，或者在某个时候成为一名女先知，或者因为企图推翻清教制度的基础而被严厉的审判官判处死刑"④。由此足见海丝特激进主义的革命态度。

　　虽然海丝特因为珠儿的原因并未向清教统治者发起真正的革命行动但她在拯救丁梅斯代尔牧师这件事情上却为自己的激进主义找到了出口，让拯救呈现出了革命的形式。叙述者告诉我们，当海丝特向我们展现另一面时，她同时也为自己提出一个新目标，和新的思考题目即如何拯救牧师的灵魂和身体。于是，在森林里的会面中，海丝特用积蓄了"整整七年"的力量，不仅推翻了牧师世界里的社会秩序，颠覆了他对清教社

　　① 〔美〕纳撒尼尔·霍桑：《红字》，姚乃强译，长江文艺出版社 2008 年版，第 109—114 页。

　　② 〔美〕纳撒尼尔·霍桑：《红字》，姚乃强译，长江文艺出版社 2008 年版，第 110 页。

　　③ 安妮·哈钦森（Anne Hutchinson）是 17 世纪北美早期宗教自由的倡导者，曾领导反律法（Antinomianism）运动，提倡唯信仰论，后来清教当局被驱逐出马萨诸塞州。霍桑专门著有短篇小说《哈钦森夫人》。

　　④ 〔美〕纳撒尼尔·霍桑：《红字》，姚乃强译，长江文艺出版社 2008 年版，第 110 页。

会的忠诚——"你跟这些铁石心肠的人们，还有他们的看法，又有什么关系呢？他们已经把你善良的一面束缚得太久了"①，而且她还推翻了他的精神秩序，让后者逃脱了信仰的约束："对于一个刚刚逃脱心灵牢笼的囚犯来说，这个决定犹如在一片未受人践踏的、未受基督教化的，以及还未受法律管辖的地方呼吸着莽莽荒野的自由空气"②。但是，海丝特帮后者在思想上解除了限制的同时也释放了他非法和邪恶的内心。从森林回来，"内心和思想发生了一次大革命"③ 的丁梅斯代尔发现他的生活完全改变了，他对曾经熟悉的景物感到陌生，更可怕的是他不由自主地想做出一些"奇怪的、狂野的、邪恶的事"④：行走在街道上，他分别遇到了一名德高望重的教堂执事、一位年长的女教友和一个最近才皈依的少女，可他禁不住要对他们讲出些亵渎神明和《圣经》的话，而要知道就在他去森林前，曾给这些人最多慰藉和给他最多滋养的正是宗教的力量和圣经的真理。他还遇到了一群正在玩耍的清教徒孩子和一位喝醉酒的水手，这次，他同样禁不住想停下来教这群孩子说粗话，骂大街，用油腔滑调、粗俗下流的语言和这个粗汉打招呼。面对自己的反常举动，丁梅斯代尔认为自己是落入了魔鬼的手掌，但叙述者却指出这是精神秩序被打乱的外在表现："假如在那个内心的王国里不是发生改朝换代，伦常纲纪彻底改变的话，实在无法解释如今支配着那个不幸而惊恐的牧师的种种冲动。"⑤ 可见，海丝特非但没能拯救出丁梅斯代尔的灵魂，反而因为她对丁梅斯代尔牧师内心道德、信仰等秩序的摧毁，使他陷入更大的迷惘和癫狂："于是那种罪恶的传染性病毒非常迅速蔓延到他整个神经系统，把一切神圣的冲动都麻痹瘫痪，把全部的恶念唤醒活跃起来。轻蔑、狠毒、邪念、无端的恶语秽言，以及对善良和神圣事物的嘲弄，这

---

① ［美］纳撒尼尔·霍桑：《红字》，姚乃强译，长江文艺出版社 2008 年版，第 142 页。
② ［美］纳撒尼尔·霍桑：《红字》，姚乃强译，长江文艺出版社 2008 年版，第 146 页。
③ ［美］纳撒尼尔·霍桑：《红字》，姚乃强译，长江文艺出版社 2008 年版，第 162 页。
④ ［美］纳撒尼尔·霍桑：《红字》，姚乃强译，长江文艺出版社 2008 年版，第 162 页。
⑤ ［美］纳撒尼尔·霍桑：《红字》，姚乃强译，长江文艺出版社 2008 年版，第 162 页。

一切都被唤醒了。"① 在霍桑看来，这非常像激进的社会革命，看似摧毁了旧的不合理的制度，但与此同时，如前所述，它同时也让一切罪恶在没有法纪和秩序的管束下任意滋生。

但幸运的是，在经历了完全内化清教原则，不敢"跨越雷池一步"②，到完全释放欲望，无视社会道德法规的两极摇摆后，丁梅斯代尔牧师最后终于找回了平静，他也终于明白：对清教苛刻原则的不赞同并不代表一种无序的激情和混乱，对内心信仰秩序的坚持和对公民社会秩序的坚持一样是一个人或者社会变得更好的基础。因此，丁梅斯代尔牧师在新一任总督选举的当天进行了声情并茂的布道和演讲，并且参加了新一届政府的庆祝游行。虽然有很多评论家认为，这是懦弱的丁梅斯代尔牧师对清教政权的妥协，③ 但是本书认为这恰恰是丁梅斯代尔牧师对一个稳定社会秩序的承认，因为只有在一个有法度、有秩序的社会里，才能保证每一个自由意志的伸张。其实，就连叙述者自己在"游行"一章也对那些最早的殖民者威严、庄重的仪态举止表达出了敬意："于是他们便移情于老人的苍苍白发与须眉上；久经考验的廉正上；坚实的智慧与带有悲怆色彩的经历上；严肃与高品位的天赋上。既给人以'永恒'的概念，而且符合'体面'的一般定义"④ 叙述者对这些建国者的赞扬，并不是对他们曾经专制、黑暗的清教统治的承认而是因为作为执政者，他们维

---

① ［美］纳撒尼尔·霍桑：《红字》，姚乃强译，长江文艺出版社 2008 年版，第 166 页。

② ［美］纳撒尼尔·霍桑：《红字》，姚乃强译，长江文艺出版社 2008 年版，第 145 页。

③ 持这种观点的评论家有布鲁克·托马斯（Brook Thomas），他认为从头到尾丁梅斯代尔牧师都表现出了对清教统治孩提般的忠诚，详情可见 Brook Thomas, "Citizen Hester: The Scarlet Letter as Civic Myth", *American Literary History*, Vol. 13, No. 2, Summer 2001, p. 197; 持相似观点的还有评论家理查德·H. 米林顿（Richard H. Millington），他认为牧师最后的忏悔是虚伪地再次认同了清教权威的等级结构。详情可见 Richard H. Millington, *Practicing Romance: Narrative Form and Cultural Engagement in Hawthorne's Fiction*, Princeton: Princeton University Press, 1992, pp. 93–97。但本书认为丁梅斯代尔牧师前后是有所改变的，如果他之前是过于内化清教的戒律，压抑自己的欲望，最后的游行、布道则既表现了一个公民对社会正常秩序和基本规范的尊重也表现了对自己信仰秩序的回归。详情可见 Lauren Berlant, *The Fantasy of National Fantasy*, Chicago: University of Chicago Press, 1991, pp. 151–152。

④ ［美］纳撒尼尔·霍桑：《红字》，姚乃强译，长江文艺出版社 2008 年版，第 180 页。

护了一个国家的稳定和连贯；"在危难的时刻，为了国家利益挺身而出，犹如一道道崖壁抗击狂风巨澜。"① 虽然我们并不知道新一任总督是谁，但他［根据历史史料应该是约翰·恩迪柯特（John Endicott）］的当选确保了国家政权的平稳过渡，使这个荒野中的殖民地免于像同一时代的英国一样陷入叛乱、杀戮或者颠覆，所以这不管在叙述者还是丁梅斯代尔看来都是一件对国家和公民有利的好事。

　　从这个意义上说，笔者认为丁梅斯代尔牧师最后的公开忏悔与其说是对自己罪恶的公开承认，不如说他更想启发海丝特从无政府主义反叛走向精神和道德秩序的回归。在临死的一刻，当海丝特一再询问他们还能在天国相见吗？他回答道："我们犯了法！犯下了在这里被可怕地揭露出来的罪孽！让这些全部留在你的思想里！我怕！……当我们忘记了我们的上帝，当我们各人冒犯了他人的灵魂的尊严，我们便不可能在希望今后再相逢，在永恒和纯洁中重新结合。"② 丁梅斯代尔在最终的遗言里承认他们犯了法，承认他们两人对别人灵魂的冒犯，说明他最终认可清教社会基本的法律约束和道德准则，至于如何改进苛责的法律惩戒和如何伸张公民的自由权利是他留给海丝特的任务。于是在生命的最后时刻丁梅斯代尔确实又找到了被海丝特推翻的内心秩序，重新回到了信仰的怀抱。

　　故事的最后，海丝特回到了波士顿，但她放弃了自己的偏执，放弃与社会的敌对，用重新佩戴起红字的行为表明接受自己对社会秩序的承认和尊重。这说明虽然她对现有制度仍然不满，但她已有了足够的耐心去等待并相信："（总有一天）一个超脱了罪恶并与上帝的意念相和谐一致"③ 的时代会到来。

　　① ［美］纳撒尼尔·霍桑：《红字》，姚乃强译，长江文艺出版社2008年版，第181页。
　　② ［美］纳撒尼尔·霍桑：《红字》，姚乃强译，长江文艺出版社2008年版，第198页。
　　③ ［美］纳撒尼尔·霍桑：《红字》，姚乃强译，长江文艺出版社2008年版，第204页。

三 公民社会人类情感交流的恢复

海丝特回来，重新戴上红字，不仅承认了当年所违背的社会法理，更承认了自己当年和丁梅斯代尔牧师所犯的罪恶。其实这种对罪恶心甘情愿地承认，也解除了海丝特本身的"符咒"，让她从与社会相隔绝的个体回到人类情感交流的中心，成为社会边缘人群的代言人，尤其是成为"受伤害、被滥用、受委屈、遭遗弃或为邪恶情欲所驱使而误入迷途"① 的妇女们的安抚者和劝慰者。叙述者告诉我们，此时的海丝特不仅表现出对他人无微不至的关心，而且敞开了她的茅屋接纳所有人的造访，为他人指点迷津。于是我们不禁要问，此时的海丝特到底与出狱后那个好像也曾承认自己的罪孽，也曾积极帮助他人的海丝特到底有什么区别？

首先，我们看到，出狱后的海丝特由于被整个清教社会孤立、隔绝，被"拒之于人类仁爱的范围之外"②，所以她也对整个世界充满敌意和怨恨，叙述者告诉我们："她不允许自己为敌人祈祷"，因为她担心"祝福之词会不由自主地成为对他们的诅咒"。③

其次，虽然出狱后的海丝特承认有一根"锁链把她拴在这块土地上"，但是叙述者很快告诉我们这个所谓的锁链是海丝她所珍视的与丁梅斯代尔牧师之间的爱情而不是与整个社会群体的联系。

> 是——不，应该说确定无疑是——另一种感情把她留在这块土

① ［美］纳撒尼尔·霍桑：《红字》，姚乃强译，长江文艺出版社 2008 年版，第 203 页。
② ［美］纳撒尼尔·霍桑：《红字》，姚乃强译，长江文艺出版社 2008 年版，第 32 页。在海丝特做针线活一章，叙述者曾这样描述社会对她的孤立和敌视："在她与社会的一切交往中，没有一件事使她感到她是属于那个社会的。凡是跟她有过接触的人，他们的一举一动、一言一语，甚至他们的沉默不语，都暗示或常常明确表达了这样的意思：她是排斥在外的、孤苦伶仃，仿佛居住在另一世界，用不同他人的器官和感觉与自然交流"，见［美］纳撒尼尔·霍桑《红字》，姚乃强译，长江文艺出版社 2008 年版，第 35 页。
③ ［美］纳撒尼尔·霍桑：《红字》，姚乃强译，长江文艺出版社 2008 年版，第 35 页。

地上，留在这条与她命运息息相关的小路上……在那块土地上住着
一个人，在那条小路上踩踏着他的足迹，虽然世人并不认可，但她
自认与此人已结为一体，终有一天会把他们带到末日审判的法庭前，
就以那法庭变成他们举行婚礼的圣坛。①

正因为海丝特内心保留着与丁梅斯代尔牧师那份隐秘的爱情，所以
她对"尘世间的利害关系超然置之"②，只在乎自己与丁梅斯代尔牧师的
唯一的关联——"海丝特看到——或者看到——她自己对牧师有一种责
任，而对其他任何人，乃至整个世界并不承担责任。维系她和其他人类
的任何环链——花卉的、丝绸的、金银的或者任何物质的——都已经断
裂了"。③

最后，尽管海丝特表面上默认了罪孽，承认了耻辱，但在内心深处
她坚定地相信，她与丁梅斯代尔的爱情，"具有自身的神圣之处"。④ 因
此，尽管在这七年中海丝特不遗余力地帮助穷人，照顾病人，在瘟疫和
灾难来临时，忘我地工作，尽心尽责，但对海丝特而言，这都是她把被
标签为罪恶的爱情进行崇高化和神圣化的一种途径。正如理查德·H. 米
林顿所说，"负罪感其实对海斯特来说其实是一种心理伪装，一个保护越
轨爱情的策略，她通过在公共场合的缄默不言、恭顺谦卑将由社会带来
的伤疤变成自己独自品尝的痛苦"⑤。评论家理查德·H. 布罗德黑德
（Richard H. Broadhead）也认为，"（海丝特）运用最清教的词汇但以最反
清教徒的策略使其内心无法表露但是又不愿放弃的欲望得以长存"。⑥ 所

---

① ［美］纳撒尼尔·霍桑：《红字》，姚乃强译，长江文艺出版社 2008 年版，第 31 页。
② ［美］纳撒尼尔·霍桑：《红字》，姚乃强译，长江文艺出版社 2008 年版，第 34 页。
③ ［美］纳撒尼尔·霍桑：《红字》，姚乃强译，长江文艺出版社 2008 年版，第 107 页。
④ ［美］纳撒尼尔·霍桑：《红字》，姚乃强译，长江文艺出版社 2008 年版，第 140 页。
⑤ Richard H. Millington, *Practicing Romance：Narrative Form and Cultural Engagement in Hawthorne's Fiction*, Princeton：Princeton University Press, 1992, p. 85.
⑥ Richard H. Brodhead, *Hawthorne, Melville, and the Novel*, Chicago：University of Chicago Press, 1976, p. 62.

以即使七年后整个清教社会慢慢改变，开始向她释放善意，海丝特仍然拒绝与外在世界的情感交流，她不仅"不接受那份应得的感激之情"；也不回馈自己的情感——"有时在街上遇到他们，她从来不抬头接受他们的致意，如果他们执意要同她搭讪，她便把她手指放在红字上，侧身而过"。① 这些行为在众人看来似乎是谦卑，但在叙述者看来，其实是孤傲，是她不愿意与世界和解，不愿意让别人进入自己的生活。此时的红字仍然和小说一开始叙述者提到的那个魔力的符号时一样"使她超脱了一般的人际关系，把她封闭在自身的天地里"②。

不同于海丝特的遗世独立、愤世嫉俗，丁梅斯代尔牧师因为深重的罪恶感却加深了他与清教社会的联系："正是这个重荷使他对犯下罪孽的人类同胞怀有深切的同情；使他的心跟他们的心谐振共鸣；使他的心能接纳他们的痛楚，并将这种痛楚用忧伤感人的言辞传送到千万人的心里去。"③ 但丁梅斯代尔牧师的问题在于，他太过于内化清教的道德原则，太过笃信对身体欲望的刻薄防范，所以他只能体会"犯下罪孽的人"的痛苦，却感受不到情感自由的人的快乐。因此叙述者不无讽刺地评论道，自认为"站在社会制度前列，因此深受社会戒规、原则和偏见束缚"的丁梅斯代尔牧师"自从那个不幸的时刻起，一直以病态的热情，小心翼翼地监护着自己的行动，监护着自己一丝一缕的情感以及每一个念头"④。

海丝特和丁梅斯代尔在森林会面是《红字》古往今来的读者认为最激动人心的一幕，因为他们不仅恢复了两人七年之前断裂的那份情感纽带，而且像真正的爱人那样自由地释放情感，吐露衷肠。可是接下来，他们两人必须在是保留他们之间的私人情感，还是忠于自己的文化归属

---

① ［美］纳撒尼尔·霍桑：《红字》，姚乃强译，长江文艺出版社 2008 年版，第 107 页。
② ［美］纳撒尼尔·霍桑：《红字》，姚乃强译，长江文艺出版社 2008 年版，第 7 页。
③ ［美］纳撒尼尔·霍桑：《红字》，姚乃强译，长江文艺出版社 2008 年版，第 89 页。
④ ［美］纳撒尼尔·霍桑：《红字》，姚乃强译，长江文艺出版社 2008 年版，第 145 页。

和回归社会群体之间做出选择。对此，海丝特选择了前者，她鼓励牧师逃离清教社会，斩断与这块土地所有的联系，不管是历史的还是情感的："把这一切统统留在你的身后！把灾难和会面留在这里，留在它们发生的地方！一切重新开始！"① 海丝特甚至还激动地扔掉了佩戴多年，象征着耻辱的红字，摘下了那顶代表习俗的束发帽，让她的丰盈而妩媚的女性特征一览无余。

但是对霍桑而言，他并不赞成海丝特抛弃历史与社会，"一切重新开始"的想法。他主要通过"珠儿拒绝回到母亲身边"和"丁梅斯牧师的布道"两件事挫败了海丝特的计划，重塑了个人与社会的关系。如前文所述，海丝特扔掉红字，放下头发，这时，她感到与丁梅斯代尔牧师终于获得了一种久违了的爱人的亲密，看到了"把他两人联系在一起的纽带"②。于是，他们肩并肩地坐在小溪边，等待着他们爱情的结晶——珠儿的慢慢靠近。但让海丝特吃惊的是，平时野性、不受社会习俗制约的珠儿，却意外地停在小溪边，拒绝回到母亲身边。珠儿拒绝回到母亲身边，当然可以从现实主义的角度理解成是一个小孩对母亲身边突然出现的爱人的嫉妒，但是从抽象的角度来看，其象征了珠儿对母亲扔掉红字，抛弃历史的否定。海丝特扔掉红字，虽然可以抹去历史，抹去耻辱"就像过去从来没有发生一样"③，但同时也掠夺了珠儿的真实性，因为她是母亲过去的历史，是母亲越轨行为的后果。所以海丝特一旦扔掉红字，也就扔掉了珠儿的身份，扔掉了珠儿与外部世界交往的"名片"，使珠儿变成"不可捉摸的影子"④。这也是为什么珠儿几乎在整部小说中都表现出与清教社会格格不入的狂野、任性，但在溪水边她却具有如大人般权威做出了一副"独特的、不容置辩"⑤ 的神态，因为从此时开始珠儿的所

① ［美］纳撒尼尔·霍桑：《红字》，姚乃强译，长江文艺出版社2008年版，第143页。
② ［美］纳撒尼尔·霍桑：《红字》，姚乃强译，长江文艺出版社2008年版，第151页。
③ ［美］纳撒尼尔·霍桑：《红字》，姚乃强译，长江文艺出版社2008年版，第147页。
④ ［美］纳撒尼尔·霍桑：《红字》，姚乃强译，长江文艺出版社2008年版，第153页。
⑤ ［美］纳撒尼尔·霍桑：《红字》，姚乃强译，长江文艺出版社2008年版，第154页。

有不可解释性都变得可以解释：她不仅是一个孩子，还是一个象征，她代表了作者对超越社会与历史的个人自由做出谴责，对抛弃文化归属，封闭自我的个人独立的质疑。对珠儿而言，只有当母亲置于整个清教社会之中，戴上红字，她才能真实存在，离开清教社会，离开清教文化的意义系统，不仅她没有了存在的依据，连海丝特之前的抗争也变得没有意义。如果说霍桑借"珠儿拒绝回到母亲身边"部分挫败了海丝特出逃计划，说明一个公民忠于个人历史、建立社会关联的重要性，那么接下来通过"丁梅斯代尔牧师的布道"则让读者看到一个公民社会里人与人之间情感交流的重要性。

虽然叙述者没有告诉我们，牧师那天从森林回来后，经过一番与恶念的挣扎，退回到他的书房里后，他解开了怎样的"奥秘"①，又写成了什么内容的布道文，但是我们却得知第二天，当海丝特站在大厅外绞刑架下聆听布道时，她听到了牧师充满情感的声音，听到了"一颗满载哀怨或许满载罪恶的人心，在不知不觉地向人类伟大的胸怀倾诉其哀怨或者罪恶的秘密，祈求人类的同情与宽恕"②。因此，我们也许可以推测，那天回到书房里的丁梅斯代尔牧师，如他自己所说"变成了另外一个人"③，变成了一个不仅能真实面对自己的情感而且积极呼吁人类情感认同的使者。所以，对于丁梅斯代尔牧师这篇用激情和灵感写就的布道文，叙述者认为其拥有强大的感染力和共情性："你可以把它想象成饱受苦难者的低吟和哀号，触动着每个人胸中的情愫。"④ 正因为强大的情绪感召和共情认同，在听完牧师的布道后，不仅"许多人的心连接在一起变成一颗巨大的心，形成一股团结一致的冲力"⑤，就连一开始憎恨这块土地的海丝特也对这块土地有了深深的依恋之情。

① ［美］纳撒尼尔·霍桑：《红字》，姚乃强译，长江文艺出版社 2008 年版，第 169 页。
② ［美］纳撒尼尔·霍桑：《红字》，姚乃强译，长江文艺出版社 2008 年版，第 186 页。
③ ［美］纳撒尼尔·霍桑：《红字》，姚乃强译，长江文艺出版社 2008 年版，第 167 页。
④ ［美］纳撒尼尔·霍桑：《红字》，姚乃强译，长江文艺出版社 2008 年版，第 186 页。
⑤ ［美］纳撒尼尔·霍桑：《红字》，姚乃强译，长江文艺出版社 2008 年版，第 192 页。

在这期间，海丝特就像一座雕像，伫立在刑台脚下。如果说牧师的声音并没有把她留在那里，那必然还有一种不可抵御的力量吸引着她，使她留在这块使她的生活蒙受耻辱的地方。她内心有一种感觉——……她觉得无论过去还是今后，她的生活的整个轨道，都与这个地方密不可分，融为一体。①

其实，强调情感的力量（power of sympathy）本来是19世纪中产阶级文化提倡的价值观，而霍桑之所以把它移植到17世纪的清教社会，就是想让读者明白，不管在什么时代，要对抗代表国家权威的主流意识形态，需要的并不是激进的革命，也不是简单的逃离，而是要在统一的国家政权之外，分化出一个非政治化的空间，使得同情的力量能够被滋养，互助的情感不断壮大。根据麦克·瓦尔策（Michael Walzer）的研究，这种建立在同情的力量和互助的情感基础上，但又遵守社会法律和秩序的非官方民间组织正是一个公民社会兴起的标志。②

小说的最后，海丝特从欧洲重返新英格兰，并认为"住在新英格兰这里，比起住在珠儿成家的那个异乡客地要好，生活得更真实。这里，有过她的罪孽，有过她的悲伤；这里，还要有她的忏悔"③。把欧洲当成异乡却执意要回到这片承载了自己羞耻历史和痛苦过去的土地，过真实的生活。这样的结局说明两点：第一，此时的海丝特已经与曾经那个给她带来耻辱和孤独的清教社会达成了和解，把新英格兰这片土地当成了自己真正的家园，与生活在这片土地上的人们建立起了不可分割的情感认同。第二，这表明一个人的真正意义在于其行为的历史轨迹，而能给

---

① [美] 纳撒尼尔·霍桑：《红字》，姚乃强译，长江文艺出版社2008年版，第186页。

② 瓦尔策指出："对于一个民主政府来说，如果国家占据了所有可能的空间，但却没有一个社会化的空间，或者一些非官方的组织，让人们从政治中获得解脱，治愈伤口，寻求安慰，建立自信，那将是一件很危险的事"。因此他大力提倡在国家政府权力之外建立一个有法度，讲互助，有温情的公民社会。其研究可参见 Michael Walzer ed. , *Toward a Global Civil Society*, Providence：Berghahn Books, 1995。

③ [美] 纳撒尼尔·霍桑：《红字》，姚乃强译，长江文艺出版社2008年版，第203页。

她的行为历史给出定义只能是她所属的文化体系。这同时说明任何脱离社会群体的孤独斗争或者反抗是没有成效的，只有建立在人际的互动交流基础之上，才有可能实现真正的社会改造。因此，海丝特最后重回新英格兰，重新戴上红字，不是对清教政权意识形态的归顺，① 也不是对行动的放弃，② 相反她正是以社会边缘者的姿态，以自由个体的身份，在高压而专制的清教统治之外，建立了一种情感交流的通道，从而达到对僵硬、冷酷的清教社会结构的缓慢改造，以期建立起更加公平、合理的社会关系。

四 公民社会的伦理张力——隐私与真实

根据伦理学的研究成果，从主体实践的角度来看，整个伦理学研究领域可以分为两个组成部分：一是关于个体的——个体道德，一是关于社会的——社会伦理。不同于个体道德，社会伦理以作为共同体的社会本身作为研究对象，并在抽象的思维中将社会本身人格化，专门研究这个与个体相对应的虚拟人格本身应当具有的内在秩序与运行法则。③ 因为社会伦理主要将社会作为一个整体，讨论其本身存在的伦理精神和价值规范，所以霍桑对公民社会的伦理塑造必然是参照不同社会结构而做出的社会道德评价。

大多数的评论家都认为霍桑在创作《红字》时一直有两个社会形态作为参照：一个是1642—1649 年清教时代的波士顿，一个是内战前也就

---

① 萨克文·伯科维奇认为海丝特的回归是持不同政见者（dissenter）的意识形态被国家意识形态所遏制（containment）和社会化（socializaiton）的结果，见 Sacvan Bercovitch, *The Office of "The Scarlet Letter"*, Baltimore：Johns Hopkins University Press, 1991。

② 乔纳森·艾拉克（Jonathan Arac）在一文中认为海丝特的回归体现了霍桑在废奴运动中所赞成的不行动（inaction）态度。具体可见 Jonathan Arac, "The Politics of The Scarlet Letter", in Sacvan Bercovitch and Myra Jehlen, eds., *Ideology and Classic American Literature*, New York：Cambridge University Press, 1986, pp. 247 – 266。

③ 关于社会伦理的研究成果可参见高兆明《社会伦理 "辩"》，《学海》2000 年第 5 期。

是 1850 年左右的美国社会。[①] 对前一个时代而言，"山巅之城" 的梦想就是建立一个神圣警觉（holy watchfulness）的城邦，每个人的生活都被置于公共的监视之下，因为一个人的罪恶可能会导致上帝降怒于对整个殖民地。对于后一个时代，霍桑的时代，随着资本主义的发展，逐渐形成了与公共权力领域相对立的社会私人领域。[②] 这当然有助于个人隐私的尊重与保护，但问题也随之而来，因为每个人对公共生活的抽离，整个社会在工业化和物质化的过程中变得越来越冷漠和虚伪。霍桑曾写过一篇名为《威克菲尔德》（*Wakefield*）的短篇小说，讲述了一个丈夫一天忽然心血来潮，在离家仅一街之隔的对面租了一套房子，却欺瞒了妻子和亲友长达二十年的故事。这个故事深刻地说明在工业化时代，人们戴着虚假面具，互相封闭内心，日渐冷漠疏离的社会趋势。鉴于对两个时代社会伦理的思考，霍桑在塑造理想的公民社会时，他既要从个人隐私的角度出发去批判清教社会的专制，又要借清教人物的秘密行径警示自己的时代 "隐藏" 的危害。

进入《红字》的读者几乎可以立刻感受到这个虚构世界的矛盾。一方面，这是一个混淆了公众和私隐界限的清教徒世界，所有的一切都被要求暴露在大众的眼光里。另一方面，三个主要人物都将他们自己包裹在各自的秘密中，不愿以真面目示人。

小说一开始，读者就看到，在这个遥远而简朴的时代，在一个比村庄大不了多少的聚居地里，没有谁能逃脱审视的目光。女人们拥挤着来

---

① 持这种观点的评论家有 Richard H. Millington, *Practicing Romance：Narrative Form and Cultural Engagement in Hawthorne's Fiction*, Princeton：Princeton University Press, 1992；Sacavan Bercovitch, *The Office of "The Scarlet Letter"*, Baltimore：Johns Hopkins University Press, 1991；David Vanleer, "Hester's Labyrinth：Transcendental Rhetoric in Puritan Boston", in *New Essays on "The Scarlet Letter"*, Michael J. Colacurio, ed., Cambridge：University of Cambridge, p. 1986 以及 Zela Bronstein, "The Parabolic ploys of The Scarlet Letter", *American Quarterly 9*, 1987, pp. 193 – 210。

② 米莱特·夏米尔说："19 世纪中期开始，美国中产阶级思想家开始把个人不可侵犯的自主性建立在保证个人隐私的权利之上，开始懂得在公共的聚光灯下保护私人的信息"。具体可参见：Milette Shamir, "Hawthorne's Romance and the Right to Privacy", *American Quarterly*, Vol. 49, No. 4, 1997。

到公共场合，大胆而粗俗地表达着自己的观点。罪人被要求在"众目睽睽"之下公开地剖露自己的"灵魂深处的隐私"。① 当说到海斯特被罚在绞刑台上示众三小时，忍受成千上万双眼睛的注视时，叙述者忍不住激动地评论道："依我看来，没有别的暴行比它更违背我们常人的人性；不管一个人犯了什么过失，没有别的暴行比不准罪人因羞愧而隐藏自己的脸孔更为险恶凶残的了"②。事实上，在将"宗教和法律几乎完全视为一体"③ 的神权制度下，公共领域和私人领域确实是混淆不清的，清教权威不仅要"干预个人罪孽、情欲和痛苦"④ 等精神世界，还要监管民众教育、婚姻、家庭生活等世俗生活。比如，家庭教育在 19 世纪早已被认定是私人领域的范畴，但如前文所述珠儿的教育却完全受到整个殖民地人民的监督，变成了需要"公众讨论，政界显要参加"⑤ 的一大议题。

　　正因为这是个没有隐私可言的社会，小说里的三个主要人物因为各自不可告人的秘密都选择把真实的自己裹藏起来，戴上了虚假的面具。海丝特、丁梅斯代尔、罗杰·齐灵渥斯在公共的外表下都隐藏了另一个自己：他们分别是表面恭顺沉默，内心反叛激进的自由思想者；是虔诚牧师面具下自我分裂的通奸者；是戴着谦逊温和的医生面具实施着恶魔般邪恶计划的复仇者。小说里一方面反复出现"秘密""迷""神秘"等词汇，另一方面小说里的人物不管是情人还是敌人，都因为要保守秘密而不得不抛弃真实的身份，把自己隐藏在另一个身份之下。海斯特在狱中和之前的丈夫见过面后，后者采用了一个新的名字。颇具有讽刺意味的是，当海斯特鼓动牧师与她一起逃走时，她也同样地要求后者放弃原来的身份，换一个名字："放弃阿瑟·丁梅斯代尔这个名字，给你自己另外换一个名字，换一个高尚的名字，一个你使唤着它不感到，不感到耻

---

① ［美］纳撒尼尔·霍桑：《红字》，姚乃强译，长江文艺出版社 2008 年版，第 19 页。
② ［美］纳撒尼尔·霍桑：《红字》，姚乃强译，长江文艺出版社 2008 年版，第 9 页。
③ ［美］纳撒尼尔·霍桑：《红字》，姚乃强译，长江文艺出版社 2008 年版，第 4 页。
④ ［美］纳撒尼尔·霍桑：《红字》，姚乃强译，长江文艺出版社 2008 年版，第 18 页。
⑤ ［美］纳撒尼尔·霍桑：《红字》，姚乃强译，长江文艺出版社 2008 年版，第 49 页。

辱的名字"①。在叙述者看来，人类这种隐藏秘密、掩盖自我的行为似乎也传染给了自然。在海丝特与牧师的森林会晤前，叙述者特意把小溪人格化，把它的断流隐喻为是"为了保守森林深处的秘密"："这些大树和光滑的花岗岩巨石似乎有意为这条小溪蒙上一层神秘的色彩，或者是害怕他那喋喋不休的溪流会悄悄地道出古老森林的内心的秘密；或者是害怕它那流过池塘的光滑水面会映出其隐情。"②

如果说霍桑憎恨清教长老们对海斯特的惩戒机制，选择站在海斯特一边反对没有私隐的制度，声讨控制人类思想和情感自由的清教意识，那么他也同样憎恨伪善和欺骗，憎恨戴着假面具生活的虚幻人生，就像他批评牧师本人所说："对于不真实的人来说，整个宇宙都是虚假的，不可捉摸的；从他的掌握下悄然逝去，化为子虚乌有。而他自己，在虚假的光线中映照出来的自己，就变成了一个阴影，或者更确切地说，已不复存在。"③ 因此，霍桑推崇的是一种既没有冷酷监视也没有掩盖伪装，彼此透明但又相互尊重；坦诚相见但又不违背个体尊严的社会伦理，换句话说，他希望构建的是一个在隐私与真实的永恒张力之上的公民社会。

隐私和真实的张力集中表现在丁梅斯代尔牧师公开忏悔的这一幕场景中。之前虽然丁梅斯代尔牧师不止一次想把内心最见不得人的秘密全部吐露出来，但是他含糊其词，不得要领的忏悔却让他获得更多的尊重和敬仰，由此他在罗杰·齐灵渥斯眼皮底下变成了一个彻头彻尾的伪善者，不得不忍受这位死敌任意的摆布和控制。可是当丁梅斯代尔牧师面对身边这双邪恶的眼睛无计可施，恳求坚强的海斯特帮他想一想办法时，海斯特给出的答案是出逃，逃到一个隐蔽之处，遮藏起内心，避开罗杰·齐灵渥斯窥探目光，"把现在的这种虚假的生活改变成真实的生

---

① ［美］纳撒尼尔·霍桑：《红字》，姚乃强译，长江文艺出版社 2008 年版，第 143 页。

② ［美］纳撒尼尔·霍桑：《红字》，姚乃强译，长江文艺出版社 2008 年版，第 131 页。

③ ［美］纳撒尼尔·霍桑：《红字》，姚乃强译，长江文艺出版社 2008 年版，第 92 页。

活"①。但对霍桑来说，真实不应该在逃避和隐匿中得到，更不会在胁迫的暴露中获得，它只能在受到庇护的真实和保留了尊严的坦白中得到。这也是为什么整部小说的高潮出现丁梅斯代尔牧师最后绞刑架上的公开忏悔一幕。而这一幕通常也是引起评论家最多诟病的一幕，有人认为这一幕代表了海斯特拯救的失败，显示丁梅斯代尔牧师再一次地向清教权威的投怀送抱。还有评论者认为丁梅斯代尔模棱两可的语言根本就没有说清楚他和海丝特的曾经共同犯下的罪恶，所以这次公开忏悔再次表现出其伪善软弱的品格。② 但本书认为这一幕是霍桑用戏剧化的手段实现隐私和真实张力高度平衡的一幕，也是一个作家能为书中主人公做出的最符合伦理的选择。

在丁梅斯代尔牧师走上刑台，准备忏悔之前，丁梅斯代尔牧师的声望达到了"一生中空前绝后的最光辉、最荣耀的时刻"③，叙述者也不禁发出喟叹："这位教会中的神圣牧师啊！这位立在市场上佩戴红字的女人啊！要有怎么样大不敬的想象力，才敢猜想：在他们两人的身上有着同样灼热烫人的烙印？"④ 所以丁梅斯代尔牧师的忏悔首先就是要填平这种差距，让人们看到像圣徒一样的自己和这个佩戴罪恶标记的女人的关联，揭示他们七年前"共同犯罪的铁的锁链"⑤："你们，这些曾经爱过我的人，你们这些视我为神圣的人，请朝我这儿看，看看我这个世上的罪人吧！终于！终于！终于！——我站到了这个地方，站到了我七年之前我就应该站立的地方。"⑥

在上面这段话中丁梅斯代尔牧师强调自己七年前应该做而没做的事，

① ［美］纳撒尼尔·霍桑：《红字》，姚乃强译，长江文艺出版社 2008 年版，第 143 页。

② 麦克·吉尔摩认为丁梅斯代尔只是表现（show）但并没说（speak）出他和海丝特的秘密关系，所以他的公开忏悔是含混不清，并非真诚的。详情可见 Michael T. Gilmore, *American Romanticism and the Marketplace*, Chicago: University of Chicago Press, 1985, pp. 92–94。

③ ［美］纳撒尼尔·霍桑：《红字》，姚乃强译，长江文艺出版社 2008 年版，第 191 页。

④ ［美］纳撒尼尔·霍桑：《红字》，姚乃强译，长江文艺出版社 2008 年版，第 189 页。

⑤ ［美］纳撒尼尔·霍桑：《红字》，姚乃强译，长江文艺出版社 2008 年版，第 105 页。

⑥ ［美］纳撒尼尔·霍桑：《红字》，姚乃强译，长江文艺出版社 2008 年版，第 174 页。

其实他已经道出了自己和海丝特曾经一样的立场和身份，间接地表明了自己与海丝特之间的（通奸）关系。而且如果他的忏悔一直按第一人称的口吻叙述下去，读者当然可以说他完成了罪恶的坦白，但是奇怪的是，当丁梅斯代尔牧师正要战胜精神上的软弱，坚定地揭露出秘密的其余部分时，他的坦白突然变成了第三人称。

> "那烙印就在他身上！"他猛然接着说道，决心要说出全部秘密……"哀哉，他失去了天国的亲人！现在，在他临死前的最后时刻，他站在你们面前！他恳求你们再看一眼海丝特的红字！他告诉你们她的红字神秘莫测，阴森可怕，但它只是在他自己胸口上戴着的那个红字的影子罢了，而且甚至这个在他自己身上的红字烙印也无非是他内心烙印的表象罢了！站在这里的人们，有谁怀疑上帝对一个罪人的判决？看吧，看一看这个可怕的证据！"①

在这里含混的第三人称指代成为大多数批评家争论梅斯代尔牧师是否实现了公开忏悔的焦点。但笔者以为正是这种含混体现了霍桑本人对清教公开忏悔制度的否定②和对个人隐私的保护。从上文可以看出，丁梅斯代尔牧师其实已经吐露了部分实情，但在涉及事件核心时，霍桑允许他用一种将自己置身于一定时间和空间之外的方式委婉地陈述真相。这就有点像现代心理学诊断中，用"他/她"的故事来讲述"我"的遭遇。用"他"而不是"我"，丁梅斯代尔牧师把自己与听众在空间上分离，避免了第一人称指代的尴尬和难堪，忏悔完丁梅斯代尔牧师就去世了，这

---

① ［美］纳撒尼尔·霍桑：《红字》，姚乃强译，长江文艺出版社 2008 年版，第 196 页。

② Olivia Gatti Taylor 认为霍桑其实对清教徒的公开忏悔方式是不赞成的，他更倾向于天主教的，更为隐蔽的忏悔方式，参见 Olivia Gatti Taylor, "Cultural Confessions: Penance and Penitence in Nathaniel Hawthorne's The Scarlet Letter and The Marble Faun", *Renascence*, Vol. 58 No. 2, 2005, pp. 135 – 152。事实上，霍桑在写给好朋友 James Russell Lowell 的信中也表达了这样观点，他本来计划让丁梅斯代尔向一位天主教牧师进行忏悔作为结局，但因为整个故事的清教框架所以不得不放弃。

样就实现了牧师与听众在时间上的分离，他再无可能亲口向世人说明，解释他这段话的意义。相对于这次迂回委婉，含蓄间接的忏悔，我们终于知道为什么丁梅斯代尔牧师之前曾在内心深处预演多次的以"我"开头的坦白要以失败告终，因为他实在无法承受"我"字后面听众巨大的逼视感而不得不选择模棱两可地自我谴责或者泛泛而谈的虚假忏悔。但这一次丁梅斯代尔牧师因为有了第三人称"他"的庇护，终于可以有勇气真诚地公布自己的罪恶，让他胸口的红字袒露，让他和七年前的海丝特一样站在人们的面前，不再为自己的罪恶做任何掩饰。当然也因为这次真诚的忏悔，他终于逃脱了罗杰·齐灵渥斯的控制，获得了灵魂上的自由："老罗杰·齐灵渥斯跪倒在他的身边，面色茫然呆滞，俨如一具没有生机的僵尸：'你逃脱了我了'他在一旁不止一次反复地说。'你逃脱我了！'"①

其实霍桑对隐私的尊重不仅表现在丁梅斯代尔牧师公开忏悔这件事上，在叙述中，他也不时表现出对所创造人物的尊重。当牧师胸前的烙印最后显现时，叙述者选择别过脸去，不予正面和详细报道，为一个赤裸肉体保留了尊严和体面，正如叙述者所说："描写这种显露是大不敬的。"②霍桑这种保留个人隐私的叙事伦理还出现在17章末尾当森林里两个恋人重新迸发出爱的激情时，叙述者一句"这样，一切都讲明了"③，就将两位情人交换爱的誓言的场景省略了，至于这对情人说了些什么，我们不得而知，而拥有作者自裁权的霍桑也认为没必要向读者交代一对爱人之间的情爱密语。

但是，霍桑对个人隐私的宽容并不代表他能容忍虚假，就像在牧师袒露了心迹后，一向含蓄的霍桑不惜三次真诚地恳请读者"从那个可怜的牧师的悲惨经历"中吸取教训："真诚！真诚！再真诚！向世人敞开你

---

① ［美］纳撒尼尔·霍桑：《红字》，姚乃强译，长江文艺出版社2008年版，第197页。
② ［美］纳撒尼尔·霍桑：《红字》，姚乃强译，长江文艺出版社2008年版，第197页。
③ ［美］纳撒尼尔·霍桑：《红字》，姚乃强译，长江文艺出版社2008年版，第143页。

的胸襟，即使不把你最坏之处袒露出来，也要显示某些迹象，让人借此推断出你的最坏之处。"① 并且正如评论家麦克·吉尔摩所发现的，"在恋人相会时，红着脸避开；在过分直接和过分坦率的肉体描述前迟疑不定的霍桑，同时也是那个写出了'海斯特的另一面'和'内心深处'两章的作者"。② 在这两章里，他分别探测到了两位主人公内心深处的真实想法。也正因为探测到了人物的内心的真实，作者才知道在必要的时候背过脸去，给主人公保留应有的尊严和隐私。

由此可见，《红字》整部小说里看似矛盾的动机：一方面努力阻止个人隐私在公共场合的暴露，另一方面又极力促成秘密的显露，其实体现的正是公民社会里隐私和真实的永恒张力，这也是在小说结尾处，海斯特回到波士顿所要宣扬的真理。

小说的结尾处，海斯特回到波士顿，又戴上了红字，但她的回归不是之前生活的重复，她的回归预示着清教社会的转变。这种转变是公共领域与私人领域的分离，是国家权力机关对个人历史和个人隐私的尊重，是一个独立的公民社会雏形形成的标志。在小说开头处，海丝特被要求在众目睽睽下交代通奸者的姓名，但在结尾时，海丝特和丁梅斯代尔牧师的具体关系，她女儿的下落都成为她个人私人事务，社会也开始宽容和接纳她不与人分享的权利（尽管人们还是免不了从各种蛛丝马迹中猜测）。但与此同时，海斯特放弃了逃避，卸下了伪装，真诚地向大家袒露自己的罪恶，也真诚地和大家一道期待美好的未来。她的真实赢得了人们的尊重，而人们也反过来对她真实地倾诉和依赖，在整个黑暗时代构建出一种真实、坦诚的人际关系，这种关系是 19 世纪随着工业化时代的来临，公民社会里日渐丧失的，当然更是那个专制腐败的神权时代透露

---

① ［美］纳撒尼尔·霍桑：《红字》，姚乃强译，长江文艺出版社 2008 年版，第 200 页。

② Miachel Gilmore, "Hidden in Plain Sight: The Scarlet Letter and American Legibility", *Studies in American Fiction*, Vol. 29, No. 1, 2001, p. 127.

出的最可爱和最神圣的人性的光辉。

1849 年当霍桑提笔开始创作《红字》时，他作为一个给流行杂志投稿的无名作家已写了近十二年的短篇小说。在这些短篇小说创作中，他不仅锻炼了他娴熟的写作技巧，比如讽喻（allegory）、象征（symbolism），而且还对清教徒的思想文化史进行了系统梳理和深入的思考，写出了《我的亲戚莫里纳上校》（1832）、《科迪恩与十字架》（1838）、《欢乐的五月柱》（1836）、《温顺的男孩》（1832）等名篇。不过真正促使霍桑完成这第一部长篇小说的一个契机，是霍桑因为国内党派斗争而被从海关稽查官的位置上解雇，成为政治牺牲品。正是这个契机让霍桑在他的时代重新思考个人与国家的关系，思考民主体制的起源问题。

在霍桑的时代，流行着清教起源的民主神话，认为 17 世纪清教徒的政治制度缔造了 19 世纪的民主政治。但对霍桑而言，如果这两个世纪真有什么历史关联的话，那么也不应该是制度的关联，而是一种不服从的公民精神。正是在 17 世纪清教专制统治下许多像海丝特一样的普通人在那个时代拥有一种不服从的力量，一种对抗国家主流意识的勇气，才使得自己的身份从专制制度下的臣民变成了公民，才使得一个自由、民主的制度有了形成的基础。

但与此同时霍桑又以"海丝特的回归"这一戏剧化的事件表明了公民社会出现的意义。海丝特回归，重新戴上红字表明她对自己罪恶的承认，对稳定社会秩序的尊重；海丝特回归，从一个孤独的对抗者变成一个人类情感的倾诉对象和情感寄托，表明海丝特不但没有对清教政权屈服，反而努力在国家政权之外为社会边缘人群构建起一个非政治化的空间，成为人与人之间情感交流的通道。最后，海丝特的回归，保留了对自己私人情感和个人事务不公开的权利，但又真诚地面对自己的罪恶，真诚地参与社会改造，彰显了公民社会里隐私与真实永恒的张力。由此可见，虽然《红字》以17世纪清教徒的生活为背景，但霍桑并不满足于历史细节的重现或者历史事件的重演，对他来说，所谓历史的真实是当读者从自己的时代向过去回望时，能在200年的历史里，看到一种超越时空的精神；一种不服从的公民的意识和一个公民社会的雏形，这才是链接两个时代真正的纽带和民主制度的真正起源。

第三章 《七个尖角阁的老宅》——历史意识的塑造与社会的真实

　　《七个尖角阁的老宅》（1851）是霍桑的第二部长篇罗曼司，也是霍桑在世时被公认的最好的作品（当然后来随着时间的推移，《红字》受到评论界的青睐，成为霍桑最伟大的作品）。由于霍桑在《七个尖角阁的老宅》（以下简称《老宅》）的序言里表现出与写实性叙事（realistic narrative）的刻意距离，再加上作品本身很多的哥特式元素，比如古老的冤屈、有鬼魂出没的老宅、邪恶的力量、贵族家庭、神秘的罪恶等，所以很长一段时间里《老宅》都被某些评论家认为是隐藏了浮士德般神话模式的寓言式罗曼司。① 但也有评论家认为，霍桑的《老宅》和简·奥斯丁的《诺桑觉寺》（*Northanger Abbey*）一样，是对哥特式罗曼司的戏仿："在现实主义的框架里，它（哥特式罗曼机制）出现了裂缝……在老宅中出没的鬼魂最终是物质的人（克利福德），神秘的力量被抛弃，罗曼司所依赖的贵族背景既荒唐可笑又落伍过时，接管贵族过去阴霾氛围的是民

---

① William Bysshe Stein 在他的《霍桑的浮士德》一书中认为霍桑在罗曼司创作中借鉴了浮士德神话模式，即英雄和恶魔为一身的主角通过交易获得主宰凡人的神秘能力。《老宅》中的马修·莫尔就是代表。他以人性为代价展施神秘力量催眠无辜少女爱丽丝·品钦，这既借用了浮士德故事的神话模式又符合哥特式传统。William Bysshe Stein, *Hawthorne's Faust: A Study of the Devil Archetype*, Galesville: University of Florida Press, 1953。

主的万丈光芒。"①

虽然比滕赫伊斯对《老宅》历史态度的分析过于简单和乐观，但他和许多评论家一样都意识到，霍桑在这部作品中对历史问题的巨大关注。正如著名评论家罗伊·梅尔（Roy Male）所说，《老宅》的"主题就是解释过去与现在……老宅的历史记录着传承与改变"②。关于这一点，秉承文学研究历史主义视角的霍桑研究专家罗伊·哈维·皮尔斯（Roy Hearvey Pearce）有着更深刻的认识，他在《再次历史主义：美国学者的问题和机遇》（*Historicism Once More：Problems and Occasions For American Scholars*，1969）一书中指出："对于霍桑来说，他的罗曼司，尤其是像《七个尖角阁的老宅》这样的当代罗曼司，蕴藏着对历史问题的研究。如果他如评论家所声称的那样是一个象征主义者的话，那他也是一个象征主义历史学家。并且他的象征不是来源于神话，不是来源于异域知识，更不是来源于（唯灵的）施维登堡主义或者（唯精神）的后康德主义，它们来源于美国历史本身，来源于霍桑所研究和理解的美国历史经验的确实性（factuality）。"③

事实上，霍桑创作于一个热衷历史，尤其是热衷撰写自己本国历史的时代。20世纪著名史学家弗雷德·司默肯（Fred Smokin）指出，19世纪的美国，不管是各个地区还是国家层面都积极创建历史学社（historical societies），它们推动了美国历史的编撰。其中最著名的有乔治·班克罗夫特（Geroge Bancroft）那洋洋洒洒十卷的《美国合纵国史》（*History of United States*），以及弗朗西斯·帕克（Francis Parkman）描写印第安人历史的《庞蒂亚克的阴谋》（*History of the Conspiracy of Pontiac*，1851）。但被史学界称为"浪漫主义史学家"（Romantic Historian）代表的班克罗夫特和帕克

---

① Peter Buitenhuis，*The House of the Seven Gables：Severing Family and Colonial Ties*，Boston：Twayne Publishers，1991，p. 45.

② Roy R. Male，*Hawthorne's Tragic Vision*，Austin：University of Texas Press，1957，p. 122.

③ Roy Hearvey Pearce，*Historicism Once More：Problems and Occasions for the American Scholar*，Princeton：Princeton University Press，1969，p. 159.

曼都体现出一种进步主义的历史观，他们一致认为美国的历史正好吻合了人类命运从暴政压制一步步走向独立、自由和民主的光辉进程。①

与同时代历史学家的政治立场不同，霍桑并不赞同这些历史学家将美国历史神圣化、崇高化的态度，他的短篇小说如《我的亲戚莫里纳上校》《温顺的男孩》《罗杰·马尔文的葬礼》等都体现了他对这种神话修辞的颠覆。② 但更重要的是，如皮尔斯所说，霍桑遵从的是一种分析的历史哲学而不是思辨的历史哲学。简而言之，他并不关心对所谓的历史进程、发展规律的研究，他更重视的是对历史的理解和解释，注重历史知识或者历史理解对现实的实践作用。对于分析的历史哲学家而言，历史的作用就是帮助人们去看清现实，历史学家的任务不是单纯地去如实说明过去，而是为了现在和将来的利益去认识、解释过去。这正是历史哲学家克罗齐（Benedentto Croce）所说的"一切历史都是当代史"的意义之所在。③

因此，如果说《老宅》本质上是一部关于历史的小说，那么促使霍桑意识到正确历史意识对民主共和国重要作用的则是 19 世纪杰克逊时代纷繁复杂的社会现实，是在商业繁荣，政党斗争、科技革命、阶级分化等社会表象下人们对历史的麻木和盲目。内战前撕扯于商品文化的即时主义（presentism）和辉格党人的天启将来主义（Apocalyptic futurism）④之间的人们，要么困顿于眼前的艰辛，要么乐观于现实的繁荣，总之都

---

① 弗雷德·司默肯主要研究那些每年美国 7 月 4 日国庆庆典以及政治人物的募捐现场上对美国历史命运进行歌颂的伟大誓言。他指出 19 世纪美国人对自己民族命运"史无前例"（un-precedentedness）的独特性深感自豪，并促使他们去研究自己的历史。但他把班克罗夫特等人的史学研究称之为浪漫主义史学（Romantic Historiography）。详情可见 Fred Smokin, *Unquiet Eagle: Memory and Desire in the Idea of American Freedom*, 1815–1860, Ithaca, N. Y.: Cornell University Press, 1967。

② 迈克尔·J. 科拉库尔西奥（Michael J. Colacurcio）在 *The Province of Piety: Moral History in Hawthorne's Early Tales* 一书中对这几部小说反神话修辞的历史态度有着精彩的评论。

③ 皮尔斯（Pearce, Roy Harvey）也说："霍桑要灌输给读者的不仅仅是过去具体是什么而是人们认知的过去在历史进程中到底有什么意义"。

④ 迈克尔·J. 科拉库尔西奥在 *The Province of Piety* 一书中，把辉格党人遵从清教主义思维，宣扬美国坚定地走向神意庇佑的未来的这种笃定的进步主义历史观称之为"天启辉格主义"（A-pocalyptic whiggism）或天启未来主义。

忘记了历史的相似性和关联性。难怪亨利·詹姆斯在评论《老宅》时说："这是一部伟大而丰富的小说，弥漫着人世间不甚响亮的嗡鸣声，回荡着芸芸众生不算清晰的声响，而这才是一个伟大作品的真正标志"①。

第一节 社会真实的罗曼司表现

1834 年美国政坛爆出一大新闻，著名的政治家、历史学家乔治·班克罗夫特（George Bancroft）宣布从辉格党退出转入民主党。拥有良好的家庭和教育背景的班克罗夫特本来在保守的辉格党内享有极高的声誉与威望，他突然的党派变更不仅被辉格党人认为是变节更是对其阶级的背叛。但熟知历史的都知道班克罗夫这次党派变更主要和 19 世纪 30 年代杰克逊总统发起的抵制美国合众国银行的运动有关。

美国合众国银行又称为第二合众国银行，成立于 1816 年。它其实并非一个国家银行而是挂着国家招牌却实际上受制于一伙大奴隶主和工商业大资本家的私营银行。美国合众国银行仗着国会颁发的特许状，享有巨大的经济特权，垄断国家金融，在经济上对中下层人民进行贪婪的剥削和掠夺，在政治上严重干扰国家民主政治生活，妨碍民主选举制度。因此，美国合众国银行完全掌握在一小撮金融贵族手里。他们和《七个尖角阁的老宅》里的品钦法官一样利用手中的金钱、权力玩弄政治，贿赂选举，控制政府，已威胁到权力均衡的美国民主基本原则。因此当看到辉格党人为了维持本阶级的利益，继续公开支持第二合众国银行的腐败行为时，乔治·班克罗夫特果断与其决裂，加入杰克逊总统领导的民主党，支持并声援其在国会开展的反对美国合众银行的斗争。

历史上，杰克逊总统最后战胜了美国合众国银行，国会停止了特许

---

① Henry James, *Hawthrone London*：*Macmillian and Co.*；New York：Harper and Brothevs，1879，p. 103.

状的续发，该银行也在 1836 年寿终正寝。在罗曼司的故事里，金融贵族的代表品钦法官病故，唯一的儿子也发生意外死亡，其财产和土地被出身平民阶级的霍尔格雷夫（Holgrave）所继承。所以，不管是历史还是故事似乎都可以用作者序言里的一条道德教谕作结："攫取不义之财的黄金或地产的罪恶的报应会落到不幸的后代的头上，将他们压垮致残，直到那聚敛起来的财富会物归原主。"①

但是在现实中，杰克逊总统对美国合众国银行的斗争只是 19 世纪上半期历史的一个表征，整个时代的社会政治经济变动要比银行斗争本身深远和丰富得多。比如 1819 年经济危机以及随之而来的经济萧条造成大量工人、农民和小手工业者失业，于是工人运动频发。据统计，1833—1837 年短短 6 年时间里，美国工人就举行了 173 次罢工，而东部诸州的佃农抗租的事件也时有发生；另外西部不断扩张，大量移民的涌入加剧了社会的两极分化，劳工矛盾、贫富差距、奴隶制的存续等社会问题层出不穷。② 与此同时，资本主义经济继续向前高速发展，科学技术的革新正给美国人民生活带来日新月异的变化。电报、铁路、银版照相术的相继出现不断冲击着人们固有的观念和生活方式。

总之，19 世纪上半期到美国内战前是一个动荡、喧嚣和急剧变化的时代，其表现为繁荣与萧条交替往复，社会各阶层不断分化和变革，就像霍桑所说："在这个共和国里，我们波涛起伏，时起时伏的社会生活中，总是有人处于被溺死的边缘。"③ 但就在这波涛起伏的社会动荡背后是人们深深的失落和迷惘，是对明晃晃现实不知所措的焦虑和恐惧，因此对霍桑这个有敏锐时代意识的知识分子而言，描述困顿于过去、迷惘于未

---

① ［美］纳撒尼尔·霍桑：《七个尖角阁的老宅》，李映珵译，长江文艺出版社 2008 年版，第 4 页。

② 具体可参见黄兆群《试论杰克逊反"银行"斗争及其影响》，《山东师范大学学报》（社会科学版）1986 年第 1 期。

③ ［美］纳撒尼尔·霍桑：《七个尖角阁的老宅》，李映珵译，长江文艺出版社 2008 年版，第 31 页。

来的灵魂远比讲述财产得失、仇怨消解的故事更加震撼人心；为读者塑造出正确历史意识，将"过去的时代"和"正在我们那边飞逝而过的现在"①连接起来，远比传递罪恶与救赎这样简单的道德说教更加有意义。

在《老宅》的序言中，霍桑反复强调，罗曼司作家应该有通过"调节氛围""增强画面光线"或者"加深或者渲染画面阴影"②等艺术的手段来表现真实的自由。这段话在《罗曼司小说及其传统》中被蔡司注解为，"罗曼司和小说的差别主要在表现真实的方式上，小说主要以紧密而丰富的细节表现真实……相反罗曼司遵循遥远的中世纪范例，却以较少的数量和细节表现真实"③。本书认为蔡司准确地分析出了罗曼司和小说在表现真实时在细节数量和丰富度上的差别，但不同意蔡司把这种差别归纳于罗曼司主要偏向抽象意义，而小说主要立足于社会现实的观点。本书认为虽然在《老宅》中读者无法读到和社会现实一一对应的丰富细节，但是霍桑从未脱离对社会现实语境的思考，相反他通过故意的"加深""渲染"或是"增强"使读者随时可以发现与社会互文的事件，找到与时代相呼应的意识形态或者修辞，因此霍桑的罗曼司所建构的社会真实不是一草一木现象的真实而是一个更深刻、更全面，一种观念和意识形态的真实。

第二节　社会变迁中历史身份的困境

不同于《红字》中的海丝特或者丁梅斯代尔牧师，《老宅》中的人物

---

① ［美］纳撒尼尔·霍桑：《七个尖角阁的老宅》，李映珵译，长江文艺出版社2008年版，第3页。

② ［美］纳撒尼尔·霍桑：《七个尖角阁的老宅》，李映珵译，长江文艺出版社2008年版，第3页。

③ ［美］纳撒尼尔·霍桑：《七个尖角阁的老宅》，李映珵译，长江文艺出版社2008年版，第12页。

中不管是赫普兹芭（Hepzibah）、克利福德（Clifford）、菲比（pheobe）还是霍尔格雷夫（Holgrave），都很少表现出像前两位人物那样的内心挣扎，他们的困境是不能适应社会变迁的焦虑，是在历史进程中无法确定自己的历史身份和历史地位的窘迫。当然故事中人物的困境也是霍桑时代整个国家的困境，是全体美国人民不知如何正确处理国家过去与现在关系的困境。

《老宅》中人物对自己身份的困惑首先来源于对"飞逝而过的现在"①的恐惧。那么故事里的现在是一个什么样的现在呢？我们也许可以从小店橱窗一章里货品数量和货品种类中窥探一二。

> 好奇的人若有幸点里面的存货，查一下柜台下面，就会发现一大桶，啊，不止一桶，而且是两三桶外加半桶。一只桶里装着面粉，另一只桶里装着苹果，第三只桶里装着玉米粉。还有一个松木箱子里面装满了肥皂，另一个大小相仿的箱子里装着十支一磅的蜡烛。还有少量红糖，一些白豆和剥好的豌豆以及几种廉价的日用品。……一个玻璃咸菜罐塞满了……用白纸精心包装的美味糖果，还有按照吉姆·克劳举世闻名的舞蹈形象做成的姜饼，一队骑兵全副武装，穿着现代军装，奔驰在货架上，……还有一些小糖人……还有件更现代的东西，那就是一包安全火柴，一划就燃的火柴在古老年代会被认为真是从地狱借来的鬼火。②

叙述者之所以要不厌其烦地列举赫普兹芭小姐的存货，是因为这些商品体现了时代的变迁和真正商品社会的来临。虽然，一百多年前品钦

---

① ［美］纳撒尼尔·霍桑：《七个尖角阁的老宅》，李映珵译，长江文艺出版社 2008 年版，第 3 页。

② ［美］纳撒尼尔·霍桑：《七个尖角阁的老宅》，李映珵译，长江文艺出版社 2008 年版，第 29 页。

家族也有人曾当过商贩，但现在商品的名称和外形已经不为"老品钦时代所知"。相比较老品钦时代"十分小气"的商业活动，即使不善经营的赫普兹芭小姐都知道不仅要在货架上提供充足的商品，而且还要有技巧地在货架上和橱窗里摆放儿童玩具和小商品，把小孩子们吸引到小店里来。更不要说，叙述者还描述了当时出现在城市里的另一幅繁华异常、顾客如云的闹市街景。

> 那里有多少豪华的商店啊！食品店、玩具店、绸缎店，橱窗都镶着巨大的平板玻璃，无比华丽的装饰，应有尽有的商品，在这些上面投资巨大。每家商店的一端都装有华丽的镜子，在明亮的虚幻映像中，店内的财富又增加了一倍。街道一边是繁华的街市，许多身上洒满了香水，头发油光可鉴的商贩正在满脸堆笑，点头哈腰地推销商品。①

乔治·卢卡奇（Georg Lukács）在他的代表作《历史与阶级意识——关于马克思主义辩证法的研究》中集中分析了商业社会"物化"（reification）现象的几种表现。其中第一个表现就是人们对商品的崇尚和追求，使得人们目光愈来愈短浅，人们只注重眼前物和物的关系，而忽略了对未来前途的考量。另一表现是资本主义社会失去整体性，资本主义生活分解成碎片，人们丧失了对整体景象把握的能力，更无法把握历史发展的全过程。② 因此上面引文虽然表面上是对赫普兹芭货柜商品的盘点，但实际上是霍桑对19世纪经济和社会状况的深层次探索，是我们读者了解故事人物历史困境的关键。

---

① ［美］纳撒尼尔·霍桑：《七个尖角阁的老宅》，李映珵译，长江文艺出版社2008年版，第39页。
② ［匈］卢卡奇：《历史与阶级意识——关于马克思主义辩证法的研究》，商务印书馆1999年版，第143—177页。

一　沉溺于过去的品钦家族

瓦尔特·本杰明（Walter Benjamin）在谈到"纪念"（commemoration）这一概念时曾说："这是资本主义社会人的持续物化后把过去当作无生命的商品进行交换的行为。"依照本杰明的理解，现代商业社会里人的物化必然会导致人对过去态度的异化，过去对商业社会的人来说不过是有着交换价值，能满足人类需要的商品。品钦家族对过去的迷恋和沉溺正好说明他们用过去家族的记忆来交换当代生活的困境。

赫普兹芭是最明显地用过去来逃避现在的人物。在近三十年里，她过着离群索居的生活，她从不问世事，也从不参加社交活动，她屋子里的格局和摆设一律沿袭老样子，尽管地板上的地毯已经磨损褪色，看不清楚了原来的图案，她仍然不舍得换。她的室内装饰品有两件，一件是品钦家族东部领土的地图，一件是老品钦上校的画像。对画像，她满怀敬意，这是一个"古老家族的后裔中饱经沧桑的老处女才会产生的一种感情"①。对地图，她仍然抱有幻想，幻想某一天"沃尔多县的大片土地终于判给了品钦家族"，她就可以"建造一座宫殿，从宫殿最高的一个塔楼上俯瞰自己领土上的山丘、河谷、森林、田野和城镇"。②

由此可见，赫普兹芭对过去的怀念并不是因为她想在过去和现在之间建立起某种传统的关联；相反，对她而言过去就像无生命的商品一样可以满足她不接受改变、不面对历史进程的愿望，满足她永远当贵族、享有显赫地位的幻想。

但是"当紧追不舍的贫困终于追上"了她，当她"必须自食其力，否则就得挨饿"的境况出现时，赫普兹芭只能"从幻想的高贵宝位上走

---

① ［美］纳撒尼尔·霍桑：《七个尖角阁的老宅》，李映珵译，长江文艺出版社2008年版，第28页。

② ［美］纳撒尼尔·霍桑：《七个尖角阁的老宅》，李映珵译，长江文艺出版社2008年版，第54页。

下来"① 从一个贵族淑女变成一个开店的小贩,第一次从一个过了六十年闲散生活的人变成一个为生活劳碌的人。可对于这种身份的转变,赫普兹芭来内心是抗拒的,挣扎的,甚至是崩溃的,因为她的意识还停留在旧世界和旧时代,无法适应这个新的社会变化。就像她向霍尔格雷夫的哭诉的那样,她与这个新的社会、新的时代是如此格格不入。

> "啊!霍尔格雷夫,"她刚止哭声又大声叫道:"我真的巴不得自己已经死去,和列祖列宗一起埋在古老的坟墓里和我的父亲,母亲还有姐姐一起,……这个世界太冷酷,太艰难,而我又太老,太软弱,太不中用了!"②

"古老的坟墓""列祖列宗""死亡"这些词汇说明赫普兹芭的生活完全笼罩在过去的阴影里,思想还停留在对往昔的回忆中。但是面对赫普兹芭的哭诉,霍尔格雷夫却一针见血地指出,她对过去的眷恋不过是对贵族身份和社会地位的眷恋,是对一个业已消失的阶级曾经享受过的特权的留恋,而恰恰是这些落伍的社会观念束缚她融入新的社会。他这样说。

> 好吧,就算过去了又怎么样?……让它过去吧!没有它您会活得更好。我认为这是您生命中值得庆幸的一天。这是一个时代的结束,另一个时代的开始。以前您高高在上,墨守高贵的圈子,生命的血液已经在血管里渐渐冷却,而世人正在为生活所需而奋斗。……在这个世界以往的历史上,绅士和淑女的名号带有一种舍

---

① [美] 纳撒尼尔·霍桑:《七个尖角阁的老宅》,李映珵译,长江文艺出版社 2008 年版,第 31 页。

② [美] 纳撒尼尔·霍桑:《七个尖角阁的老宅》,李映珵译,长江文艺出版社 2008 年版,第 35 页。

义，有这种头衔的人享有一定特权，不管是他们想要的还是不想要的。如今，特别是到了将来，这种头衔意味的不是特权而是束缚！①

事实证明，霍尔格雷夫认为赫普兹芭小姐被贵族的头衔和身份所牵制和束缚的观点确实颇有见地。从开店的第一天起，赫普兹芭接触到越多被她称作"下等人"的人，她越用一种"轻蔑怜悯的姿态俯视他们"，也越认为自己"处于不容置疑的高贵地位"。② 当维伯大叔向她传授经商之道时，她幻想着"有一笔意外之财从天而降"③ 或者她的欧洲贵族亲戚们能对她的生活窘境施以援手，让她重回贵族阶层的显赫地位。尤其是第二天当急促的店铃再次响起，赫普兹芭正用着"刻有家族纹章的银汤匙和古瓷质茶具，沉浸在自己那个高贵血统和出身"④ 的思绪中。赫普兹芭对过去的频频回顾，对自己贵族身份的依依不舍形象地再现了霍尔格雷夫所指出的同时代人被过去所控制的状态，"难道我们永远不能摆脱这个过去吗？……它像一个巨大的尸体压在现在的身上……稍微想一想，你就会吃惊地看到我们是旧时代的奴隶，说得准确一点，就是死神的奴隶"⑤。

其实，相对于赫普兹芭的贵族式怀旧，她的弟弟克利福德更像是

---

① ［美］纳撒尼尔·霍桑：《七个尖角阁的老宅》，李映珵译，长江文艺出版社 2008 年版，第 36 页。

② 引文出自［美］纳撒尼尔·霍桑《七个尖角阁的老宅》，李映珵译，长江文艺出版社 2008 年版，第 44 页。霍桑在本书中对工人阶级的粗俗、野蛮态度其实也持否定态度，但赫普兹芭所谓下等人、上等人的分类明显是贵族式的骄傲，而且从家族历史看来，品钦家族获得财富的手段也并不光彩，所以霍桑首先对在时代变迁中还念念不忘贵族头衔的赫普兹芭进行了讽刺。关于霍桑对工人阶级的态度可参见 Herbert T. Walter, *Dearest Beloved：The Hawthornes and the making of the Middle-Class Family*, Berkeley：University of California Press, 1993, pp. 88 – 107。

③ ［美］纳撒尼尔·霍桑：《七个尖角阁的老宅》，李映珵译，长江文艺出版社 2008 年版，第 53 页。

④ ［美］纳撒尼尔·霍桑：《七个尖角阁的老宅》，李映珵译，长江文艺出版社 2008 年版，第 63 页。

⑤ ［美］纳撒尼尔·霍桑：《七个尖角阁的老宅》，李映珵译，长江文艺出版社 2008 年版，第 152 页。

"旧时代的奴隶",他完全停留在了过去,停在了那个曾给他带来快乐和幸福的旧时代。这从克利福德本人进入故事时的反复停顿就可以看出他前进的阻力有多么大。

> 菲比尚不知走近的这位客人是何人。他看起来似乎在楼梯上面停顿了一下,下楼的过程中他又停顿了两三次,在最后走下楼梯的时候又停住了脚步。他每次停下脚步的时候,都似乎并不是出于任何目的,而是好像他忘记了他本来打算去哪里,或者是因为他前进的动力太弱了,以至于不堪承受前进过程给他带来的压力。最后,他长久地在客厅门口停顿下来,他握住了门把手,然而他随后并没有打开门,却松开了门把手。……最后那个长久的停顿似乎长到了极点,长得让赫普兹芭无法忍受,她跑上前去推开了门,拉着那个陌生人的手把他领了进来。①

克利福德之所以停顿再三,不能前行,是因为现在对他来说就像梦幻一样无法把握:"他不愿去回忆神秘可怕的过去,而未来又是一片渺茫,他只拥有这个如幻觉般不可捉摸的现在。"② 克利福德为了抹去痛苦的人生经历,也抹去了有关时间的所有记忆。所以与赫普兹芭的主动缅怀不同,克利福德被动地被停留在了童年时光。他站在拱形窗户前,一边对出租马车、公共马车之类的新鲜事物缺乏把握和记忆能力,对洒水车和呼啸而过的火车等现代化的交通工具充满恐惧,吃惊不已。但另一方面又在砂轮发出的嗞嗞的磨刀石声中感到了快乐和活力,因为这些唤起了对他对童年的记忆。难怪连叙述者都说:"克利福德已经丧失了或暂时

---

① [美]纳撒尼尔·霍桑:《七个尖角阁的老宅》,李映珵译,长江文艺出版社 2008 年版,第 86—87 页。

② [美]纳撒尼尔·霍桑:《七个尖角阁的老宅》,李映珵译,长江文艺出版社 2008 年版,第 128 页。

丧失了应付陌生事物的能力，而且跟不上时间的节奏，再没有比这更让人产生悲哀的衰老之感了。"①

当然，虽然品钦姐弟都被过去所束缚，但是身处时代变迁的他们也不是没做出挣脱过去、接触世界的努力。当赫普兹芭从小顽童奈德·希金斯手里接过那枚圆圆的硬币后，她确实感到了"来自外界的令人鼓舞的新鲜气息"②并由此对不事劳作、闲散优越的贵族妇女发出了谴责："天知道，这个女人活在世界上有什么好处？难道整个世界的人都劳劳碌碌，为的就是让她的手保持白净肉嫩？"③同样地，当克利福德听到街上人群的喧闹声，看到熙熙攘攘的游行者队伍时，他也将此视为"一条伟大的生活长河"，为"那汹涌的波涛和神秘的暗流"所"着迷"，想"纵身一跳跃入人性的激流中"。④一次，两姐弟甚至还鼓起勇气想在安息日去参加教堂礼拜，但终因他俩恐惧公众的眼光而不得不放弃。

事实上，真正限制品钦姐弟行动的不是老宅本身，而是他们过时的情感、观念和行为，是他们阴暗无光、衰朽腐败的心灵。在时代的变迁中，他们一方面被社会的新奇和喧嚣所吸引，但另一方面他们由于囿于旧习俗和旧思想的束缚，又害怕与世界接触。因此当赫普兹芭为了维持生计，趴在地上辛苦地去捡那颗作为商品的玻璃球时，霍桑借叙述者之口对他们无所适从的悲惨处境表达出同情之情。

愿上帝饶恕我们以荒唐可笑的眼光来看待她的处境！当她弯下那副僵硬不灵的老骨架，以双手和膝盖支撑着趴在地上寻找不知去

① ［美］纳撒尼尔·霍桑：《七个尖角阁的老宅》，李映珵译，长江文艺出版社2008年版，第136页。

② ［美］纳撒尼尔·霍桑：《七个尖角阁的老宅》，李映珵译，长江文艺出版社2008年版，第41页。

③ ［美］纳撒尼尔·霍桑：《七个尖角阁的老宅》，李映珵译，长江文艺出版社2008年版，第44页。

④ ［美］纳撒尼尔·霍桑：《七个尖角阁的老宅》，李映珵译，长江文艺出版社2008年版，第140页。

向的玻璃球的时候，我肯定会禁不住要为她洒下一掬同情的眼泪，而不是转过脸去嘲笑她。这是我们日常生活中发生的令人伤感的最真实的一刻之一……这是那些所谓旧贵族的最后挣扎。①

二 弃绝历史的霍尔格雷夫

霍尔格雷夫是故事里唯一一个自觉思考历史与现在关系的人物。作为共和国年轻人的代表，同时也作为"莫尔诅咒"的继承者，霍尔格雷夫研究历史，憎恨过去。他把过去比作压迫在现在身上的死尸，除了耗费着现在的精力，还操纵着现在的命运："死人占据了我们所有的法官席位，而活着的法官只不过是找出并重复死人的决定。……我们按照死人的教条和形式来崇拜活着的上帝！如果我们要按照自己的自由意志去做任何事情，死人冰冷的手就会来阻止我们！"②

由于对过去的憎恶，霍尔格雷夫主张以坚决的姿态与历史决裂，埋葬旧时代——"布满苔藓的腐朽的旧时代行将就木，僵死的旧制度将被推翻、被埋葬，一切将重新开始"③。在他眼里一切与旧时代相关联的事物，不管是老宅，还是老品钦上校想要"庇佑一个家族"（plant a family）的旧观念，抑或受制于"死人"的遗嘱制度，都散发出腐败、发霉的气味，是他猛烈抨击和极力摧毁的对象。

霍尔格雷夫对过去决绝的态度很大程度上源于家族受冤屈的历史，但也与他对所处时代持有的乐观精神有关。他本人正处于生机无限的青春时光，生长在"一个一切都唾手可得的国家"④，他自然会信心满满地

---

① ［美］纳撒尼尔·霍桑：《七个尖角阁的老宅》，李映珵译，长江文艺出版社 2008 年版，第 30 页。

② ［美］纳撒尼尔·霍桑：《七个尖角阁的老宅》，李映珵译，长江文艺出版社 2008 年版，第 155 页。

③ ［美］纳撒尼尔·霍桑：《七个尖角阁的老宅》，李映珵译，长江文艺出版社 2008 年版，第 150 页。

④ ［美］纳撒尼尔·霍桑：《七个尖角阁的老宅》，李映珵译，长江文艺出版社 2008 年版，第 151 页。

认为能"把世上值得追求的东西都控制在自己的掌握之中"①。他甚至激情豪迈地预言："一个黄金时代已现端倪，在他自己的有生之年，这个时代就会来临。一个年轻人宁可不出生，也不能没有这样的理想；一个成年人要是放弃了这样的理想还不如死去。"②霍尔格雷夫超验主义式的乐观精神激励着他积极拥抱时代和社会的变迁。不像品钦姐弟每做一点生活上的改变都举步维艰，霍尔格雷夫不仅频繁地更换工作，游历广泛，而且还在赫普兹芭小姐开小店的第一天就鼓励她与时代较量，与生活斗争，不要退缩。他乐于接受新鲜事物、新式发明，尤其是他熟练掌握银版照相技术，更让他对现代科技的神奇力量推崇备至。在他眼里，银版照相技术，通过自然光影和机械科技的力量能够客观地将人们"最隐藏的最秘密的性格表现出来"③，这是肖像画时代，肖像画师所不能做到的。另外，霍尔格雷夫还积极参加社会改革，他是催眠术的公开演讲者，曾投身傅立叶社团进行社会乌托邦实践。总之，在时代的变迁中，霍尔格雷夫代表着来自社会底层，反对传统和历史，鼓吹革新，充满激情和信念的一代年轻人。

但是，霍桑对和"霍尔格雷夫年纪相仿的这一代年轻人"④却给予了深刻的反讽，他虽然感动于他们对"人类福祉的满腔热情"⑤，但是他认为，他们"最大的错误在于把自己有限的生命作为衡量无限成就的尺度，（在于）幻想自己的努力和抗争对于不久的将来的伟大目标至关重要"，而事实上"（尽管）我们期待他们做出惊人之举，经过潜心观察，他们也

① ［美］纳撒尼尔·霍桑：《七个尖角阁的老宅》，李映珵译，长江文艺出版社 2008 年版，第 151 页。

② ［美］纳撒尼尔·霍桑：《七个尖角阁的老宅》，李映珵译，长江文艺出版社 2008 年版，第 150 页。

③ ［美］纳撒尼尔·霍桑：《七个尖角阁的老宅》，李映珵译，长江文艺出版社 2008 年版，第 76 页。

④ ［美］纳撒尼尔·霍桑：《七个尖角阁的老宅》，李映珵译，长江文艺出版社 2008 年版，第 151 页。

⑤ ［美］纳撒尼尔·霍桑：《七个尖角阁的老宅》，李映珵译，长江文艺出版社 2008 年版，第 150 页。

没有不同凡响之处"①。换句话说，在霍桑看来，他们这些年轻人其实也处在历史困境中，他们过于自信、过于看重自我的力量，却忽视了在整个人类历史长河中审视个人的努力和价值。他们盲目乐观，盲目相信革新的力量，但其实却被片刻的激情所愚弄，忽略了时间和历史的意义："生机无限的青春和激情，光彩夺目的智慧和想象为他们戴上虚幻的光环，既愚弄了他们自己，也愚弄了别人。就像某些印花布一样，崭新的时候甚是好看，可经不住日晒雨淋，一场大雨过后就变得灰暗不堪了。"②因此叙述者在列举了霍尔格雷夫的种种进取心之后，以一种更加成熟和沉稳的语气如此评论。

> 随着年龄的增长，他早期的信念必然会由于阅历而有所改进，他的情感也不会再经历粗暴而突然的革命。他仍然对人类光明的未来充满信心。他会意识到，自己个人力量的微弱，因而更加热爱人民。早期抱有的崇高理想也会在生命行将结束时变得卑微。③

综上所述，《七个尖角阁的老宅》前半部分所描写的品钦姐弟和霍尔格雷夫体现了19世纪上半叶社会上两种对立的历史观，一种是死守过去的陈规陋见，惧怕改变和变迁，另一种是革命激进，完全弃绝历史。所以对霍桑来说，想要在充满变数、激荡变动的时代建立正确的历史意识和历史态度，首先要重新认识历史，认清历史中的假象，同时更要看清现在，警惕流行话语的欺骗。

---

① ［美］纳撒尼尔·霍桑：《七个尖角阁的老宅》，李映珵译，长江文艺出版社2008年版，第151页。
② ［美］纳撒尼尔·霍桑：《七个尖角阁的老宅》，李映珵译，长江文艺出版社2008年版，第131页。
③ ［美］纳撒尼尔·霍桑：《七个尖角阁的老宅》，李映珵译，长江文艺出版社2008年版，第150页。

第三节 在社会变迁中重塑历史意识

一 摆脱历史的成规定式——质疑自然修辞

在《老宅》中，有一份神秘的文件贯穿了整个故事情节的发展，影响着品钦与莫尔两大家族的恩怨纠葛。这份文件就是上校品钦在世时与印第安人签订的一份土地契约。根据这份契约，品钦家族将拥有东部一大块土地，"包括缅因州如今被称为瓦尔多县的大部分，其面积比欧洲许多公爵的领地，甚至在位的君主的领地还要大"①。但这份文件被与品钦家族有着杀父之仇的托马斯·莫尔利用修建老宅的机会藏在了老宅的一个壁龛里，变成了只有莫尔家族才知道的秘密。为了这个秘密，18世纪的杰维斯·品钦不惜用老宅，以及自己女儿的幸福与马修·莫尔进行交易；为了这个秘密，19世纪的品钦法官在堂弟刚出狱时就找上门来逼问契约的下落。事实上，百年过去，这片领土早已经变更了主人，其中一部分被真正的移民开垦并占领了，叙述者说："这些移民若听说了品钦家的那份地契准会对任何主张土地权利的荒唐想法予以嘲笑。"② 可是，为什么连移民都嗤之以鼻的荒唐想法，不同世纪的两位社会名流，政界精英却不约而同地确信一旦得到了地契就如同得到了土地和财富呢？这就要从美国政体权威的基础说起。

美国政体理念起源于18世纪约翰·洛克（John Lock）的政府理论。后来马克思·韦伯（Max Weber）又在此基础上提出建立法理型社会的理想。他认为政府应该建立于一种形式理性的法理性统治体系。在这样的

---

① ［美］纳撒尼尔·霍桑：《七个尖角阁的老宅》，李映珵译，长江文艺出版社2008年版，第16页。

② ［美］纳撒尼尔·霍桑：《七个尖角阁的老宅》，李映珵译，长江文艺出版社2008年版，第17页。

体系下，人们只服从于非人格化的秩序（impersonal order）以及规范化的规则（normative rules），而不是传统的权威或者个人魅力。在依据法理性原则建立的社会里，法律成为新的权威系统，具有法律效力的文本文件成为社会秩序运作的基础。韦伯认为一旦所有法律、法规、规章、制度都以格式化、条文化的形式确定下来，就能排除个人的感情因素和人为操作痕迹，形成了一套非人格化的、形式高度理性的行政管理机制以及司法审判机制。这也是两代品钦拼命要找到地契的原因，因为一旦地契在手，他们就可以让它变成有法律效力的文件，最后把东部领土像老宅一样变成自己合法的财产，就如同当年品钦上校"合法"获得老宅的地基一样。

美国法理性统治的权威从根本上说来源于西方的自然法（natural law）的政治思想，即法律体现了与大自然相符合的正理（right reason），具有普遍适用的，永存不变的特质。在美国人的信念里，最好地体现了自然法精神，维护了人民自然权利的法律就是财产法。人们通过劳动自然占有土地，享有土地所有的财产权不仅在美国独立时被列为不可剥夺的权利（unalienable rights），而且早在 17 世纪清教徒刚到美洲大陆时就被认为是上帝的恩赐和人类正确的理性。难怪爱德华·克里斯蒂娜（Edward Christan）在编撰《英国法释义》（*Commentaries on the Laws of England*）时曾开宗明义地指出："财产法，是自然本身书写在人类心灵上的律法。"[1] 虽然克里斯蒂娜形象地再现了财产法的自然属性，但从品钦家族获得土地的历史来看，我们却发现不管是 17、18 世纪的贵族社会还是 19 世纪的民主社会，财产法保护的并不是财产的自然所有人，而是权势人物对财产（土地）的"合法"占有。财产虽然以书面的形式确定，但其书写者并不一定是自然而是掌握政治话语权的人。

七个尖角阁老宅所在的地基最早为清教徒老马修·莫尔拥有，他通

---

[1]　Edward Christan，*Commentaries on the Laws of England*，London：A. Strahan and W. Woodfall，1973，p. 2.

过"辛勤劳作，砍伐原始森林，开辟出来一片园地和宅基"①。按理说他应该是这块土地的自然人所有人，但就因为上校品钦看上了这块土地，于是后者"仗着在立法机关的准许"，用"藐视合理的理由宣称对这块地基和一大片毗邻的土地的所有权"。②然后他又罗织了马修·莫尔实施巫术的罪名，把莫尔送上了绞刑台，最后完成了对这片土地的"合法"占有。至于那项"经马萨诸塞议会批准的印第安契约"，上校品钦在世的时候就相信，只需要几周"凭借他巨大的政治影响力和在国内外的有力关系"，完全可以"办妥一切必要手续，使那片土地的所有权变成现实"。③从上校品钦侵占土地的过程来看，他不过是利用法律文本（如土地契约和立法文件）自然客观的外在形式，让原来不合理的侵占变得合理、自然、不可辩驳。照此逻辑，我们相信一旦让19世纪的法官品钦如愿得到了东部领土的土地契约，虽然东部领土已经经过几代移民艰苦劳作、开垦，"从蛮荒大自然获得"，但作为土地自然所有人的他们仍极有可能把土地出让给品钦法官，因为他是有能力将当初的土地契约变成合法的法律文件。由此可见，貌似客观、公正的土地财产法，其书写者并不是自然；表面客观、中立的法律文件很可能是人为操纵的结果。在这里霍桑通过对美国民主最神圣的文本——法律文本的剖析，质疑解构了法律自然、公正的理性权威。

除了对貌似公允的法律以及法律文本的神圣性进行解构，霍桑还对美国的司法和行政两大权力机构的非人格化自然基础提出了质疑。当描述审判莫尔巫术案时，叙述者不无讽刺地指出，实施判决的这些法官是一群被认为是"最英明、最冷静、最神圣"的法官，但却犯下了"疯狂

---

① ［美］纳撒尼尔·霍桑：《七个尖角阁的老宅》，李映珵译，长江文艺出版社2008年版，第8页。

② ［美］纳撒尼尔·霍桑：《七个尖角阁的老宅》，李映珵译，长江文艺出版社2008年版，第8页。

③ ［美］纳撒尼尔·霍桑：《七个尖角阁的老宅》，李映珵译，长江文艺出版社2008年版，第16页。

的暴民所常见的冲动的错误"，他们"站在绞刑架周围靠里面一圈为这种血腥的行为鼓掌"却不知他们自己"不幸受了蒙蔽"。① 叙述者的指责变相回应了韦伯等人所推崇的排除了个人感情，没有憎恨也没有爱，没有激情也没有狂热的非人格化司法审判。连最"冷静的"的法官都无法避免审判时的冲动和狂热，那么所谓客观、理智、非人格化的司法审判也许就根本是一种理想，很难真正实现，因为实施司法程序的毕竟还是历史中的人。如果说当年的审判只是审判官受到认知的蒙蔽，被一时冲动的情感所挟持，那么到了现代，司法程序明显受到了阶级和社会财富地位的影响而有意识地出现了利益的倾斜。比如当提到克利福德涉嫌的谋杀案时，叙述者是这样叙述整个审判过程的："这个年轻人受到了审判并被判罪，但是可能由于证据不充分，或许执行官员也心存疑虑，又或许是由于辩论在一个共和国比一个君主国家更有分量，罪犯的亲属所拥有的崇高地位和政治影响使死刑改判为终身监禁。"② 事实上，克利福德之所以从死刑改判为终身监禁，并不是证据不足，因为他的"杀人"罪证完全由品钦法官所伪造，③ 也不是因为辩论拥有更重要的分量，而完全是因为其家族的"崇高地位"和"政治影响"。虽然克利福德谋杀叔叔本身是一起冤案，但在"证据"确凿，罪名成立的情况下，审判仍然依据罪犯家族的身份和地位进行宣判，这再次说明公平、公正的司法审判制度不过是抽象的美国理想，现实中的司法活动仍然受到社会各种利害关系的影响。更让人惊讶的是，当克利福德出狱，品钦法官几次前去相见询问地契下落都被阻挠，最后他不禁恼羞成怒地向赫普兹芭叫嚣道："你是没有想过，还是眼睁看不出来，没有我的努力，没有我出面请求，发挥我在政治上、官方和私人的影响力，克利福德根本得不到你所谓的自

---

① ［美］纳撒尼尔·霍桑：《七个尖角阁的老宅》，李映珵译，长江文艺出版社 2008 年版，第 9 页。

② ［美］纳撒尼尔·霍桑：《七个尖角阁的老宅》，李映珵译，长江文艺出版社 2008 年版，第 19 页。

③ 这也从另外一个侧面说明美国的司法审判很容易受到懂法的权威人士的操控。

由。……是我给了他自由，我来就是要决定是否让他继续享有这种自由。"① 从干预司法程序到要定义公民自由，品钦法官嚣张的叫嚣说明美国的司法机构离理性、公平的非人格化司法理想越来越远，而权势阶级对司法活动的影响力也越来越大。

同样无法遵照客观、理性、非人格化理想的还有美国的行政机构。按照韦伯等人的设想，一套形式高度理性的官僚机制应该不受到政党选举的影响从而保证一些政策、法规实施的连贯性。但从品钦法官变成品钦州长的故事中，我们看到品钦法官的州长一职不仅受到政党选举的影响（这也是他慷慨出资支持其党派胜出的原因），而且早就是"一小撮阴谋家"在晚宴上的秘密决定。对此虚伪的官僚制度，叙述者毫不留情地予以讽刺。

> 这些绅士们从本州各地赶来聚集在这里并非没有目的，他们每个人都是老奸巨猾的政客，精于不知不觉地从人民手中盗取统治权力。在下届地方选举中，公众的呼声哪怕如同雷鸣，也不过是这些绅士们在今天这次聚餐上窃窃私语的回声罢了。②

公众雷鸣般的呼声不过是绅士们餐桌上窃窃私语的回响，叙述者的这一描写形象地说明美国公众自以为符合民意的选举，自以为客观独立的官僚体系早已被一群政客把持与操控，而他们之所以可以不知不觉地从人民手中盗取政治权力，正是在于政治体制外在形式的迷惑性和欺骗性。

遵从西方自然法的传统，美国的政体思想推崇规则化、非人格化的

① ［美］纳撒尼尔·霍桑：《七个尖角阁的老宅》，李映珵译，长江文艺出版社 2008 年版，第 192 页。

② ［美］纳撒尼尔·霍桑：《七个尖角阁的老宅》，李映珵译，长江文艺出版社 2008 年版，第 224—225 页。

法理型统治，建立了法律文本的最高权威。受其影响，美国的司法和行政两大权力机构也标榜客观、理性、公正的特征，构成了美国政治制度的自然修辞。然而从梳理品钦家族的历史中我们发现，不仅神圣的法律文本丧失了客观、公正的理性权威，而且美国的各种制度和各级机构没有一样能免于人为力量的影响和操控。所以，虽然从潘恩的《常识》到融合美国联邦党人集体智慧的《独立宣言》，从天赋人权到美国三权分立政治制度的建立，美国主流意识形态一直都在建构美国是自然法原则最佳实践者的宏大自然修辞，但霍桑却要从历史的角度揭示这种自然修辞的危害。

首先，这种自然修辞混淆了表象与真实的界限，让阶级剥削和阶级压迫，更加隐秘，也更加具有迷惑性。罗兰·巴特在他的社会神话学理论中指出资产阶级常将意识形态隐匿在大众的、普遍的、标准化的形式中，因此"资产阶级愈是传播其表象，表象也就愈是得以自然化"①。在故事里的两位品钦愈是尊重法理型统治的外在形式，其实就愈是掩盖了其利用社会地位和影响力操纵各种权力机构为其服务的事实。难怪叙述者说，品钦法官非常重视维护自己在公众前的宽厚仁慈、清正廉洁的法官形象，因为愈是"在公众眼前做出优秀的表现"，愈可以帮助他建立"一座富丽堂皇的老宅"，②让人无法去怀疑其贪婪和剥削的本质。

其次，也是最重要的，这种自然修辞混淆了自然与历史的界限。罗兰·巴特指出，资产阶级神话的最大特点就是把历史转化为自然，以永恒性、简单化的意指系统替代偶然性和复杂化的人类真实行为。他进一步指出，这种将历史因素掏空用自然去填充的伪自然颠倒过程，最容易

① [法]巴特·罗兰：《神话修辞术语：批评与真实》，屠友祥、温晋仪译，上海人民出版社2009年版，第201页。
② [美]纳撒尼尔·霍桑：《七个尖角阁的老宅》，李映珵译，长江文艺出版社2008年版，第189页。

让人们失去历史的眼光，把一切长久存在的东西都认为是自然的、客观存在的。① 就像七个尖角阁的老宅虽然并非品钦家族的自然所有但因为他们的长久霸占，塞勒姆的居民早已理所当然地把它视为品钦家族的固有产业。这个老宅所在的街道名称从莫尔巷子变成了品钦街，至于宅子门前立着的大榆树，"但凡小镇上出生的孩子……都管它叫做品钦榆树"，更有甚者，老宅本身是人工建造，但因为时间久远，人们已经分不清什么是人工什么是自然，居然习惯性地承认老宅和品钦榆树一起都变成了自然的一部分："这棵树……已经八十岁了，或者已经近百岁了，但仍然枝繁叶茂……大树美化了大宅子，使之仿佛与自然混为一体。"②

由于历史和自然的混淆，人们要么屈从于长期的习俗惯例，要么效力于稳定、僵化的形式而失去了质疑的勇气，因为他们总是伪装成自然的结果。比如，当品钦法官的叔叔通过"搜罗古旧的卷宗"和"倾听古老的传说"，渐渐得出结论：七个尖角阁的老宅并非祖辈以正当的手段得来的，这时他本想将财产还给马修·莫尔的后人以弥补当年的过错，但是他最终还是只能服从强大的血缘继承习俗，把财产传给品钦后人："眼见死亡逼近，一种根深蒂固的血缘观念就会油然而生，并促使立遗嘱的人按照古老得近乎自然规律一样的风俗习惯把他的财产传下去。在整个品钦家族中，这种观念有一种病态的力量。"③

如果说这位品钦受制于血缘习俗，那么赫普兹芭则受制于古老的贵族虚荣，品钦法官受制于财富、权力决定一切的金钱观念，火炉边窃窃私语的传说则受制于善恶轮回的清教意识。这些过去的观念、意识和七个尖角阁的老宅一样，以稳固的外在结构和长期存在貌似自然的根基显

---

① 可参见 Roland Barthes, *Mythologies*, trans. by Annette Lavers, New York: Hill and Wang, 1972, pp. 142 – 145。

② ［美］纳撒尼尔·霍桑：《七个尖角阁的老宅》，李映珵译，长江文艺出版社 2008 年版，第 23 页。

③ ［美］纳撒尼尔·霍桑：《七个尖角阁的老宅》，李映珵译，长江文艺出版社 2008 年版，第 20 页。

示出不可撼动的气势，剥夺了人们挑战的勇气：

> 七个尖角阁的老宅有一种坚实、稳固、不可抗拒的宏伟气势，
> 显示了坚实的社会地位和丰厚的私人财产，似乎存在的本身就给予
> 其存在的权利。至少也是把权利伪装得如此巧妙，使穷苦百姓没有
> 足够的勇气去怀疑它，甚至他们内心连想也不敢想。①

托马斯·布鲁克（Thomas Brook）曾说，"能否可能真正地摆脱过去是围绕《老宅》展开的一个关键问题"②，那么如何才能摆脱过去？本书认为只有拥有了历史的角度，给予所有那些习以为常的观念，坚不可摧的形式，以历史的维度才能真正清除过去对现在的影响。通过对品钦家族历史的梳理，霍桑的罗曼司解构了作为美国立国基础的自然法神话，从而促使每位读者去质疑那些以自然、理性、客观、永恒为基石的自然修辞，在每一份社会现实的基础构建上恢复出历史的眼光。而也只有具备了真正的历史眼光，人们才有可能摆脱压抑的规范习俗，挑战恢宏稳定的形式，为真正摆脱过去提供契机。

二 警惕超越历史的改革幻景——对话超验主义运动

从上一章的论述中，我们看到对于处于社会变迁中的美国人而言，只有摆脱历史的成规定见，才能真正摆脱过去对现在的控制，只有分清历史和自然的界限，才能有勇气质疑原来的规范习俗，改造现在的时代。但是这种改造是不是要以霍尔格雷夫在小说前半部所表现出来的，以弃绝历史、推翻和埋葬一切旧制度的激烈改革方式进行呢？

---

① ［美］纳撒尼尔·霍桑：《七个尖角阁的老宅》，李映珵译，长江文艺出版社 2008 年版，第 21 页。

② Thomas Brook，"The House of the Seven Gables：Reading the Romance of America"，*PMLA*，Vol. 97，No. 2，March 1982，p. 197.

在《老宅》中，霍尔格雷夫不仅是同时代年轻人的代表，而且还是一个有着激进改革思想的年轻人。关于历史的进程，他认定"当今的时代比过去或者将来的任何时代都更有可能看到古老的褴褛袍服将骤然换成新礼服，而不必按部就班一针一线地缝补"①。对于象征历史的老宅，他认为"应该用火来净化，净化到只剩下灰烬"②。对于品钦上校"绵延家族，福荫后世"（plant a family）的思想，他针锋相对地提出："一个家族最多每隔半个世纪，就会融入广大而笼统的人群中，忘记祖先的事情。"③他最激进的观念是关于社会制度的改革，他认为每隔二十年就应该来一次新的变革："议会大厦、政府大楼、法院、市政厅还有教堂是否需要用砖石这样的耐久材料去建造，它们最好是每二十年左右就坍塌掉，提醒人们需要及时对它们象征的社会制度进行检验和改革。"④

除了霍尔格雷夫，同样对老宅表现出迫不及待地毁灭和拆除的愿望的还有逃跑中的克利福德。在双枭遁逃一章中，终于摆脱品钦法官的克利福德，在风驰电掣的火车上对象征历史的老宅进行了批判："没有哪儿的空气比一座老宅子里的更有害了，故去的祖先和亲戚把宅子里的空气弄得浑浊不堪。……假如把房子拆毁或者烧光，让地基上长满青草，我会感到非常欣慰。"⑤霍尔格雷夫和克利福德的论调听起来很像超验主义代表人物爱默生关于用战争、革命彻底改造旧世界的理论："战争、火、瘟疫往往打破恒久不变的局势，清除腐败的种族，一扫房屋的阴闷，为未来的新人类开辟出一片晴空。事物都有一种自我矫正的能力。战争、

---

① ［美］纳撒尼尔·霍桑：《七个尖角阁的老宅》，李映珵译，长江文艺出版社 2008 年版，第 150 页。

② ［美］纳撒尼尔·霍桑：《七个尖角阁的老宅》，李映珵译，长江文艺出版社 2008 年版，第 155 页。

③ ［美］纳撒尼尔·霍桑：《七个尖角阁的老宅》，李映珵译，长江文艺出版社 2008 年版，第 156 页。

④ ［美］纳撒尼尔·霍桑：《七个尖角阁的老宅》，李映珵译，长江文艺出版社 2008 年版，第 155 页。

⑤ ［美］纳撒尼尔·霍桑：《七个尖角阁的老宅》，李映珵译，长江文艺出版社 2008 年版，第 215 页。

革命能粉碎邪恶的制度，使天地为之一变、万象更新。"① 和霍尔格雷夫一样，爱默生不止一次提到以激进的方式摆脱历史传统的束缚，走向崭新的未来。他在《论自然》一文开篇就用强烈的语气表达了对历史束缚的反对："我们为何要在历史的枯骨堆里胡乱摸索，或者偏要把活人推进满是褪色长袍的假面舞会呢？……我们有了新领地、新人类、新思想。"② 在《论自助》中，他甚至认为应该清除掉过去的记忆，坚定地向前："为什么要把记忆的死尸拖来拖去呢？……智慧的标准之一，便是绝不要一味地去依赖你的记忆，不要将过去带入到现在，而是永远生活在崭新的每一天里。"③ 19 世纪深受超验主义思想影响的还有一大批社会精英，比如《民主评论》（*Demacratic Review*）创始人约翰·L. 奥沙利文（John L. O'Sullivan）在 1837 的创刊词上以前所未有的超验主义热情表达出挣脱过去，面向未来的巨大决心："我们无意于古老的景象，广阔的未来才是我们的舞台，才是我们的历史。古老的罪恶总是努力通过我们对父辈智慧的敬意而妄图使自己不朽，……（但）人类的眼睛应该向前看，因为历史的进程就是向前，如果他向后看，把目光还盯着那些过去的思想和事情，他就很有可能跌倒和迷路。"④

　　以爱默生为代表的超验主义者之所以秉持一种乐观、前进的进步主义历史观（Progressive view of history），主要是因为他们坚信每个人的心中都拥有可以约束自己的道德法则（Moral Law）。这种来自内心、出于本性的道德力量能"涤荡人类生活中的粗俗"⑤，最终将人们带入一个更美

---

① 这段话出自爱默生的《人生》一文，可参见［美］爱默生《爱默生哲思美文精选》，湖北辞书出版社 2011 年版，第 7 页。

② ［美］爱默生：《论自然·美国学者》，赵一凡译，生活·读书·新知三联书店 2015 年版，第 1 页。

③ ［美］爱默生：《爱默生随笔全集》（上），蒲隆译，北京理工大学出版社 2015 年版，第 70 页。

④ John L. O'Sullivan, "The Democratic Principle: The importance of its Assertion and Application to Our Political System and Literature", *United States Magazine and Democratic Review*, No. 1, 1837, pp. 8 - 9.

⑤ ［美］纳撒尼尔·霍桑：《七个尖角阁的老宅》，李映珺译，长江文艺出版社 2008 年版，第 217 页。

好的时代。

　　小说中的霍尔格雷夫确实是一位坚持内心道德法则的青年，比如当菲比向她的姑妈抱怨霍尔格雷夫目无法纪时，赫普兹芭带着某种赞赏的口吻回应道："我想他可能有自己的一套行事准则"①。叙述者在"银版照相师"一章里首次评论霍尔格雷夫时，也用到了积极正面的赞赏语气："这个年轻人最了不起的一点，也许是他最不同凡响的地方，是他在个人经历的种种变化中，从未失去自我。……他丢掉一种身份，换成另一种身份，不久又变成第三种身份，但他从来不曾亵渎内在的自我，也从来没有丢弃自己的良知。"② 尤其是在小说后半部分，当菲比听完爱丽丝的故事，对莫尔家族的催眠术已经毫无抵御能力时，霍尔格雷夫选择了尊重菲比神圣的个体性，放弃了对菲比灵魂的掌控。这说明从个人道德完善的角度来说，霍桑非常赞赏像霍尔格雷夫这样按自己内心道德良知来行事的个体。

　　　　对于像霍尔格雷夫这样既喜欢思考又善于行动的人来说，没有什么挑战比控制人类的灵魂更有吸引力了；对于一个年轻人来说，没有什么比掌控一个少女的身心更有诱惑力了。因此无论他如何蔑视礼教和制度，我们必须承认这位银版照相师在尊重个性方面具有罕见的品质。③

　　但是另一方面从社会的角度来说，霍桑其实并不认同只遵从个人绝对道德（Absolute morality）而不顾及法律、政府、制度等约束的社会理

---

　　① ［美］纳撒尼尔·霍桑：《七个尖角阁的老宅》，李映珵译，长江文艺出版社 2008 年版，第 71 页。

　　② ［美］纳撒尼尔·霍桑：《七个尖角阁的老宅》，李映珵译，长江文艺出版社 2008 年版，第 148 页。

　　③ ［美］纳撒尼尔·霍桑：《七个尖角阁的老宅》，李映珵译，长江文艺出版社 2008 年版，第 176—77 页。

论。霍桑上述表扬话语其实暗含了两层意思。第一层意思当然是对霍尔格雷夫这样一位坚持内心秩序和道德原则的青年的褒奖。但我们读者同时也可以读出另一层有点悖论意味的谴责；霍尔格雷夫之所以目无法纪"蔑视礼教和制度"正是因为他内心自"有一套自己的行事准则"，有一套 19 世纪三四十年代爱默生、梭罗、布隆生·阿尔考特（Bronson Alcott）等超验主义者高调宣扬的"绝对道德"（Moral Absolute）。爱默生等人认为人的内心拥有一套超越时空、历史的绝对道德，它高于政府、国家和法律的约束。比如在《政治》一文中，爱默生就说道："我真希望找到这样一个人，他单凭自己的道德天性就坚决否认掉了法律的权威"；他进一步说："除了自己内心的法律，其他的法律都是荒唐可笑的。"① 阿尔考特也曾说："管他什么政府，我们只需要自己灵魂的独裁。"② 可在霍桑看来，如果每个人都只坚定地相信自己的内在道德，"一旦将这一理论充实，变成具体的实践事业去追寻"，③ 其结果要么产生一个像霍林华斯那样自以为是、自私自利的激进改革者，要么导致个人与政府的严重对立，直至战争发生。至于前者，霍桑在《福谷传奇》中有深刻的描写。霍林华斯的梦想是建一座改造犯人的监狱，为了实现他这个自以为正确的慈善理念，他自私、冷酷、极端个人主义，以至于最后连奇诺比娅都谴责他说："自己，自己，还是自己，你已经把你自己体现在这项计划之中了。"④ 至于后者，历史上的超验主义者梭罗和阿尔考特都是很好的例子。他们站在废奴运动的道德制高点上采取与政府激烈对抗的方式，坚决拒

---

① ［美］爱默生：《爱默生散文精选》，程悦译，长江文艺出版社 2013 年版，第 368—371 页。

② 转引自 Frederick C. Dahlstrand, *Amos Bronson Alcott：An Intellectual Biography*, Dahlstrand, Rutherford N. J.：Fairleigh Dickinson University Press；London：Associated University Press, 1982, p. 155。

③ ［美］纳撒尼尔·霍桑：《七个尖角阁的老宅》，李映珵译，长江文艺出版社 2008 年版，第 151 页。

④ ［美］纳撒尼尔·霍桑：《红字·福谷传奇》，侍桁、杨万、侯巩译，上海译文出版社 1996 年版，第 525 页。

交人头税，最终被捕入狱。出狱后，在 1849 年梭罗专门发表了《论对公民政府的抵抗》（"Resistance to Civil Government"）一文公开表明对自我道德的坚持。但针对超验主义者的过激抵抗行为，20 世纪研究超验主义运动的评论家斯坦利·埃尔金斯（Stanley Elkins）曾谴责其说："那是一场不负责任的思想运动，正是超验主义者营造的道德极端主义氛围最终导致内战变得不可避免。"①

也许霍桑对超验主义运动的评价没有斯坦利这么尖锐，他没有让霍尔格雷夫最后变成霍林华斯，但霍尔格雷夫激进改革的基础确实和霍林华斯如出一辙，都基于他们自以为正确的主观信念，就像霍尔格雷夫对菲比所说："我向一个真的人说出真的想法，真理就由我定义。"② 而事实上，就是这个自认为凡事都坚持了真理，自认为从未丢失道德良知的霍尔格雷夫，其实从来无法超越自己的阶级属性和家族历史。这也是为什么菲比与霍尔格雷夫初次见面后，总感到一个冷眼旁观者和秘密探究者的无情。

　　另外，菲比认为在他的性格中很少有感情。他是一个冷静无情的旁观者。菲比常常注意到他的眼睛，却很少或从未感觉到他的心。他对赫普兹芭和他的弟弟以及菲比怀有某种兴趣。他专注地研究他们，不让他们个性中哪怕是一点点细微的特征逃过他的眼睛。只要力所能及，他愿意随时帮助他们却从没有真正把自己变成他们的同路人。他对他们的了解日益加深，却没有任何明显的证据表明他对他们的喜爱也日益加深。他和他们交往，似乎是在追求智力上的养料，而不是心灵上的营养。菲比看不出他为什么对她的朋友和她本

---

　　① Stanley M. Elkins, *Slavery: A Problem in American Institutional and Intellectual Life*, Chicago: University of Chicago Press, 1976, p. 147.

　　② [美] 纳撒尼尔·霍桑：《七个尖角阁的老宅》，李映瑾译，长江文艺出版社 2008 年版，第 156 页。

人如此感兴趣，因为理智地讲，他对他们并不关心，即使有过关心，与人类之间应有的感情相比来说，也微不足道。①

霍尔格雷夫打探品钦姐弟生活的"眼睛"让读者不由联想到品钦法官在克利福德出狱后在他身边安插的各种监视的"眼睛"。品钦法官为了获得那张东部领土的契约，不惜动用自己的影响力在克利福德周围的邻居——屠夫、面包师、鱼贩子、爱打听的老太婆中间形成了一张巨大的监视的网络，随时向他汇报克利福德的一举一动。同样，霍尔格雷夫出于家族的仇恨，虽然没有在克利福德的身边形成有形的监视网络，却用自己眼睛和智力探测出克利福德内心崩溃的程度，饶有兴味地研究这个贵族家族衰败的过程。由此可见，即使在像霍尔格雷夫这样的超验主义者那里，当坚持个体神圣性的信念与个人历史和阶级属性相矛盾时，他最初的反应还是选择忠于自己的历史和阶级背景，而不是那个超验的道德理想。因此正如罗伊·哈维·皮尔斯（Roy Harvey Pearce）所说："人无所谓本性，除非在历史之中。"②

既然所有人的行为都在历史之中，那么盲目割裂历史，埋葬过去，一切向前看的超验主义修辞看似很新潮，但实际上却让现在的行为失去了向后参照和评判的体系。比如 17 世纪的品钦上校和 19 世纪的品钦法官虽然身处不同的时代，但他们巧妙利用法律的客观形式谋求私利的能力是一样，如果我们忽视了他们的历史关联也就无法真正认识到剥削的实质。再比如，马修·莫尔和霍尔格雷夫·莫尔都拥有操纵别人灵魂和梦境的催眠能力，但如果不知道马修·莫尔曾经利用催眠术控制他人灵魂的历史，我们怎么能确定霍尔格雷夫超越了他的先辈，实现了社会的进

---

① ［美］纳撒尼尔·霍桑：《七个尖角阁的老宅》，李映珵译，长江文艺出版社 2008 年版，第 148 页。

② Roy Harvey Pearce, *Historicism Once More*：*Problems and Occasions for the American Scholars*，Princeton：Princeton University Press，1969，p. 225.

步？因此通过对霍尔格雷夫改革理想的梳理，霍桑其实全面地对话了超验主义意识，部分地谴责了超验主义绝对道德，批判了前进主义的历史观，更否定了激进的改革形式。在霍桑看来，一蹴而就的革命，或者激进的社会制度的变革，改变的有可能只是外在的形式（当然如前一节所述，我们应该有质疑外在形式的勇气，就如同我们应随时保持对社会制度批判的意识），但它无法改变人的内心。品钦法官因为个人贪欲控制了莫尔的土地和财产，但莫尔家族也靠催眠术一直在控制别人的灵魂，如果仅仅是社会地位的简单调换（社会制度的改变），谁能保证受害者变成施害者的历史悲剧不会重演？

霍尔格雷夫尊重菲比个体性的举动让两个家族真正摆脱了绵延两百多年的恩怨，也摆脱了两大家族间控制与反控制的历史循环。但促成他这一举动发生的并不是所谓来自内心的超验道德，而是他把前后两个世纪连贯起来的历史性书写。只有在历史性书写中，霍尔格雷夫才真正解了过去，认识到作为受害者的莫尔家族同样也是施害者从而产生了负罪感，正是在这种负罪感的驱使下，霍尔格雷夫放弃了对菲比的精神控制，超越了他的祖辈。当然重要的是，在对家族历史性书写的过程中，霍尔格雷夫发现了历史的价值，认识到没有绝对清白无罪的超验人性，也没有完全超越历史的高尚道德。真正社会的进步，不是与过去的完全决裂也不是对原有制度的彻底颠覆，而是以个人的道德完善推动社会的缓慢改良。最后，放弃激进改革思想的霍尔格雷也终于认识到象征时间的月光和人的情感才是最伟大的改革家。

> 平凡的景致也在月光下变得浪漫而优雅，仿佛已经经历了整个世纪的积淀。轻柔的海风徐徐吹来，神秘的百年岁月在树叶间低语。……月光与之呼应的人的情感就是最伟大的改革家，我觉得一切变化和创造同月光相比都黯然失色。①

---

① ［美］纳撒尼尔·霍桑：《七个尖角阁的老宅》，李映珺译，长江文艺出版社 2008 年版，第 177—178 页。

因此，霍尔格雷夫在小说最后向保守主义的转变并不是如某些评论家所认为的那样，是突然的转变。① 很显然，爱丽丝·品钦一章为霍尔格雷夫的最终转变做好了铺垫与准备。小说结尾处，面对象征品钦法官权势和财富的高屋大宅，霍尔格雷夫之所以并没有拒绝而是建议"家族的每代人都可以根据自己的趣味和便利改变其内部装饰，在原有的美观上不断添加历史悠久的色彩"②，这是因为从他超越自己的祖辈放弃控制别人的灵魂那一刻开始，他就有理由相信未来的希望从来不依赖激烈的制度改变而在于每一代人的内心变革，在于历史发展过程中的每一个微小的进步。

第四节 大团圆结尾？——塑造读者历史意识的关键时刻

《老宅》的大团圆结尾向来为评论者所诟病。其中比较著名的有 F. O. 马西森。他在《美国文艺复兴：爱默生与惠特曼时代的艺术和表现》（*American Renaissance*：*Art and Expression in the Age of Emerson and whitman*，1941）一书中说："莫尔和品钦家族的和解达成得有点太轻巧了。虽然霍桑给予所有被品钦法官迫害的人以巨额财富是出于诗学正义，但他恰恰忽略了他正在重新播种新一轮的罪恶。"③ 妮娜·贝姆（Nina Baym）在《霍桑生涯的塑造》（*The shape of Hawthorne's Career*，1976）一书中也认为，霍桑之所以要以大团圆结尾是为了掩饰他自己厌世和悲观

---

① Nina Baym 认为霍尔格雷夫："从激进派变成保守派，如果这个变化必须发生，但是也太突然，太含混以至于读者对霍桑结尾的意图完全搞不清楚。" 可参见 Nina Baym，*The Shape of Hawthorne's Career*，New York：Cornell University Press，1976，p. 185。

② ［美］纳撒尼尔·霍桑：《七个尖角阁的老宅》，李映珺译，长江文艺出版社 2008 年版，第 259 页。

③ F. O. Matthiessen，*American Renaissance*：*Art and Expression in the Age of Emerson and White-man*，London；New York：Oxford University Press，1941，p. 332.

态度，其实"如果按照故事的逻辑，无论如何结尾都不会以喜剧收场"①。评论家约翰·甘特图（John Gatta）也认为大团圆的结尾是一大败笔，他说，在艺术上，《老宅》的结尾显示出作者在自己的"隐喻意图和虚构实践之间巨大的鸿沟，而且这个鸿沟是如此严重以至于即使搬出罗曼司作家所谓的特权也无济于事"②。

但也有评论家为霍桑辩护，认为大团圆的结尾是出于反讽的目的。他们认为霍桑不是没有注意到新的一代会重复过去的罪恶，但这是霍桑有意为之。霍尔格雷夫保守主义的转变，以及他和菲比在品钦法官留下的宅子里萌生出庇荫后世的想法不过是暗示这对新婚夫妇继承了法官的财富也就继承了他的"不幸"，继了财富所带来的所有恶果。持这种观点的著名评论者有埃德加·德莱顿（Edgar Dryden），他说："就财富在小说所扮演的非人格化角色来看，把小说带入如此一个繁荣（prosperous）的结尾绝不是代表了希望。"③ 另外，还有一些评论还从罗曼司文本类型特征对大团圆结尾进行辩解。根据理查德·蔡司对罗曼司类型特征的分析，美国罗曼司小说中的矛盾、冲突常"以情景剧和田园牧歌的（方式）结束"④。受蔡司的影响，评论家海特·H. 瓦格纳（Hyatt H. Waggoner）认为该小说的罗曼司结尾的多处矛盾皆因它有一个神话的抽象表达："现代读者之所以对此结局有着根深蒂固的怀疑，皆是因为希望故事有类似小说的真实结局，而不能理解故事本身的神话创作的本质。很明显，如果从小说的层面来说，它是失败的，但从神话创作的层面来讲，它是美国文学上最伟大的小说之一。"⑤ 中国学者尚晓进也认为《老宅》中的一

---

① Nina Baym, *The Shape of Hawthorne's Career*, Ithaca, N. Y.：Cornell University Press, 1976，p. 171.

② John Gatta, "Progress and Providence in *The House of the Seven Gables*", *American Literature*, Vol. 50，No. 1，March 1978，p. 48.

③ Edgar Dryden, "Hawthorne's Castle in the Air：Form and Theme in The House of the Seven Gables", *English Literary History*, Vol. 38，No. 2，1971，p. 314.

④ Richard Chase, *The American Novel and Its Tradition*, New York：Doubleday, 1957，p. 1.

⑤ Hyatt H. Waggoner, *Hawthorne：A Critical Study*, Cambridge：Harvard University Press, 1955，p. 187.

群人最后回到乡下，其实是田园牧歌的回归，体现出"政治与神话的完美结合"①。

笔者认为要真正读懂小说的结尾不妨再次回到小说的序言，就像霍桑所说："真理在末页，与在首页时相比绝不会更正确，甚至也未必更昭明。"② 如前文所述，在序言里霍桑给出了一条道德教谕："攫取不义之财的黄金或地产的罪恶的报应会落到不幸的后代的头上，将他们压垮致残，直到那聚敛起来的财富会物归原主。"③ 但是如果往前多看几行，霍桑提出这条道德教义的方式却是十分勉强和无奈的："许多作家非常强调某种明确的道德教义，他们声称就是根据道德教育的目的来进行写作，为了避免在这方面有所欠缺，笔者也赋予一条道德教义，一条真理。"④ 由此可见，霍桑要赋予这个故事一条道德教义是因为当时文学市场有一种必须给出道德教义的文学规范和文学习俗，他为了不"有所欠缺"，或者更准确地说他为了不开罪市场，只能做出如此的妥协。可是霍桑马上又对这种非要给出一条道德警示的艺术创作规范进行委婉而形象的讽刺："因此，笔者认为不必严厉地在故事里贯穿一条道德说教的铁棍，或者说，不必用大头针把蝴蝶钉住——那样会立刻结束蝴蝶的生命，使它僵死，呈现出一种不雅观，不自然的姿态。"⑤ 一条僵硬的道德说教，就像一条铁棍，一个大头针，结束蝴蝶美丽的生命，也破坏了作品的艺术美感。在创作形式上霍桑当然反对这种因循守旧固定的文学创作习俗；在故事主题上，霍桑何尝不想解构所谓"上代人作恶会殃及后代"直至发展成

① 尚晓进：《改革时代与田园牧歌——谈历史语境中的〈七个尖角阁的宅子〉》，《上海大学学报》（社会科学版）2009年第6期。

② ［美］纳撒尼尔·霍桑：《七个尖角阁的老宅》，李映珵译，长江文艺出版社2008年版，第4页。

③ ［美］纳撒尼尔·霍桑：《七个尖角阁的老宅》，李映珵译，长江文艺出版社2008年版，第4页。

④ ［美］纳撒尼尔·霍桑：《七个尖角阁的老宅》，李映珵译，长江文艺出版社2008年版，第4页。

⑤ ［美］纳撒尼尔·霍桑：《七个尖角阁的老宅》，李映珵译，长江文艺出版社2008年版，第177—178页。

"彻头彻尾、难以控制的灾祸"的善恶命定论（deterministic belief）观点。如果每一个做了恶的上一代，都把其影响的恶果传递给下一代，那么下一代不是永远活在如霍尔格雷夫所说的过去死人般的控制中，在发霉的现在进行着历史的无限循环？这难道不是一种被过去所控制的历史意识吗？根据小皮特·托尔斯列夫（Peter L. Thorslev Jr.）在《霍桑的命定论分析》（"Hawthorne's Determinism：An Analysis"）一文中的研究，霍桑其实并不是个宗教命定论的支持者："霍桑所有的短篇故事以及完成了的长篇小说究其本质都是对罪恶以及赎罪的研究但唯独与命定论无关。"①

一旦摆脱了道德说教的文学惯例和善恶因果循环的清教逻辑，结合霍桑想要表达的历史意识，本书发现《老宅》结尾不仅不是缺陷而且还是改变读者业已形成的阅读习惯和认知模式，重塑他们的历史视野（vision）的关键时刻。

首先，把结局读成大团圆喜剧结尾的读者（包括评论家 F. O. 马西森、妮娜贝姆和甘特图）是习惯了意义明确、尘埃落定的小说式结尾而不适应所谓的在矛盾和冲突中戛然而止的开放式结尾。如果我们把咒怨解除、恩怨消解、一对新人结合、获得了意想不到的财富看作小说的结尾，那我们可以说是大团圆结尾，但是霍桑提供的结尾并不完全是皆大欢喜的场景，读者看到的结尾有人生不可挽回的错误，有新滋生出来的矛盾，有潜藏的危机，那是一幅完全没有也无法闭合的断裂的环形（broken circuit）。② 比如对克利福德来而言，虽然在小说的最后，他洗脱了谋杀叔叔的嫌疑，但是面对他长达三十年的牢狱之灾，心智几乎完全受损

---

① Peter L. Thorslev Jr., "Hawthorne's Determinism：An Analysis", *Nineteenth-Century Fiction*, Vol. 19, No. 2, 1964, p. 149.

② 笔者认同蔡司所说的罗曼司大多蕴含着冲突、对立和矛盾，存在一种环行断裂。但他提出的罗曼司大多结束于情景剧和田园牧歌的方式是纯形式主义的考量，忽略了每一个罗曼司作品本身蕴含的历史和政治因素，而且正是因为社会历史现实的复杂性使得美国小说尤其是霍桑的罗曼司小说从不提供一个确定、和谐的结尾，而是体现出蔡司所说的环形的断裂。

的境遇，叙述者不无沉痛地说道："他已经遭受的冤屈是无法补偿的。人世间的重大错误，不论是犯下的，还是忍受的，从来无法真正得到纠正，这是个事实（要不是它能让人产生更高的希望，这个事实将会是十分可悲的）。"① 另外，品钦法官的死似乎终结了长达两百年的由品钦代表的贵族与由莫尔家族代表的平民之间的矛盾，但当两个粗犷的工人的声音在霍尔格雷夫一行马车后响起时，那表明资本主义制度下的社会冲突和阶级矛盾仍然存在，并未消除。② 最后虽然莫尔的诅咒被破除但霍尔格雷夫·莫尔的催眠能力并没有消失，谁又能保证他不会为了财富或其他原因重新控制他人的灵魂？所以与其说霍桑留给了读者一个大团圆的结尾，不如说他留下了一个开放的、不确定的未来。

其次，把结局读成反讽式悲剧结尾的读者（如德莱顿）其实仍然受到序言里面那则道德寓言的困扰，把"不幸"的财富看作恶的根源，谁是继承者，谁必将重复先辈的罪恶，这显然是一种历史循环论和命定论的观点。但在故事中，霍桑通过质疑美国政体的自然修辞，就是要让读者摆脱历史的成规定见，摆脱对过去某些形式规约、习俗、固定观念的束缚，看到现在对过去的超越。受制于古老的贵族观念和古老的家族诅咒的赫普兹芭姐弟总是在过去的阴影中踽踽独行，但是对生机勃勃的霍尔格和菲比而言，他们的青春美好就是"世界的青春美好"③，也是整个美国社会未来的美好。因此财产不仅是霍桑对他们品格的奖赏④，也是霍桑对于未来寄予的一种希望和向往。所以即使面对饱受生活磨难的克雷

---

① ［美］纳撒尼尔·霍桑：《七个尖角阁的老宅》，李映珵译，长江文艺出版社 2008 年版，第 258 页。

② 关于小说结尾处体现出的残留的，未解决的社会冲突以及阶级冲突可参见 Charles Swann, "The House of the Seven Gables: Hawthorne's Modern Novel of 1848", *The Modern Language Review*, Vol. 86, No. 1, Jan 1991, pp. 17 – 18。

③ ［美］纳撒尼尔·霍桑：《七个尖角阁的老宅》，李映珵译，长江文艺出版社 2008 年版，第 150 页。

④ Herbert 在 *Dearest Beloved* 中指出，财富是对霍尔格雷夫道德品格的奖赏。笔者认为，这既是一种奖赏，也是他对两个年轻人一种美好的希望，表现出一种面向未来的历史观。

福德，叙述者能给出的建议也只能是："最好的补救办法就是让受害者向前看，把他曾经认为不可弥补的毁灭远远地抛在脑后。"①

最后，也是最重要的一点，如果霍桑既不愿在结尾构建一个幸福美满的大团圆，也不愿意奠定一个悲剧命定的基调，那么霍桑是如现代评论家瓦格纳等人所认为的，想让结尾吻合一种神话的结构或者寓言模式吗？本书认为这也是不对的，而且这种阅读模式恰恰是霍桑所反对的，一种吻合美国主流修辞的阅读方式。根据罗伯特·克拉克的研究，19 世纪内战前的美国社会充斥了太多的神话修辞，从"山巅之城""世俗伊甸园"到"天命昭昭"，美国主流社会想传递的正是一种民族受到神意庇佑、符合神旨的进步主义历史观。② 因此，如果让故事结束于一种已知的、明确的神话模式（不管是田园牧歌还是人间伊甸园），那么霍桑不是仍然和赫普兹芭姐弟一样，受制于人们习以为常的习俗和观念吗？

评论家理查德·H. 米林顿认为，不管是霍桑的短篇故事还是长篇小说，其叙事特点都是作者从来不强加一个权威的主观声音，而是允许每个读者将自己的意识参与其中，共同构建文本的意义。③ 因为，对霍桑来说，权威从来不是主体性的而是主体间性的。允许读者自己构建故事的意义是使其主体意识得以浮现、发声、修正和塑造的重要契机。对于那些在结尾只看到人类的灾祸，重复的罪恶，看不到希望的读者而言，他们显然只看到了历史的局限和错误，在意识上并未摆脱过去对现在的控制，但那些看到了希望，但又将希望寄情于某种固定神话模式或者寓言结构的读者，他们往往忽视了人为的力量和历史的偶然

---

① ［美］纳撒尼尔·霍桑：《七个尖角阁的老宅》，李映珵译，长江文艺出版社 2008 年版，第 258 页。

② 可参见 Robert Clark, *History, Ideology and Myth in AmericanFiction 1823 - 1852*, London: Macmillan, 1984, pp. 2 - 4。

③ 可参见 Millington 在 *Practicing Romance* 一书第 43—60 页对霍桑短篇小说 "Roger Malvin's Burial" 的分析。

性。美国历来有用超验神话来代替历史进程的传统。除了清教主义认定的神意进程，美国国父们以自然法为基础规定民主的进程，以及爱默生、梭罗为代表的超验主义者号召的改革进程，他们头脑中何尝不是都有一个确定的、规划好了的历史进程？但真正的未来拒绝被物化，既没有确定的进程，也没有预设的路线，它是人类在特定的历史时刻去完成的多种可能。所以，当霍尔格雷夫一行人搬出老宅，回到乡下，他们的未来如何霍桑并没有给一个明确方向，也拒绝根据已有的"可信"经验进行设想。

因此不管对故事中的霍尔格雷夫而言还是对故事外的读者而言，如果过去的已成定论，无可挽回，而未来虽充满希望，却不可知，那么他们能把握的只有当下。哲学家瓦尔特·本雅明（Walter Benjamin）讨论历史感："所谓历史感是每一个时刻，都有弥赛亚通过狭窄的门进入的当下。"① 霍桑亦有同感，对他来说，每一个现在的时刻之所以充满神性，并不是因为它真能等来救赎，而是因为每一个做出选择的当下会成为历史，每一段未来的希望都根源于当下的努力和创造。

综上所述，《七个尖角阁的老宅》的结尾既不是大团圆的喜剧，也不是悲剧式的反讽，更不是为了吻合某种确定（神话）模式的牵强收尾。首先它是霍桑为了抵制读者习惯于完整、连贯的结尾形式而提供的一种开放性结尾，是隐藏作者权威，提醒读者思考并参与文本意义构建的一种全新的叙事方式。其次，它还是每位读者重塑正确历史意识、做出历史选择的关键时刻。如果历史的进程既不是某种观念或者意识的循环，也不会遵循某一特定的固化的轨迹，那么未来是充满变数、不可预知的，是每个人在历史坐标下做出不同选择的结果。因此，只有当每个人拥有了正确的历史意识才能在自己的时代，在社会变化的时刻做出正确的选择，而每一个做出神圣而谨慎选择的个体必将影响国家未来的走向，塑造民

① Walter Benjamin, "Theses on Philosophy of History", in *Illuminations*, Trans. Harry Zohn, ed. Hannah Arendt, New York: Schocken Books, 1968, p. 264.

族未来的前景。19 世纪内战前是美国商品经济、大众文化开始蓬勃兴起的时代，是美国社会构成变化、社会思想激荡的时代，霍桑对正确历史意识的坚持无疑为处在历史变革中的共和国里的人们正确把握现在提供了一剂良方。

第四章 《福谷传奇》——乌托邦意识的幻灭和改革的真实

在《七个尖角阁的老宅》中，赫普兹芭告诉菲比，霍尔格雷夫的朋友们是群"奇怪和让人感到不可思议的人"："那些人长着长长的胡须，穿着亚麻布制造的罩衫和一些样式新潮却不合身的衣服。在他的这些朋友中间既有改革家，又有号召戒酒的演说家，既有面貌恐怖的慈善家，又有社会活动家，还有赫普兹芭认定的激进分子"①。赫普兹芭之所以认为这群人"奇怪"和"不可思议"，主要是因为这个离群索居的贵族老小姐根本不知道她的时代正在发生什么样的改变，这群人的主张、行为和意识早已超出了她的认知。而事实上，这群样貌奇特、言行激进的人正是 19 世纪美国内战前改革文化的化身，是一个时代的特殊符号。

美国著名历史学家亨利·康马杰（Henry Commager）把 1830 年至1860 年之间的三十年称为美国的"改革的时代"。② 这一时期不仅有《老宅》里所表现出来的技术改革，比如铁路、电报、银版摄影法的出现，还有与宗教相关的改革，如"第二次宗教大觉醒"、催眠术、通灵术等。

---

① ［美］纳撒尼尔·霍桑：《红字·福谷传奇》，侍桁、杨万、侯巩译，上海译文出版社1996 年版，第 70 页。

② 康马杰的书名即为 The Era of Reform：1830 – 1860，在此书中，康马杰从政治、思想、宗教、教育、种族、女权等方面对这一时期改革运动进行了归纳总结，见 Henry Commager, The Era of Reform：1830 – 1860, Princeton：Van Nostrand, 1960。

当然，表现最突出、意义最深远的当属各项社会改革运动，比如监狱改革、教育改革、戒酒运动、女权运动、傅立叶运动和废奴运动等。改革还催生出各类空想社会主义性质的社会公社和团体的建立。根据社会学家的研究，19 世纪 40 年代是美国建立公有制社会团体最蓬勃的十年。在那十年中，全美建立 34 个法郎吉（Phalanx），参与者达 8000 余人。① 对于这一运动，爱默生在写给卡莱尔信里说："无数社会改革方案摆在我们面前，人们都有些疯狂了。凡是读过书的人，口袋里都有一份对新社会的构想……有人断然宣布不再吃肉；有人要废除货币；有人要废除家庭雇佣服务；有人要废除国家制度，总的来说，这种理想和愿望还是值得称赞的。"② 由此可见 19 世纪上半期，美国确实经历了一个社会改革、制度构想的黄金时代。

第一节　社会改革与乌托邦意识

早在 1835 年，霍桑的作品中就出现了改革者的身影，但因为在作品中霍桑常常表现出对改革者的嘲讽和奚落，③ 以至于评论家劳尔德·莫里斯（Lloyd Morris）在他的《叛逆的清教徒：霍桑画像》（*The Rebellious Purtian ：The Portrati of Mr. Hawthorne*，1927）一书中对霍桑下的结论是：

---

① 钱满素：《自由的基因：美国自由主义的历史变迁》，东方出版社 2016 年版，第 153 页。

② ［英］卡莱尔、［美］爱默生：《卡莱尔、爱默生通信集》，李静滢等译，广西师范大学出版社 2008 年版，第 217 页。

③ 霍桑在 1835 年的日记中透露，他正在构思的一则短篇，其情节大致是一个在废奴、戒酒等问题上狂热的改革者，最后被发现是一个疯人院里跑出来的疯子。具体可参见 Nathaniel Hawthorne, *The American Notebooks*, Centenary Edition of Works of Nathaniel Hawthorn, vol. Ⅷ, Columbus: Ohio State University Press, 1972, pp. 10 – 11。之后在《奇幻大厅》（1842）中，霍桑批评改革者是"只会透过彩绘窗户向外探望"却"从未真正了解这个对他们性命攸关的星球"的一群人。在《圣诞筵席》（1844）里，他又讽刺席间一位现代慈善家，虽然"深深地体察到他以往同胞的种种苦难"，"（但）却从不肯费举手之劳去行小善"。后两篇短篇小说的引文出自《霍桑集》［美］纳撒尼尔·霍桑：《霍桑集：故事与小品》（上卷），罗伊·哈维·皮尔斯编，姚乃强等译，生活·读书·新知三联书店 1997 年版。

"他的性情根本不是一个改革者的性情，他对任何层面的改革都不关心也鲜有同情。"① 但是另外一位评论家阿林·特纳（Arlin Turner）却给出了截然相反的评论，他说："霍桑的作品充分表明，尽管霍桑有相对孤独的时刻和对新英格兰早期历史的浓厚兴趣，但他始终记得批判性地评论那些引起时代喧嚣的话题，如和平、禁酒、女权、监狱改革、废除死刑、废除奴隶制、财富均衡等。虽然他当作观察者的成分多过当作参与者，但他的视角并没什么错。"②

其实对于19世纪30年代至60年代掀起的改革浪潮，霍桑不仅是一个观察者，他更是一个参与者和亲历者。他曾经在乔治·李普莱（George Ripley）领导的乌托邦实验团体布鲁克农场待了六个月，而作为超验主义运动的领导人爱默生虽受到李普莱几次邀请都未参加，足见霍桑对于乌托邦性质改革的真诚和投入。③《福谷传奇》（以下简称《福谷》）是霍桑唯一一部完全以其生活时代为背景的长篇罗曼司，虽然霍桑一再否认《福谷》和自己早期的经历有关，但正如该书柏德福德文化版的编者所言："《福谷》脱胎于一个论争改革、乌托邦及其背后动机的时代。"④ 的确，面对资本主义发展引发的严重社会经济问题，这是个几乎所有有识之士都卷入思考对策、寻求改革良方的时代；这是个"几乎人人都怀揣着各种社会理想，进行着无数的社团实验，乌托邦主义盛行的时代"⑤。

历史学家格雷戈里·贾伟（Gregory Garvey）在分析内战前如火如荼的改革文化时曾说："内战前每一份改革背后都隐藏着乌托邦的动机和模

① Lloyd Morris, *The Rebellious Purtian*: *The Portrati of Mr. Hawthorne*, New York: Harcourt, Brace and Company, 1927, p. 121.

② Arlin Turner, "Hawthorne and Reform", *The New England Quarterly*, Vol. 15, No. 4, 1942, pp. 701 – 702.

③ 关于爱默生拒绝李普莱邀请的史实可参见 Joel Myerson, Sandra harbert Petrulionis, and Laura Dassow Walls, eds., *The Oxford Handbook of Transcendentalism*, New York: Oxford University Press, 2010, pp. 250 – 252.

④ Nathaniel Hawthorne, *The Blithedale Romance*, ed. Cain, E. William. Boston: Bedford Books of St. Martin's Press, 1996, p. 4.

⑤ 钱满素：《自由的基因：美国自由主义的历史变迁》，东方出版社2016年版，第151页。

式，乌托邦意识作为一种话语结构贯穿大量改革者努力和奋斗的始终。"①
由此可见，社会改革与乌托邦意识的紧密关联。那么何为乌托邦，什么
是乌托邦精神？难道乌托邦指的仅仅是不切实际的"空想"或文学上的
美好"虚构"吗？

诚然，在西方社会日常词汇中，乌托邦通常具有"好虽好，但目前
根本没法实现的（或者根本不能实现）"的含义，也有"空想""不实
际"等衍生意义。但自从 20 世纪以来，随着恩斯特·布洛赫对乌托邦定
义的拓展，乌托邦逐步上升成为一个具有普遍意义上的哲学概念，甚至
有了褒义的内涵。布洛赫认为乌托邦精神是指向未来内在的创造潜能，
是人及其世界倾向完满的不竭的内在动力。另外布洛赫还区分出抽象的
乌托邦与具体的乌托邦，他认为人们必须进行"具体乌托邦"的改革实
践，这个具体乌托邦是以必然王国为基础，通过调动人类全部创造潜能
去完成的正确实践。② 受布洛赫影响，詹姆逊也把乌托邦当作一种人类实
践形式和意识形态批判的工具，因此他从本体论上把乌托邦定义为"生
命和文化中万事万物具有的未来取向"，从政治上把它定义为一种欲望满
足的社会想象形式，从思想上把它定义为一种批判地与现实保持距离的
思想形式。③ 随后卡尔·曼海姆在《意识形态和乌托邦》一书中把乌托邦
定义为"超越现实，同时又以行动打破现存秩序、有实践意图的社会
梦想"④。

拉塞尔·雅各比曾高度肯定乌托邦的意义，他认为，"将乌托邦的激
情与现实的政治联系起来不仅是一门艺术，而且很有必要。……如果没

---

① T. Gregory Garvey, *Creating the Culture of Reform in Antebellum America*, Athens, GA: University of Georgia Press, 1998, p. 7.

② 这里对布洛赫乌托邦思想的阐释，参照、借鉴了周惠杰的博士论文《布洛赫乌托邦哲学思想研究》第二章的部分研究内容。

③ 汪行福：《乌托邦精神的复兴：西方马克思主义对乌托邦的新反思》，《复旦学报》（社会科学版）2009 年第 6 期。

④ ［德］卡尔·曼海姆：《意识形态与乌托邦》，李步楼等译，商务印书馆 2014 年版，第196 页。

有乌托邦冲动，政治就会变得苍白无力、机械粗暴，而且往往沦为西西弗式的神话。一个丧失了乌托邦渴望的世界是绝望的世界，不论是对个体还是对社会而言，都将是灾难"①。哈贝马斯也说："我以为，决不能把乌托邦（Utopie）与幻想（Illusion）等同起来。幻想建立在无根据的想象之上，是永远无法实现的，而乌托邦则蕴含着希望，体现了对一个与现实完全不同的未来的向往，为开辟未来提供了精神动力。乌托邦的核心精神是批判，批判经验现实中不合理、反理性的东西，并提供一种可供选择的方案。"②

由此可见，虽然乌托邦这个概念在日常词汇上和文学含义③上代表了一种空想或者虚构的世外桃源，但在政治哲学范畴上，乌托邦却代表了一种具有实践意义的社会改革。故事中的福谷出于对腐朽城市生活的不满，建立起了一个集体化的农庄，以公有制的农业生产以对抗资本主义的生产方式，以期改变整个社会经济秩序，恢复和提升社会道德。因此，福谷不仅是布鲁克农场的写照，更是整个时代乌托邦式社会改革实践的缩影。对于福谷的失败，不同的评论家给出了不同的解释。著名评论家麦克·达维特·贝尔（Michael Davitt Bell）认为，福谷的失败是理想主义精神被形式化、僵硬化、标准化的结果；④ 评论家约翰·C. 赫什（John

---

① ［美］拉塞尔·雅各比：《不完美的图像：反乌托邦时代的乌托邦思想》，姚建彬译，新星出版社 2007 年版，第 113 页。

② 转引自张彭松《"永不在场"的乌托邦——历史与价值之间的张力》，《北方论丛》2004 年第 6 期。

③ 其实即使完全具有虚构想象特征的乌托邦文学也并非只是不切实际的幻想或者只描绘与现实社会不相关的世外桃源，比如莫尔的《乌托邦》，斯威夫特的《格列佛游记》以及爱德华·贝拉米（Edward Bellamy）的《回顾》（Looking Backward, 1888），首先聚焦和讽刺的其实都是城市中的罪恶、虚伪等社会现实问题。乌托邦文学研究者罗伯特 C. 埃利奥特（Robert C. Elliot）曾说："（乌托邦）不是要立马实现的梦想，但它是每个人的心目中令人鼓舞的力量。"详情可见，Robert C. Elliot, *The Shape of Utopia*: *Studies in a Literary Genre*, Chicago: University of Chicago Press, 1970。

④ 麦克认为福谷的感伤主义氛围压抑了精神的自由，给理想主义带来了形式化的桎梏。详情可参见 Michael Davitt Bell, *The Development of American Romance*: *The Sacrifice of Relation*, Chicago: University of Chicago Press, 1980, pp. 185 – 193。

C. Hirsh）认为，福谷事业被霍林华斯自私自利和狂妄独裁所毁；① 而戈登·亨特（Gorden Hunter）则认为，福谷失败是因为成员间病态的同情心所造成的，并集中表现在第一人称叙述者卡佛台儿身上，其窥探他人秘密的举动伤害了成员之间的亲密关系。② 还有评论家如小哈维·L. 盖布尔（Harvey L. Gable Jr.）认为，福谷是以扭曲和摧毁个体的个性，使之强行屈服于集体主义意志的结果。笔者认为以上的分析都有一定的道理，但就 19 世纪上半叶改革运动的整个社会背景而言，将福谷事业的失败归咎于某一个原因，显得过于片面和不完整。因此本章试图通过对 19 世纪主要社会改革与福谷事业的互文性解读，分析福谷里每一种乌托邦意识与具体实践行为之间冲突、对立和不可调和的矛盾，展现每一种乌托邦意识从构想到幻灭的过程。而在追踪其幻灭的过程中，读者既能看到霍桑与每一种改革运动的对话和思考，又能看到霍桑本人对改革矛盾而复杂的态度。

第二节　奇诺比娅女权主义乌托邦③的幻灭

19 世纪上半期，受到超验主义运动的影响，女性个体意识觉醒，于是一大批女性开始质疑传统的"女性地位"（women's sphere），并在婚

---

① 赫什是把福谷的失败完全归罪于霍林华斯的评论家代表。详情可见 John Hirsh，"The Politics of Blithedale：The Dilemma of the Self"，*Studies in Romanticism*，Vol. 11，1972，pp. 138 - 146。

② 亨特强烈谴责卡佛台儿对他人隐私的侵入，认为《福谷》反映了霍桑对 19 世纪中期美国个人主义危机的担忧。详情可参见 Gordon Hutner，*Secrets and Sympathy：Forms of Disclosure in Hawthorne's Novels*，Athens：University of Georgia Press，1988，pp. 102 - 148。

③ 布洛赫曾使用乌托邦概念来标识人们关于美好未来的各种社会设计蓝图，如社会乌托邦、音乐乌托邦、建筑乌托邦、地理乌托邦、医药乌托邦等。本书也沿用布洛赫的思想把小说中几位主人各有偏重的社会改革计划界定为乌托邦，这主要表明具体改革实践具有批判和超越现实的理想主义追求。后面还会用到超验主义乌托邦、爱欲主义乌托邦、田园主义乌托邦来表明时代的主要改革构想。

姻、宗教、政治公众事务领域进行女性权利的抗争，形成美国历史上第一次女权运动。其中最著名代表人物即玛格丽特·富勒（Margret Fuller）。作为超验主义运动的一员，1834 年，富勒与爱默生、梭罗等人结成"超验主义俱乐部"（Transcendentalism Club），并成为超验主义杂志《日晷》（*The Dial*）的编辑和供稿人。1844 年，她曾访问具有乌托邦性质的社会实验团体——布鲁克农场，第二年她出版了被视作美国女权运动史上里程碑的著作《19 世纪的女性》（*Women in the Nineteenth Century*，1845）。在这本书中，富勒全方位地考察历史上女性在婚姻生活中的地位，她认为女性由于对男性的依赖而失去了爱的自由。因此她主张女性应该首先认识自己，发现自己的潜能，独立面对外部世界，"学会依靠自己"，拥有独立的女性意识。另外她谴责了所谓"妇随夫"或"女人象征贞洁"的传统观念，认为这是套在女性脖子上的绳索，禁锢她们的自由思想。她还从男女平等出发审视婚姻，认为妻子在结婚后并没有享有与丈夫一样的权利，妇女并未获得真正的平等。当然富勒并不主张女人像男性一样生活，成为"想统治或行使权力的女性"，她提出了所谓"女性气质"（femininity）的概念，即女性自由发展出超越理性的直觉同时培养出微妙的洞察力和丰富的想象力。除此之外，富勒还提出了"社会协作意识"和"基于妇女相互之间广泛而深沉的姐妹情谊"等女权理论观念，主张以女性为中心，弘扬女性情感中积极、仁慈的特点，进一步凸显母亲的力量以及作为社会内聚力的母爱精神。①

在生活中，富勒是一个生性敏感而富有深刻思想的知识女性，她性格热情、精力充沛、思想激进、作风前卫。她大胆地追求爱情，真诚地表达自己的情感。有研究表明，富勒"早在青少年时代就开始追寻与男性的肉体关系"②。她还曾一度占据了爱默生的情感生活。虽然爱默生出

---

① 具体可参见 Margaret Fuller，*Women in the Nineteenth Century*，New York：Greeley & Mc Elrath，1845。

② 杨金才：《玛格丽特·福勒及其女权主义思想》，《国外文学》2007 年第 1 期。

于婚姻和道德的自律，没有和富勒发展进一步的关系，但他高度评价自己与富勒柏拉图式的情感交流，认为自己"每次见到她都会为她新的活力而感到惊讶"。①

很多评论家都把富勒当作《福谷》中齐诺比娅的原型。评论家路易斯·D. 卡里（Louis D. Cary）甚至认为《福谷》就是虚构版的富勒传记，因为故事中的齐诺比娅与现实中的富勒有很多相似之处：比如齐诺比娅和富勒都是体型高大的女性，两人都爱穿颜色鲜艳、式样夸张的服饰，她们都是积极的女权主义者，最重要的是齐诺比娅和富勒都是溺水而亡，齐诺比娅最后是跳水自杀而富勒在《福谷》发表的两年前死于一场海难。②但本书认为，把齐诺比娅完全等同于玛格丽特·富勒的阅读方式抵消了作品丰富的文化所指，也削弱霍桑思想的历史维度。应该说齐诺比娅集中代表了当时女权主义运动领袖③（其实也包括霍桑自己）对觉醒女性的所有乌托邦式构想，但她悲剧的结局却表明女权运动主张和实践之间难以调和的矛盾。

《福谷》中的齐诺比娅确实如富勒一样是一个积极的女权主义者。她一方面发表演讲，著书立说，大声攻击男权社会对女性的压抑和不平等待遇："如果我再活上一年，我一定要大声呼吁，要求给妇女更多的自由"④，另一方面她高度赞扬女性的潜能和力量，对女性主义的未来充满信心："要是现在有一个好口才的男人，到我们女性争取到女权的时候，就有十个好口才的女人了……但是拿笔杆子并不是女人的长处。她的力

---

① 杨金才：《玛格丽特·福勒及其女权主义思想》，《国外文学》2007年第1期。

② 可参见 Louise D. Cary 在 "Margaret Fuller as Hawthorne's Zenobia: The Problem of Moral Accountability in Fictional Biography" 一文中对富勒和齐诺比娅对照关系的研究。

③ 在富勒之前的美国女权运动活动家有爱默生的姑妈玛丽穆迪（Mary Moody Emerson），霍桑夫人的姐姐伊丽莎白·皮博迪（Elizabeth Peabody）等，在富勒之后的女权运动代表人物有被选为第一届全美女权会议主席的宝琳娜·奈特·戴维斯（Paulina Wright Davis）以及富勒的学生卡罗琳·道尔（Caroline Dall），著名女作家露易莎·梅·奥尔科特（Louisa Mary Alcott）等。

④ ［美］纳撒尼尔·霍桑：《红字·福谷传奇》，侍桁、杨万、侯巩译，上海译文出版社1996年版，第289页。

量产生得太自然，太直接了。她只能用生机勃勃的声音，才能够使全世界不得不承认她辉煌的智力和深奥的内心。"①

另外，齐诺比娅还表现出富勒所倡导的丰盈的"女性气质"和"生机勃勃"的自然力量。根据卡佛台儿的描述，齐诺比娅的声音是"愉快、坦率、悦耳"的；她的手是"那么柔软、温暖"；她的头发"乌黑，亮泽，特别浓密"；她的身体"匀称，愉快"；有着"美妙的少妇身材，正当发育成熟的时期"，她的谈话"自由随意、无忧无虑、自然得体"。②当看到如此"青春，健康和精力充盈"③的齐诺比娅，卡佛台儿也不禁发出这样的感叹。

> 现在这个国家里，我们难得见到叫我们觉得有女人气息的妇女——在平常的接触中，她们的女性美都消失得不知去向了。齐诺比娅却不是这样的。她使你感觉到她在发散着一种力量，就像夏娃刚被上帝创造出来，带到亚当面前时，说"瞧！这儿有个女人！"……我指的并不是一种特别的温顺、文雅、幽美和羞怯，我要说明的是一种热情和美丽的性格。④

但是，尽管齐诺比娅自由、生动、洋溢着鲜明的女性特征、充满了生命的力量，尽管在福谷事业中齐诺比娅表现出强烈的女性意识和女性反抗，但她最终还是没能逃脱屈从男性权威的命运，走向了自我毁灭的道路。

---

① ［美］纳撒尼尔·霍桑：《红字·福谷传奇》，侍桁、杨万、侯巩译，上海译文出版社1996年版，第290页。

② ［美］纳撒尼尔·霍桑：《红字·福谷传奇》，侍桁、杨万、侯巩译，上海译文出版社1996年版，第24—28页。

③ ［美］纳撒尼尔·霍桑：《红字·福谷传奇》，侍桁、杨万、侯巩译，上海译文出版社1996年版，第28页。

④ ［美］纳撒尼尔·霍桑：《红字·福谷传奇》，侍桁、杨万、侯巩译，上海译文出版社1996年版，第33页。

这首先是因为齐诺比娅迷恋和顺从理想的男权形象。霍林华斯精准地符合了男权文化所推崇的所有男性气质。在外貌上，他浓眉大眼，皮肤黝黑，有"厚厚的胡须和强大的臂力"；"他的五官就是由这种臂力用铁锤打成的，而不是由比较细致和柔和一些的材料雕成或塑成的"①。熟悉霍桑作品的读者都知道，他善于用铁的形象来比喻人的冷酷、严厉和缺乏感情，比如《红字》里面的像钢铁一般严肃的清教徒法官。而五官像钢铁一样塑造而成的霍林华斯，确实在性格上像他的清教徒先辈一样武断专横、霸道独裁。比如，当卡佛台儿不同意支持他的慈善事业时，霍林华斯马上蛮横地说："跟我走……不然就是反对我！你没有第三条路可走。"②但就是这样一个为了抽象的事业，宁愿放弃友情、爱情、缺乏温度的男权形象却深深地吸引了齐诺比娅，使她心甘情愿地屈从于霍林华斯的男性权威。当他们第一次目光接触时，卡佛台儿就敏锐地意识到霍林华斯对齐诺比娅的影响："他的样子很严肃，像是要骂人似的，而霍林华斯就是用那种带有凶兆的眼色第一次跟齐诺比娅的目光相接触，而且开始影响她的一生。"③

其次因为对男权理想的屈从，齐诺比娅在爱情中甘愿舍弃作为女权主义者的原则和尊严。比如，霍林华斯像一个独裁者一样界定女人的从属地位，宣称男人对女人的绝对主权，认为女人的"地位是在男人的身边。她的职务是一个同情者的职务；她是一个无条件的、毫无异议的信仰者……如果这些穿裙子的怪物真的有机会达到她们心里所企图的目的，那么我一定会号召我们男人运用自己的体力（这是掌握主权的明证）把

① ［美］纳撒尼尔·霍桑：《红字·福谷传奇》，侍桁、杨万、侯巩译，上海译文出版社1996年版，第59页。
② ［美］纳撒尼尔·霍桑：《红字·福谷传奇》，侍桁、杨万、侯巩译，上海译文出版社1996年版，第329页。
③ ［美］纳撒尼尔·霍桑：《红字·福谷传奇》，侍桁、杨万、侯巩译，上海译文出版社1996年版，第60页。

她们打回到她们所应当留在那里面的界限里去!"① 这时,齐诺比娅并没有像卡佛台儿所期望的那样"做个女战士""替女性出口气",而是居然软弱地向这套极端的男性利己主义理论认输道:"好,就算这样吧……至少我有很大的理由认为你是对的。就算男人是雄伟的,像个神似的,而女人因他的缘故很愿意变成你刚才所讲的那种人吧!"② 齐诺比娅的认输,是因为她没有听出霍林华斯言辞中强烈的男性中心主义吗?当然不是,齐诺比娅之所以放弃与霍林华斯的针锋相对,是因为此时她已经深深爱上了霍林华斯。此时的她愿意为了这份浪漫的爱情牺牲她的女权主义原则,接受霍林华斯为他设定的仆从地位——在卡佛台儿看来,齐诺比娅就只差"跪在他的面前,或者靠在他的胸上,喘着气说:'我爱你,霍林华斯'"。③ 因此齐诺比娅的认输象征着19世纪以富勒为代表的女权主义理想在现实中的最终挫败。

富勒在她的《19世纪的女性》中,主要强调女性自立、男女平等。作为富勒的信徒,故事中的齐诺比娅多次谴责社会的不公平以及男性对女性的压迫,可当她真正处理两性关系时,她又不自觉地把自己放在从属的位置,甘愿成为男性的同情者,安慰者,即使在霍林华斯抛弃她后她仍然痴心妄想:"冷酷无情的失望使他灰心失望的时候,只有我才可以给予他温暖的热情和有智力的同情心。"④ 像富勒一样,齐诺比娅"坚决主张给女性更多的权利和自由",因为女性自有无限的潜力和才能,可是当作为男性的卡佛台儿提出愿意"把政府的一切权力都移交到妇女手"⑤

① [美]纳撒尼尔·霍桑:《红字·福谷传奇》,侍桁、杨万、侯巩译,上海译文出版社1996年版,第295—297页。
② [美]纳撒尼尔·霍桑:《红字·福谷传奇》,侍桁、杨万、侯巩译,上海译文出版社1996年版,第298—299页。
③ [美]纳撒尼尔·霍桑:《红字·福谷传奇》,侍桁、杨万、侯巩译,上海译文出版社1996年版,第302页。
④ [美]纳撒尼尔·霍桑:《红字·福谷传奇》,侍桁、杨万、侯巩译,上海译文出版社1996年版,第539页。
⑤ [美]纳撒尼尔·霍桑:《红字·福谷传奇》,侍桁、杨万、侯巩译,上海译文出版社1996年版,第292页。

中时，齐诺比娅却又看轻自己的性别和能力，认为男人只可能对倾慕的、漂亮的对象才肯"降低身份、屈身低头"①。富勒曾对莎士比亚那句"女人的名字是脆弱"的话非常不满，毫不犹疑地将它改成了"男人的名字是脆弱"，可故事里的齐诺比娅为了挽回霍林华斯的爱情，不惜以身处弱势的女性身份向男性权威发出哀诉："我是个女人，也许有着一个女人所有的一切缺点——懦弱、虚荣、没有原则性……还容易激动。"② 齐诺比娅表里不一的言行更加坚定了卡佛台儿一开始对女权运动的怀疑。他其实对齐诺比娅热情、激昂、怒气冲冲的女权言论一直都没当真，并且一针见血地指出："不管女人们的智力是多么卓越，除非她们自己的个人情感偶然闲散着，或者局促不安，她们难得会为了妇女的权利受到侵害而感到烦恼的。她们不是天生的改革家，而是受到了非常不幸的遭遇才迫使她们成为这样的人。"③ 事实上，当 1843 年霍桑夫人在给母亲的一封信中讨论富勒的女权言论时，也表达过相似的看法："在我看来，如果她真正结婚了，她就不可能再为女权的事情烦恼了。女性的真正命运和地位永远不可能被那些没有婚姻经历的女性所想象。在真正高度完满的结合中，不存在所谓谁统治谁的问题。如果没有虚假、污秽的婚姻，也就没有女权的骚动。"④ 霍桑也许并不一定同意其夫人所持的"不幸婚姻才是女权运动根源"的观点，但是他对当时喧嚣、高调的女权运动确实保持谨慎和保守的态度，不是不相信她们的主张，而是不相信她们能将自己的主张多大程度地贯彻下去。正如尼娜·贝姆所说，霍桑"对齐诺比娅的批评，不是因为她是一个女权主义者，而是因为她不是一个彻底的女权

---

① ［美］纳撒尼尔·霍桑：《红字·福谷传奇》，侍桁、杨万、侯巩译，上海译文出版社 1996 年版，第 294 页。

② ［美］纳撒尼尔·霍桑：《红字·福谷传奇》，侍桁、杨万、侯巩译，上海译文出版社 1996 年版，第 524 页。

③ ［美］纳撒尼尔·霍桑：《红字·福谷传奇》，侍桁、杨万、侯巩译，上海译文出版社 1996 年版，第 291 页。

④ 转引自 Julian Hawthorne, *Nathaniel Hawthorne and his Wife：A Bibliography*，Boston：James. R. Osgood and Co.，1885，p. 257。

主义者"①。

当然造成齐诺比娅女权主义幻想破灭的不仅是女权改革者本身的脆弱性和矛盾性，还有整个强大而充满敌意的父权传统。虽然霍林华斯和卡佛台儿来到福谷的目标是为了"摆脱旧社会的束缚"②，寻求一种更丰富、更有活力的新生活，但实际上旧世界父权观念仍然在不同程度地影响着他们对女性的看法。在卡佛台儿眼里，"发育成熟"③ 的女性的身体是不恰当和不得体的，应该被雕刻成冰冷的雕塑，供人高雅地观赏。在霍林华斯看来，"妇女所有的行动现在是，过去一向是，而且将来永远是虚假的、愚蠢的、虚荣的"，因此女性应该以男人为中心，让男人成为"公认的主脑"。④ 霍林华斯和卡佛台儿对女性的看法让他们不约而同地转向瘦弱、楚楚可怜的蒲丽丝拉。因为蒲丽丝拉吻合维多利亚时期所推崇的女性美德（True Womanhood）——虔诚、纯洁、脆弱、顺从。这样的女性不仅不会对男性权威造成任何威胁，而且还以"绝对的顺从和毫无疑问的信心"⑤ 满足男性的虚荣和统治。同时，拒绝肉体、泯灭情欲的蒲丽丝拉缥缈如影子，虚幻如薄纱，根本没有生命的重量，完全符合男权文化所期待的纯洁而非肉欲的理想女性。

因此小说中的齐诺比娅虽然以蒲丽丝拉对立的形象生机勃勃地登场，但最后在个人爱情理想破灭和男权社会抛弃的双重压力之下，自杀似乎成了她唯一的选择。但是在齐诺比娅的葬礼上，她的前任丈夫威斯华尔却认为以齐诺比娅的才华和智力完全可以收获另外一种截然不同的结局：

① Nina Baym, *The Shape of Hawthorne's Career*, Ithaca, N. Y. : Cornell University Press, 1976, p. 199.

② ［美］纳撒尼尔·霍桑：《红字·福谷传奇》，侍桁、杨万、侯巩译，上海译文出版社1996 年版，第 36 页。

③ ［美］纳撒尼尔·霍桑：《红字·福谷传奇》，侍桁、杨万、侯巩译，上海译文出版社1996 年版，第 31 页。

④ ［美］纳撒尼尔·霍桑：《红字·福谷传奇》，侍桁、杨万、侯巩译，上海译文出版社1996 年版，第 296 页。

⑤ ［美］纳撒尼尔·霍桑：《红字·福谷传奇》，侍桁、杨万、侯巩译，上海译文出版社1996 年版，第 297 页。

"这在齐诺比娅来说，真是无聊的事——愚蠢的事……她是世界上最不需要死的人。这简直是太胡闹了！……她的智力是敏捷的，是千变万化的，……她的性情是无限活跃的（只要她有点儿耐性等待，自己的困难会逐渐减轻的），她在此后二十年内会一帆风顺蒸蒸日上。……她的前途有一切美景，还有一百几十种辉煌的成就。"① 虽然小说中威斯华尔是腐败、虚伪的世俗社会的代表，但此时卡佛台儿也不得不承认："他的意见也还有些道理。"② 对卡佛台儿而言，齐诺比娅的死不仅是因为齐诺比娅本人放弃了自我价值的追寻，更是性别不平等的男权社会挤压了女人的生存空间。

> 一个像齐诺比娅这样多才多艺的女人，仅仅为了被爱神所抛弃，就认为自己在生活的广阔战场上一败涂地，没有容身之地，因而只得拔刃自刎，这是多么惨的一回事呀。……女人一生成败全靠情感，而且只靠一种情感，男人却有那么多的各种机会，像这种失败可以看作一种意外。这个世界如果不是为了其他，而只是为了它自己，那么就应该把所有的大道开放，让怀着悲痛心情的女人们有一条路可以走过去。③

本来，这番不公平的控诉，其实应该由齐诺比娅这样有鲜明女性特征和蓬勃女性力量的女人发出；但遗憾的是她虽然以女权主义者的形象出现，却又不知不觉落入了她想斗争和抛弃的旧社会的传统。凯特·米利特，在其代表作《性政治》一书中，曾指出男性权力的维系涉及性别

---

① [美] 纳撒尼尔·霍桑：《红字·福谷传奇》，侍桁、杨万、侯巩译，上海译文出版社1996年版，第579页。

② [美] 纳撒尼尔·霍桑：《红字·福谷传奇》，侍桁、杨万、侯巩译，上海译文出版社1996年版，第582页。

③ [美] 纳撒尼尔·霍桑：《红字·福谷传奇》，侍桁、杨万、侯巩译，上海译文出版社1996年版，第582页。

气质、角色及地位等三个重要因素。其中"地位属于政治范畴，角色属于社会范畴，气质属于心理范畴。但是，毋庸置疑的是，它们相互依存，形成了一个链"①。凯特·米利特还指出男权社会为了将权力稳握在手，就是要建构起一条对女性的环形控制链，让女性在他们所编织的性别神话和性别幻想中继续受其控制与剥削。与福谷对应的旧社会，就是利用这条控制链对女性进行消费和压制（蒲丽丝拉的蒙面小姐表演就是例子），而彰显旺盛女性生命力的福谷本来有希望改变和打破这个局限，但以霍林华斯、齐诺比娅、蒲丽丝拉为代表的福谷人却不知不觉地在复制这份链条：霍林华斯要求女性的地位是安守家庭、不可越雷池一步，蒲丽丝拉心甘情愿地接受男权社会所设定的女性柔弱角色，最有反抗精神的齐诺比娅不仅迷恋男权标准下的男性气质而且最终被男性标准所异化，放弃了女性的自信和对女性自我价值的肯定，走向了自我毁灭的极端。这是齐诺比娅的悲哀，也是整个 19 世纪女权运动的悲哀。

第三节　霍林华斯超验主义乌托邦的幻灭

如果说福谷向齐诺比娅预示了一个女权主义的乌托邦，那么福谷对霍林华斯而言则是一块超验主义的试验田。卡佛台儿认为霍林华斯总是"对自己的理想思索得太多"②，但根据卡佛台儿的观察，这个理想并不是社会主义理想而是另外一种乌托邦理想："我想，他对我们社会主义的计划从来没有发生过真正的兴趣，却老是忙着自己异想天开的改造犯人的工作，他想利用犯人本性好的一面来实现他的计划"③，相信人性好的一

① ［美］凯特·米利特：《性政治》，宋文伟译，江苏人民出版社 2000 年版，第 35 页。

② ［美］纳撒尼尔·霍桑：《红字·福谷传奇》，侍桁、杨万、侯巩译，上海译文出版社 1996 年版，第 77 页。

③ ［美］纳撒尼尔·霍桑：《红字·福谷传奇》，侍桁、杨万、侯巩译，上海译文出版社 1996 年版，第 78 页。

面即相信人性本善是典型的超验主义的思想。超验主义的代表人物爱默生曾指出人的心智都具有向往美德的本性，美德是内在于人自身之中的力量，它可以"迅速地到处发挥作用，纠正谬误，消除误兆"，使"背弃自己的人最终回归自己"，由此"人成为它自己的上帝"。①霍林华斯相信通过召唤出犯人本性中好的一面来达到改造罪犯的目的正是受了超验主义人性善的启发。

除了相信人性本善，霍林华斯还和其他超验主义者一样相信宗教信仰对人性中神性的塑造。比如，爱默生曾在《超灵》一文中说："不可言喻的是人与上帝在灵魂的每一个行为中的统一。最单纯的人，在全身心崇拜上帝时成为上帝。"②福谷里的霍林华斯确实也因为虔诚的祈祷，在卡佛台儿眼中有了一层神性的光芒。

> 在我们所有负责造福人类这种任务的传道人中，我想只有霍林华斯一个人用祈祷来开始这项工作。这引起了我对霍林华斯深深的尊敬……在这个年代难得遇到一个有祈祷习惯的人（当然，教堂里讲台上的人除外），因此无疑地有一道神奇的光辉照耀着这样的人，这道光辉是在日常生活开始之前，跟神灵交谈时，射在他身上的。③

当然一个超验主义者还总是拥有与历史传统彻底决裂和对未来无限憧憬的乐观主义态度，这就是为什么经过一个夏天的劳作，霍林华斯和卡佛台儿都充满了世界如新，未来大有可为的喜悦："由于我们同行合力

---

① 此段话出自［美］爱默生《对神学院毕业班的讲演》一文，可参见《论自然·美国学者》，赵一凡译，生活·读书·新知三联书店2015年版，第88页。

② 此段话出自［美］爱默生的《超灵》一文，具体可参见《爱默生随笔全集》（上），蒲隆译，北京理工大学出版社2015年版，第185—186页。

③ ［美］纳撒尼尔·霍桑：《红字·福谷传奇》，侍桁、杨万、侯巩译，上海译文出版社1996年版，第85页。

地作了种种计划，我们已经使新奇的事物实现了出来，而且还认为前途很有希望，就好像我们那些受骗的祖宗们的尸体在我们脚底下的泥土里并没有给叠得几尺深似的；而这个世界对过去的每一代，像对我们这一代一样，总是装出一副没有结过婚的新嫁娘的样子。"①

对"脚底下泥土里叠得几尺深"的"祖宗们的尸体"视而不见，却只接受世界像"一副没有结过婚的新嫁娘"的崭新模样，这听起来很像超验主义者们的历史观。1838 年，当超验主义代表人物奥利司特斯·布朗森（Orestes Brownson）谈到在美国的超验主义实验时他也采用了近似的"处女地"一词来比喻超验主义实验的开创性意义："这里是一块处女地，一个广阔的田野，一个新的民族，拥有未来无尽的思想和无穷的自由。在这里，唯有哲学家们可以在人性上作试验，展现何时何地拥有自由，如何保持自我。"② 但真正的历史表明，不管是美国还是福谷都不是一块处女地，乌托邦的梦想也不是第一次出现在美国的土地上。小说文本中几次提到约翰·依律特的讲台，表面上看它好像只是故事里四个主要人物聚会、争吵、辩论的场地，但评论家劳伦·勃兰特（Lauren Berlant）却在《〈福谷〉里的乌托邦幻想》（"Fantasies of Utopia in *The Blithedale Romance*"）一文中指出，历史上清教圣徒约翰·依律特正是在这个讲道台前宣传他的乌托邦理想，而他建立的祈祷小镇（praying town）和文本中霍林华斯的改造犯人的事业也有很多相同之处：第一，他们都以非功利的慈善为基础，希望通过改变社会边缘人的方式实现社会的乌托邦梦想；第二，他们都把强悍的个人品格投射在他们的梦想蓝图之上，混淆了个人与集体、公共与私人、精神与政治之间的区别；第三，他们都被自己的狂热理论和实践热情改变成一个自私的怪物，一个暴虐的独

---

① ［美］纳撒尼尔·霍桑：《红字·福谷传奇》，侍桁、杨万、侯巩译，上海译文出版社 1996 年版，第 310 页。

② 金衡山：《〈布拉斯岱罗曼司〉中的叙事者和隐含作者》，《国外文学》1999 年第 4 期。

裁者。①

那么为什么以爱和慈善为名的乌托邦实验最后都以个人私欲的膨胀和个人权力的极端化而结束呢？这里不得不说到权力意志。根据尼采的生命哲学，所谓权力意志是指人身上一种生命力量和能量的释放，是对生命自我和其他事物追求最大强度和最大力度的意志。具体表现为"追求食物的意志，追求财产的意志，追求工具的意志，追求奴仆和主义的意志"②。很显然，霍林华斯就是这种权力意志的具体体现。一方面他不断强化自身的意志，增加自身的力量，比如当霍林华斯表明自己对目标的坚持时，他用了铁和奴隶两个意象表明自我强化的过程："我让铁在我心头上烧红，然后把它捶成思想！我如果是一个矿井底的奴隶，我还是要像现在一样，坚持同样的目标，抱着同样的信心，相信最后一定成功。"③ 另一方面霍林华斯为了他的慈善事业表现出来一腔异于常人的热忱和不屈不挠的决心。这在卡佛台儿眼里，这几乎到了令人疯狂的地步："我已经不知多少次看到他拿着一支铅笔，一张纸在画建筑物的正面、侧面或背面的草图，或者在设计内部的布置；那种热情就跟别人在设计一座准备和自己的妻儿在那里过幸福生活的房子时一样。"④ 用设计自己的家园的热情去设计一座监狱，这既表明霍林华斯追求个人目标的强大意志和坚定决心，也表明其不达目标誓不罢休的疯狂态度。难怪卡佛台儿

---

① 约翰·依律特（John Eliot, 1604—1690）是一位生活在 17 世纪马萨诸塞州的英国传教士，被称为"印第安人的使徒"。依律特在北美学习了阿尔冈昆语后把《圣经》译成印第安人的语言并向印第安人传道。依律特把那些皈依了基督教的印第安人聚集在 14 个村庄中形成祈祷小镇。1675 年，菲利普王战争爆发后，这些村庄规模缩小，直至最后消亡。勃兰特在这篇文章中认为圣徒约翰·依律特的历史成为理解霍林华斯这个人物的前文本，霍林华斯是 17 世纪的依律特的变形。详情可参见 Lauren Berlant, "Fantasies of Utopia in The Blithedale Romance", *American Literary History*, Vol. 1, No. 1, 1989, pp. 30 – 62。

② ［德］尼采：《权力意志：重估一切价值的尝试》，张念东，凌素心译，商务印书馆 1991 年版，第 286 页。

③ ［美］纳撒尼尔·霍桑：《红字·福谷传奇》，侍桁、杨万、侯巩译，上海译文出版社 1996 年版，第 157 页。

④ ［美］纳撒尼尔·霍桑：《红字·福谷传奇》，侍桁、杨万、侯巩译，上海译文出版社 1996 年版，第 128 页。

会说:"就像对其他疯人一样,你需要凭一种忠实的友谊来抑制自己不去说他是一个使人受不了的讨厌东西。"①

但是,权力意志除了意味着生命力量的自我提升,更重要的是指在追求权力意志的过程中对弱者的占有、支配和征服。如尼采所说,追求权力意志的超人不必顾及良心和道德,要摆脱陈腐的道德观念,坚决克服"伤感的柔弱"。文本中的霍林华斯确实为了一己之私,不顾道德,不惜利用友情、爱情和集体利益为自己服务。为了实施自己的强权控制,他还讨伐和压制一切反对的声音,强行把自己的意志和理想施加给他人。小说中提到蒲丽丝拉为了他早已经"把自己整颗心都献出来了"②,但霍林华斯却漫不经心地"把这个少女的心握在自己手里,并且把它当作玫瑰花的蓓蕾一样闻着",以至于卡佛台儿不禁担心,"如果他一边按一边闻着香味的时候,一把捏碎了这个柔嫩的玫瑰花,那又该怎么办呢"。③颇具讽刺意味的是,这种担心首先在齐诺比娅身上得到了验证。本来根据卡佛台儿的观察,齐诺比娅应该有一种比蒲丽丝拉更高贵、更成熟的秉性,但当他观察到齐诺比娅"似乎也随时会不假思索地把这颗心送掉"时,他则预见"齐诺比娅的多情"斗不过"霍林华斯的阴险、自私和利己主义",将会"造成某种相当悲惨的结局"。④没想到,很快霍林华斯就因为齐诺比娅失去财产而无情地抛弃了她从而应验了卡佛台儿的担心。

除了对爱情的无情利用,霍林华斯同样不惜以友情要挟、强迫卡佛台儿支持他的计划。当卡佛台儿第一次提出有可能不会和他一道坚定地

① [美]纳撒尼尔·霍桑:《红字·福谷传奇》,侍桁、杨万、侯巩译,上海译文出版社1996年版,第126页。

② [美]纳撒尼尔·霍桑:《红字·福谷传奇》,侍桁、杨万、侯巩译,上海译文出版社1996年版,第67页。

③ [美]纳撒尼尔·霍桑:《红字·福谷传奇》,侍桁、杨万、侯巩译,上海译文出版社1996年版,第186页。

④ [美]纳撒尼尔·霍桑:《红字·福谷传奇》,侍桁、杨万、侯巩译,上海译文出版社1996年版,第82页。

进行慈善事业时，他"严肃而忧郁地盯着我"，说："除非你为了实现我那人生的伟大目标和我同心协力，你怎么能够做我终身的朋友呢？"① 当卡佛台儿站在友情的立场质问他："你是不是要抛弃一个朋友，并不是由于他不配做你的朋友，而只是因为他坚持他自己应有的个人权利，并且用自己的眼光，而不是用你的眼光来看事情呢？"② 霍林华斯则武断地回答道："跟我走，不然就是反对我！你没有第三条路可走。"③ 什么是强权？这就是赤裸裸的强权。霍林华斯只能接受像蒲丽丝拉那样"高度的赞许"和"默默的，不加任何批评的同情"，却"不肯听从别人的意见"，④ 他只允许他在所有人身上贯彻自己的理想，并按照自己的意愿来改造他们，却反对别人的自由意志和不同观念。福谷实行起来的良好生活制度在卡佛台儿最初看来是"多么美好……多么实用呀"，但霍林华斯说推翻就推翻，一点也不觉得可惜，并且也认为自己不需要制造一个机会"允许福谷的伙伴为自己理想的辩护"。⑤

由此可见，不管是爱情、友情还是集体事业都成为霍林华斯专心致志实现自己目标的牺牲品，并且他追求目标的过程也是他对弱者和他人进行征服、镇压、强制和收编的过程。但这是目标本身的错误吗？当然不是，错在实现目标的手段，错在霍林华斯以"惊人的专注力和难以制服的意志力"⑥ 实现着对权力的追求，即权力意志。在权力意志的异化下，这个本来应该尊重个体性神圣的超验主义者却恰恰在操控别人的意

---

① ［美］纳撒尼尔·霍桑：《红字·福谷传奇》，侍桁、杨万、侯巩译，上海译文出版社1996年版，第128页。
② ［美］纳撒尼尔·霍桑：《红字·福谷传奇》，侍桁、杨万、侯巩译，上海译文出版社1996年版，第329页。
③ ［美］纳撒尼尔·霍桑：《红字·福谷传奇》，侍桁、杨万、侯巩译，上海译文出版社1996年版，第329页。
④ ［美］纳撒尼尔·霍桑：《红字·福谷传奇》，侍桁、杨万、侯巩译，上海译文出版社1996年版，第3190页。
⑤ ［美］纳撒尼尔·霍桑：《红字·福谷传奇》，侍桁、杨万、侯巩译，上海译文出版社1996年版，第322页。
⑥ ［美］纳撒尼尔·霍桑：《红字·福谷传奇》，侍桁、杨万、侯巩译，上海译文出版社1996年版，第328页。

志，渗透别人的内心，企图破坏"别人都认为至高无上的事情"①；在权力意志的异化下，这个本来应该实施上帝般仁爱关怀的改革者却变成要求别人对他亦步亦趋，顶礼膜拜的暴君。"如果你跟他们走了第一步，而跟不上第二步、第三步，跟不上他们那极端笔直的道路上的每一步，他们就会毫不犹豫地把你揍一顿，然后杀了你，还要用脚踩你的尸体。"②

事实上，霍桑与超验运动领导人爱默生的关系在很大程度上影响了霍桑对霍林华斯形象的塑造。作为超验主义运动的灵魂人物和精神领袖，爱默生在整个19世纪中叶可谓炙手可热，③吸引了一大批追随者，连霍桑的妻子索菲娅也是他的狂热崇拜者。但霍桑和爱默生的私交并不好，他们不仅在许多基本观点上分歧很大，而且相互的评价也不高。霍桑认为爱默生"排斥一切，却又不知道自己在寻找什么"④。在《古屋札记》（"The Old Manse"）一文中，霍桑只是承认爱默生是一个"创造出了深邃的美景和质朴温情的诗人"，但自己"绝不会把他当成哲学家去向他讨教什么"⑤而在私底下的日记里，他用有些戏谑的语气指出爱默生的那一套，对于像他这样"早过了大学生年龄的人来说，已经不那么奏效了"⑥，暗示爱默生喜欢在那些涉世不深的年轻人或是感情脆弱的女性中博得仰慕，获得崇拜。

───────────

①　［美］纳撒尼尔·霍桑：《红字·福谷传奇》，侍桁、杨万、侯巩译，上海译文出版社1996年版，第327页。

②　［美］纳撒尼尔·霍桑：《红字·福谷传奇》，侍桁、杨万、侯巩译，上海译文出版社1996年版，第163页。

③　埃默里·埃利奥特主编的《哥伦比亚美国文学》中指出：1863年在巴黎国际博览上，"安排美国的展览的人们把爱默生的画像同表现美国最壮丽、最为人熟知的自然风光的绘画——比兹塔特的《洛基山脉》和丘奇的《尼亚加拉》摆放在一起，这个事实再好不过地说明了爱默生在19世纪中叶美国文化史上的领先地位"。具体可参见［美］埃默里·埃利奥特主编《哥伦比亚美国文学史》，朱通伯等译，四川辞书出版社1994年版，第381页。

④　转引自James R. Mellow, *Nathaniel Hawthorne in His Times*, Boston：Houghton Miffelin Company, 1980, p.435。

⑤　［美］纳撒尼尔·霍桑：《霍桑集：故事与小品》（下），罗伊·哈维·皮尔斯编，姚乃强等译，生活·读书·新知三联书店1997年版，第1313页。

⑥　转引自James R. Mellow, *Nathaniel Hawthorne in His Times*, Boston：Houghton Miffelin Company, 1980, p.265。

反观爱默生的生平，他确实很享受被众人围绕和受他人尊敬、仰慕的感觉。自从 1835 年定居在康科德那一刻开始，爱默生就在计划如何吸引他的朋友和仰慕者来到他的身边，构建一个利好于他的邻里社群（a good neighborhood）。① 梭罗、富勒、李普利、霍桑夫妇先后在康科德住了下来后，爱默生常常在家中举办茶会或去别人家做客，宣传他的思想。在日记中他通过潮汐现象的生动比喻夸耀自己对这些人的影响力："所有独创的行为都会产生磁石般的引力，正如每个真正的人身后都会有成群结队的跟随者。他充满真知灼见，一批一批数量不等的人向他涌来，犹如大西洋的层波叠浪受到吸引，涌向月光。"② 也许是出于对爱默生的反感，当霍桑在《福谷》故事里描述卡佛台儿回忆起霍林华斯操控他的感受时，也用到了磁石这一意象："我只要一碰到霍林华斯伸出的手，他那磁石般的吸引力或许就会把他自己对所有事情的想法渗透入我的心里。"③ 现实中爱默生不仅在朋友间操控着自己的影响力，而且排斥一切反对意见。每当遇到不同意见者，爱默生不是大发雷霆，就是将别人贬得一文不值。在 1842 年的日记中，他气愤地指责他的一位批评者说："那些人比不上别人伟大，就没资格批评人。"④ 1852 年，当得知在宾夕法尼亚州匹兹堡一个叫沙德的人印了一个小册子批评他是个唯理论者，光讲灵感，不讲论证时，他在日记中激烈地表达了自己的愤怒："唯理论？是又怎么样？难道那些整天说'你不知道背后的原因，不知道背后的原因'的无能学者，整天重复那些愚蠢的名词……就能好到哪去？如

---

① Larry J. Reynolds 在 "Hawthorne's Labors in Concord" 一文中详细研究了爱默生吸引朋友在他康科德周围住下的过程。详情可见 Richard H. Millington ed. , *The Cambridge Companion to Nathaniel Hawthorne*, Cambridge：Cambridge University Press，2004，pp. 13 – 15。

② Ralph Waldo Emerson, *Selected Writings of Ralph Waldo Emerson*, New York：The New American Library，1965，p. 260.

③ ［美］纳撒尼尔·霍桑：《红字·福谷传奇》，侍桁、杨万、侯巩译，上海译文出版社1996 年版，第 325 页。

④ Ralph Waldo Emerson, *Selected Writings of Ralph Waldo Emerson*, New York：The New American Library，1965，p. 112.

果我们的灵感有什么错，那还有什么能将我们导向正确？"①

霍桑显然很不满意爱默生自大自恋、偏执独断的性格，所以在康科德生活的日子里，霍桑除了刻意地与超验主义成员保持着距离以外，1845 年他还在《古屋札记》中对爱默生及其崇拜者进行了微妙的讽刺。

> 但是，居住在他附近，不可能不或多或少地吸进一些他崇高思想的高大气氛，有些人认为，他的崇高思想就像天花乱坠，新鲜的真理如同新酿的酒一样容易醉人。从来没有过这么一个寒碜的小村庄竟有众多的各种各样的穿着奇特、脾气古怪的人成群出没，其中大多数人把自己看成掌握世界命运的重要人物，其实只不过是涨潮时出现的一些激浪。②

不仅在《古屋札记》中，霍桑在《伊坦·布兰德》《地球上的大燔祭》《天国铁路》《梦幻大厅》等短篇中都对爱默生及其超验主义主张进行了讽刺和解构，这里将不再赘述。但是在《福谷》中，霍桑的思想应该更进了一步，通过对霍林华斯的塑造，霍桑不仅暗讽了当时超验主义运动的领导人爱默生，而且还对话了历史上所有貌似神圣的乌托邦事业，提醒读者警惕在这些美好梦想背后有可能隐藏着的偶像崇拜和个人极权："他们有个崇拜的偶像，他们把自己献身做那些偶像的祭司长，并且认为牺牲任何最宝贵的东西给偶像都是神圣的工作；然而他们好像从来没有一次怀疑这个假神就是祭司长本身的形象。"③ 在《福谷》中有一段场景描写非常有深意。当霍林华斯经卡佛台儿三人的请求爬到伊律特讲道坛

① Ralph Waldo Emerson, *Selected Writings of Ralph Waldo Emerson*, New York：The New American Library, 1965, p. 157.
② ［美］纳撒尼尔·霍桑：《霍桑集：故事与小品》（下），罗伊·哈维·皮尔斯编，姚乃强等译，生活·读书·新知三联书店1997年版，第1313页。
③ ［美］纳撒尼尔·霍桑：《红字·福谷传奇》，侍桁、杨万、侯巩译，上海译文出版社1996年版，第163页。

向这"几个门徒"发表谈话时，卡佛台儿一方面被霍林华斯的演讲所折服，另一方面他眼中的霍林华斯似乎已经和圣徒约翰·依律特合二为一："我时常看到那个从前向印第安人传教的圣徒，阳光穿过树叶，在他的身上闪烁着，就好像是一道俗眼只能模模糊糊看见的，使他神性化的灿烂光辉照耀着他的全身。"①

其实，这里还有一个隐含的历史人物霍桑并没有点明，那就是爱默生。众所周知，爱默生也偏爱演讲，他把他的每一次演讲也看作对传递上帝福音的布道。因此霍林华斯身上应该融合了前后三个形象，这三个重叠的形象似乎向同时代的读者暗示：从约翰·依律特为印第安人建立的祈祷小镇，到以爱默生为核心的超验主义运动，再到霍林华斯的慈善改革，有多少运动走向了偶像崇拜，就有多少被权力意志异化的灵魂，也就有多少乌托邦梦想的不幸幻灭。

第四节　卡佛台儿爱欲乌托邦的幻灭

作为故事的主要人物和第一人称叙述者，卡佛台儿常被评论家指责为冷漠、孤僻、缺乏同情心的窥探狂，② 因此他的叙述也被划定为不可靠叙述。在故事里，卡佛台儿被霍林华斯和齐诺比娅取笑为"心不在焉的改革者，不认真的劳动者"③。但实际上卡佛台儿并不是没有乌托邦梦想，只是一来他是线索人物，他不方便对自己的想法说得过多。二来，相比

---

① ［美］纳撒尼尔·霍桑：《红字·福谷传奇》，侍桁、杨万、侯巩译，上海译文出版社1996年版，第287页。

② 详情可参见 Frederick C. Crew, *The Sins of the Fathers*: *Hawthorne's Psychological Themes*, Berkeley：University of California Press, 1966, pp. 194－195, 以及 Jonathan Auerbach, *The Romance of Failure*: *First-Person Fictions of Poe*, *Hawthorne*, *and James*, New York：Oxford University Press, 1989, pp. 92－93。

③ ［美］纳撒尼尔·霍桑：《红字·福谷传奇》，侍桁、杨万、侯巩译，上海译文出版社1996年版，第157页。

较而言，卡佛台儿对自己梦想的坚持确实不如前两位那么激进和高调。但读者仍然可以从卡佛台儿与他人的关系中梳理清楚卡佛台儿的乌托邦意识。

在去福谷之前，卡佛台儿专门对比了舒适、慵懒、倦怠的"单身汉"生活和他要去福谷的坚定决心："当我喷出了最后一口雪茄烟，离开我这两间舒适的单身汉房间——房间里的火炉烧得正旺，壁橱就在手边，里面篮子里有一两瓶香槟酒，还有一些喝剩的红葡萄酒留在木箱里——我想，当我离开这舒服的房间、冲着无情的暴风雪，去寻找更美好的生活的时候，我的英雄气概一定显得更伟大了。"① 卡佛台儿之所以认为他冲进暴风雪的举动是具有英雄气概的壮举，是因为眼下如此"可爱、迷人、倦慵、懒散"② 的单身汉生活已经困住了他的身体和思想，让他的生活失去了活力，而向福谷的进发，象征去追求更有激情、更有意义的生活。

如上文所说，卡佛台儿进入福谷遇到的第一个人就是代表着蓬勃生命力的齐诺比娅。但与福谷其他人不同，卡佛台儿却在这份生动的活力之下发现了鲜明的女性性征（female sexuality）：

> 可是那最后几句话，再加上她的态度上的表情，使人禁不住想到一幅画：一个发育成熟的苗条身材，穿上了一件夏娃最早期穿的外衣。她那无拘无束、随随便便、落落大方的态度时常会在人家心里引起种种想象，这些想象虽然出于纯洁的思想，可是在男女之间发生这种思想，总是十分不得体的。③

---

① ［美］纳撒尼尔·霍桑：《红字·福谷传奇》，侍桁、杨万、侯巩译，上海译文出版社1996年版，第15页。

② ［美］纳撒尼尔·霍桑：《红字·福谷传奇》，侍桁、杨万、侯巩译，上海译文出版社1996年版，第37页。

③ ［美］纳撒尼尔·霍桑：《红字·福谷传奇》，侍桁、杨万、侯巩译，上海译文出版社1996年版，第31—32页。

卡佛台儿虽然极力辩解他对齐诺比娅的纯洁想象，但在他的潜意识里，此时落落大方的齐诺比娅就像伊甸园里不着一物（"穿着早期的外衣"）的夏娃一样，裸露着身体，展现着女性的性属（sexuality）魅力。后来，当齐诺比娅来到卡佛台儿的病榻前照料他时，卡佛台儿虽然又口口声声为自己辩护，但他却也同样无法掩饰自己从前者"浑圆肉感的手臂"和"丰满的胸部袒露的部分"① 中得到的感官愉悦（sensuality）。在《福谷》中，卡佛台儿不仅多次赞扬齐诺比娅那朵象征情欲的鲜花，而且他一开始就用蒲丽丝拉编织钱袋的行为巧妙暗示后者在男性世界是欲望对象，曾经为男人主动献身。当他看到蒲丽丝拉编织的手袋时，他说："除了手工非常精致和漂亮之外，这种钱袋的特殊优点就是任何一个不懂得诀窍的人休想找得到它的袋口；可是在一个用惯了的人手里，不管是施舍别人，或是自己挥霍，袋口可以随心所欲地打开小口。我怀疑会不会就是蒲丽丝拉本身神秘莫测的一种象征呢？"② 在不懂窍门的人手里袋口紧闭，但在"用惯的人手里"袋口可以"随心所欲地"张开，予取予求。如果这样的钱袋是蒲丽丝拉的一种象征，这难道不是暗示蒲丽丝拉曾经因为金钱向男人主动投怀送抱的历史吗？③

这一切说明，卡佛台儿是福谷中最关注情欲的人，性话语是他感到最舒服和最认可的谈话方式。换句话说，卡佛台儿是傅立叶情欲动力学说（passion attraction）的代言人。19 世纪初，法国空想社会主义者傅立

---

① ［美］纳撒尼尔·霍桑：《红字·福谷传奇》，侍桁、杨万、侯巩译，上海译文出版社1996 年版，第 43 页。

② ［美］纳撒尼尔·霍桑：《红字·福谷传奇》，侍桁、杨万、侯巩译，上海译文出版社1996 年版，第 74 页。

③ 芭芭拉·莱福特霍维茨（Barbara Lefcowitz）和艾伦·莱福特霍维茨（Allan Lefcowitz）在小说文本中考证出蒲丽丝拉是妓女的事实。他们认为霍桑除了通过钱袋意象，还通过前后一系列事件暗示蒲丽丝拉曾经当过妓女。而霍桑给出这样的潜文本，也许是为了说明福谷的乌托邦事业对堕落的、受剥削的女性的拯救，也许是霍桑想有意或无意地说明表面贞洁的蒲丽丝拉和她黑发姐姐一样和其他男人有着肉欲的牵扯，详情可见 Allan Lefcowitz, Barbara Lefcowitz, "Some Rents in the Veil: New Light on Priscilla and Zenobia in The Blithedale Romance", *Nineteenth-Century Fiction*, Vol. 21, No. 3, 1966, pp. 263 - 275。

叶（Fourier）认为人的情欲（欲望）是某种始终不变的先天固有的本质，文明制度之所以是不合理性的社会，最根本的就是它压抑了人们的种种情欲（需要）。于是傅立叶提出了利用情欲吸引力来构建"和谐社会"的思想。他在《全世界和谐》一文中，把人的情欲（欲望）分成十二种，三个等级，他指出各种欲望的正常满足才是社会和谐、人类文明的标志。因此在傅立叶所提倡的社会里，所有虚伪的情爱将荡然无存，一夫一妻制的婚姻被废弃，一个男人可以同时拥有几个女性伴侣，一个作为柏拉图式的朋友，一个作为工作伙伴，一个是传统意义上的情人，还有一个是精神上的知己。女人当然也可以拥有同样类型的人际关系，而且所有的性爱关系都是可以得到的，性爱可以扩大到两人以外的群体。① 罗兰·巴特在分析傅立叶主义时，指出："傅立叶主义所有架构的基本动力不是正义，不是公平，也不是自由，而是享乐，是自由的性爱、美食、无忧无虑的生活及所有文明人都不曾梦想的享乐，因为以前的哲学都把追求享乐的欲望看作罪恶。"②

卡佛台儿对福谷的乌托邦幻想很接近罗兰·巴特对傅里叶主义的阐释。卡佛台儿渴望看到一个爱和欢愉的世界，一个遵循力比多原则、情欲不受压制、身体（肉体）自由的世界。因此当病好后的卡佛台儿看到"强健雄伟"的男人和"美丽"的女人在温暖的阳光下劳作时，不禁感叹福谷已经"实现了傅立叶的一些预见"并隐晦地描述了一幅因爱欲吸引而多姿多彩的画面："地球是一个绿色的花园，开着五颜六色讨人喜爱的花朵。"③ 当"虚弱瘦削"的蒲丽丝拉不再苍白呆滞而是"血气逐渐旺盛"并变得活泼好动后，卡佛台儿欣喜地发现蒲丽丝拉原来也是一个"非常漂亮的女孩，而且还在不断地发育，每天都要增添一些新

---

① 本段关于傅立叶情欲动力学的介绍，部分参考了史少博的研究论文《空想社会主义者傅立叶探"情欲引力"与"和谐社会"》，《学术论坛》2010年第2期。

② Roland, Barthes, Sade, Fourier, Loyola, New York: Hill and Wang, 1976, pp. 80－81.

③ ［美］纳撒尼尔·霍桑：《红字·福谷传奇》，侍桁、杨万、侯巩译，上海译文出版社1996年版，第140页。

的妩媚"。① 所以对卡佛台儿而言，福谷最大的吸引力在于"大家似乎公认任何男女之间都可以发生恋爱，于是我们彼此之间充满了深浅各不同的温情"②。

另外，根据傅立叶主义"让每一种情欲都自由发展"的主张，不仅任何男女之间可以发生爱情，即使相同性别也可以发生爱情。所以在卡佛台儿的概念里，既没有同性恋和异性恋的严格区分，也模糊了男性气质和女性气质的社会界限。在他看来，像北极熊一样的霍林华斯也有女性温柔的一面，像夏娃一样的齐诺比娅也可能拥有男人般的强健和体格。比如，当卡佛台儿病中受到霍林华斯对他的悉心照顾时，他在这个"硕大健壮"的大个子霍林华斯身上发现了一些女人的温柔性格，给了他"极大的快慰"。③ 而对于齐诺比娅，他感觉到的从来都不是文弱的平常女性的形象，第一次握上齐诺比娅的手时，他就感觉："她的手虽然柔软，但却比大多数妇女所喜欢或她们所有的手大。"④ 卡佛台儿敏感地指出霍林华斯性格中的温柔的女性气质，又"别有用心"地表明齐诺比娅不同于一般妇女的力量感，这说明在卡佛台儿的性别范式里，男女的性属身份（gender identity）并不是固定的，而是流动的，是可以相互转换的，同性完全也可以进入恋爱的模式。事实上，如大多数评论家所说，⑤ 卡佛台儿和霍林华斯不止一次用恋人的语气进行交流。比如当卡佛台儿生病

① ［美］纳撒尼尔·霍桑：《红字·福谷传奇》，侍桁、杨万、侯巩译，上海译文出版社1996年版，第168页。
② ［美］纳撒尼尔·霍桑：《红字·福谷传奇》，侍桁、杨万、侯巩译，上海译文出版社1996年版，第167页。
③ ［美］纳撒尼尔·霍桑：《红字·福谷传奇》，侍桁、杨万、侯巩译，上海译文出版社1996年版，第92页。
④ ［美］纳撒尼尔·霍桑：《红字·福谷传奇》，侍桁、杨万、侯巩译，上海译文出版社1996年版，第27页。
⑤ 勃兰特认为卡佛台儿和霍林华斯说话时用的语言是男人和女人在婚姻中才会用的词汇。约翰·N. 米勒（John N. Miller）认为卡佛台儿对霍林华斯的"爱情"始于生病期间后者对前者的照料。虽然表面上卡佛台儿把这种照料定义为兄弟般的对待，但读者很快就意识到他们的关系早已超出兄弟情谊。详情可见 John N. Mille，"Eros and Ideology：At the Heart of Hawthorne's Blithedale Romance"，*Nineteenth-Century Literature*，Vol. 55，No. 1，Jun. 2000，pp. 7 - 8。

时，他"要求霍林华斯不要让任何人走进我的房间，而要求他常常握握我的手，对我讲一两句话"。① 在卡佛台儿心里，只有霍林华斯的目光使他"感到温暖和愉快，比炉子里不论什么样的火焰都有效得多"。② 而当霍林华斯想要招募卡佛台儿进入他改造犯人的事业时，前者也像一个即将被爱情背弃的恋人那样对后者发出呼喊："卡佛台儿……在这个广阔的世界里没有一个人我可以像爱你那样地爱他。你不要丢弃我！"③ 最后当卡佛台儿不得不对霍林华斯性格做出评判时，他更坦白这都是源于他对霍林华斯的爱："就像我的良心悄悄地对我说的那样，我从事窥探霍林华斯的性格，是非常对他不起的一种举动……可是我没有办法，如果我不是那么爱他，我对待他或许会好些。"因此卡佛台儿和霍林华斯的互动和交流看起来非常像安·卡森（Ann Carson）在《苦乐参半的爱欲：一篇随笔》（*Eros the Bittersweet：An Essay*）一书中所描写的恋人之间那种苦乐参半，爱恨交织的爱欲特征。④

卡佛台儿所构想的"爱欲"福谷不仅应该模糊性别特征，模糊单一的性取向，还应该像傅里叶所主张的那样模糊一对一的爱恋关系（monogamy），走向多元的爱恋关系（polygamy）。为了表现这种爱欲倾向，和上文提到蒲丽丝拉的钱包一样，卡佛台儿巧妙地使用了藏身洞的意象。根据卡佛台儿的描述："藏身洞之所以形成，是因为邻近的三四棵树木，结合（married）成一个完全难分难舍的并蒂同株结（inextricable knot of Polygamy）。"⑤ 而这个并蒂同株结正好象征着卡佛台儿的爱欲观念。在他

① ［美］纳撒尼尔·霍桑：《红字·福谷传奇》，侍桁、杨万、侯巩译，上海译文出版社1996年版，第92页。

② ［美］纳撒尼尔·霍桑：《红字·福谷传奇》，侍桁、杨万、侯巩译，上海译文出版社1996年版，第92页。

③ ［美］纳撒尼尔·霍桑：《红字·福谷传奇》，侍桁、杨万、侯巩译，上海译文出版社1996年版，第325页。

④ 参见 Ann Carson, *Eros the Bittersweet：An Essay*, Princeton：Princeton University Press, 1986, pp. 4 - 76。

⑤ ［美］纳撒尼尔·霍桑：《红字·福谷传奇》，侍桁、杨万、侯巩译，上海译文出版社1996年版，第233—234页。

的这个观念下，他和身边的三位人物不仅都有爱欲的关系，而且这种关系还是多配偶制（Polygamy），不仅是多配偶的而且还是难分难解、纠缠不清的（inextricable）。卡佛台儿拼命想介入霍林华斯、齐诺比娅、蒲丽丝拉三人之间的举动常常被评论家认为是丑恶的窥探癖，但一旦把他的行为放在他的爱欲乌托邦理念之下，那么我们就能理解为什么他总是把自己牵扯进其他三人的命运，这是因为卡佛台儿对他们三人都有爱欲，他希望他们四人之间的爱欲能够永远纠缠，不分彼此，就像被葡萄蔓缠绕后形成的并蒂同株结的树洞一样。当卡佛台儿第一次发现齐诺比娅和蒲丽丝拉都被霍林华斯所征服时，他不禁苦闷地抱怨，虽然自己所有思想都围着他们三人转，但"在他们任何一个人的心里却最多居第二三位"①。后来当卡佛台儿不得不离开福谷时，他一口气重复了三个人的名字，就像对一个爱人的呼喊那样，可见他多么希望他们四人能成为不可拆分的整体（knot）："霍林华斯、齐诺比娅、蒲丽丝拉呀！这三个人已经把我的生命吸引到他们自己的生命中去了。我有一种难以形容的渴望想知道他们的命运……他们生活在我内心深处。我越想起自己当时的情形，越认识到自己跟那三个人的关系已经发展到多么密切的程度啊！"②

除了拼命想介入霍林华斯、齐诺比娅、蒲丽丝拉三人的生活，卡佛台儿还几次三番地提醒齐诺比娅或者蒲丽丝拉她们和霍林华斯的爱情不是唯一的。比如在依律特讲台第一次争论之后，落在后面的卡佛台儿故意提醒蒲丽丝拉，齐诺比娅和霍林华斯如何般配，引起了蒲丽丝拉的怨恚，而在齐诺比娅的客厅里，当卡佛台儿看到被包装得无比妩媚动人的蒲丽丝拉时，他又马上问齐诺比娅："霍林华斯可曾看到她穿这套衣服吗？"③

---

① ［美］纳撒尼尔·霍桑：《红字·福谷传奇》，侍桁、杨万、侯巩译，上海译文出版社1996 年版，第 161 页。

② ［美］纳撒尼尔·霍桑：《红字·福谷传奇》，侍桁、杨万、侯巩译，上海译文出版社1996 年版，第 466—469 页。

③ ［美］纳撒尼尔·霍桑：《红字·福谷传奇》，侍桁、杨万、侯巩译，上海译文出版社1996 年版，第 410 页。

结果齐诺比娅勃然大怒，愤而指责卡佛台儿用看热闹的心态扰乱了别人的热情。但实际上，这两次卡佛台儿的举动都不是无故之举，也不是为了闹着好玩的闲暇心理，只是在他的爱欲乌托邦构想里，他想打破稳定的单一情侣关系，尽量持久地保持多元配偶制的状态（knot of polygamy）。对他而言，一对一的情爱关系越不稳定，那么多配偶的爱欲模式就越容易形成，这也是为什么在"骤变"一章，虽然霍林华斯企图用爱的语言打动卡佛台儿："卡佛台儿……在这个广阔的世界里没有一个人我可以像爱你那样地爱他"①，但卡佛台儿却一再地问，齐诺比娅参加了吗？蒲丽丝拉又怎么样呢？因为在卡佛台儿的乌托邦构想里，即使他同意和霍林华斯像亲密的爱人一样，携手"走同样的道路"②，他也不希望福谷只有一种单一的性欲关系，不管是单一的同性恋还是单一的异性恋都不符合卡佛台儿所追求的流动的、多元的爱欲关系。

但是，不管怎样，卡佛台儿的爱欲乌托邦梦想最终还是幻灭了。幻灭的原因当然和齐诺比娅及霍林华斯一样有其自身的问题。但和后两位不同的是，由于卡佛台儿是第一人称叙述者，读者既能清楚地读到他的幻想，又能清楚地看到他全心全意投入这份乌托邦幻想的挣扎。比如在"藏身洞"一章，他前面才用充满爱欲的语言形象地暗示了四位在福谷中纠缠不清的情爱关系，马上又说："我把这个隐蔽的地方当作我的一个独占物。这个地方也是我个性的象征而且使我的个性不受侵犯。"③ 他既希望能纠结在一起，又希望能保持个性的独立；可见卡佛台儿对他的爱欲乌托邦梦想充满矛盾。又比如，他分明对齐诺比娅的身体充满爱欲冲动，但是他又束缚于当时的传统礼教，不停地揣测她已经不是个"处女"了

　　① ［美］纳撒尼尔·霍桑：《红字·福谷传奇》，侍桁、杨万、侯巩译，上海译文出版社1996 年版，第 325 页。
　　② ［美］纳撒尼尔·霍桑：《红字·福谷传奇》，侍桁、杨万、侯巩译，上海译文出版社1996 年版，第 129 页。
　　③ ［美］纳撒尼尔·霍桑：《红字·福谷传奇》，侍桁、杨万、侯巩译，上海译文出版社1996 年版，第 235—236 页。

吧？"婚姻已经向她打开神秘之门了吧？""齐诺比娅是个有夫之妇，齐诺比娅已经懂得人生的乐趣和爱情了吧？"① 同样，在生病期间，前一秒卡佛台儿还在用充满情欲的眼光打量齐诺比娅肉感的身体，后一秒他却想把齐诺比娅塑成一座冰冷的、没有温度的雕像，供世人"高雅"② 地观赏。又比如他虽然一直想打破单一的情爱关系，但他又对自己在齐诺比娅和蒲丽丝拉面前故意提醒另一方与霍林华斯爱恋关系的做法，深感自责和愧疚。所以，也许就像小说中霍林华斯对卡佛台儿的评价："不管是当个诗人还是当个劳动者，迈尔士·卡佛台儿总是不认真地。"③ 应该说，卡佛台儿作为一个乌托邦梦想的实践者也是不认真、不坚定的。卡佛台儿缺乏霍林华斯"刚强而严酷的意志"以及"执拗"④ 的本性，因此他在追求自己的梦想的同时又不可避免地迟疑不决，纠结万分。

除了自身的矛盾和不坚定，卡佛台儿的爱欲乌托邦梦想还"成功"地遇到来自外部的抵制。首先霍林华斯对卡佛台儿爱欲乌托邦理想的抵制贯穿全文，其中他们两人关于傅立叶理论的讨论就是一例。卡佛台儿提到傅立叶，其实就是想验证霍林华斯是否能接受他的爱欲主张，正如评论家勃兰特所说："按照卡佛台儿的本能理解，傅立叶主义的内涵延伸即是利用情欲来促进爱和生产劳动，打破传统的哲学理性和道德原则，为成员提供最少的社会限制和性限制，最终将男男女女都从一夫一妻制的婚恋关系中解放出来。"⑤ 勃兰特能读懂卡佛台儿的暗示，当然霍林华斯也能，所以当卡佛台儿刚刚把傅立叶当作一个潜文本提出时，就马上

① ［美］纳撒尼尔·霍桑：《红字·福谷传奇》，侍桁、杨万、侯巩译，上海译文出版社1996 年版，第 107 页。

② ［美］纳撒尼尔·霍桑：《红字·福谷传奇》，侍桁、杨万、侯巩译，上海译文出版社1996 年版，第 98 页。

③ ［美］纳撒尼尔·霍桑：《红字·福谷传奇》，侍桁、杨万、侯巩译，上海译文出版社1996 年版，第 157 页。

④ ［美］纳撒尼尔·霍桑：《红字·福谷传奇》，侍桁、杨万、侯巩译，上海译文出版社1996 年版，第 95 页。

⑤ Lauren Berlant, "Fantasies of Utopia in The Blithedale Romance", *American Literary History*, Vol. 1, No. 1, 1989, p. 40.

遭到了霍林华斯猛烈的抨击。

> "我不要再听这种话！"他极端厌烦地嚷道。"我永远不会原谅这
> 个家伙的！他犯了不可饶恕的罪……他利用了并助长了所有能潜入
> 我们的性格里来的邪恶、卑鄙、下流、污秽、兽性和令人痛心的堕
> 落，使它们成为实现他那可怕的革新的有效工具。他在书里描写的
> 那个完美的天堂，跟他指望用他来建立这种天堂的那个原则再相称
> 也没有了。可恶的流氓！"①

霍林华斯的话泄露了他对性欲放纵的厌恶，因为他认为这种放纵不
仅带来稳定家庭制度的瓦解还会带来整个稳定性别身份的瓦解。所谓的
"完美天堂"，对他而言，不过是建立在堕落和自然性欲原则上的放纵天
堂而已。从这段措辞激烈的对话中，霍林华斯对爱欲主义的轻蔑和嘲讽
可见一斑。

齐诺比娅对卡佛台儿的爱欲乌托邦的抵制比霍林华斯要简单得多，
因为她对卡佛台儿爱欲的拒绝就是对他爱欲乌托邦幻想的拒绝。在整部
作品中，齐诺比娅有两次已经觉察出了卡佛台儿对她的爱，但她马上又
找出理由予以拒绝。一次是在卡佛台儿的病榻前，齐诺比娅说："卡佛台
儿先生……这几年我在社会里厮混，有许许多多的眼睛注视过我，可是
我想，你常常赐给我的这种眼色，我却从来没有遇到过。你好像对我很
感兴趣；可是除非一个女人的直觉这一回并不正确，我觉得你并不爱慕
我。"② 很显然，在这里齐诺比娅已经觉察出卡佛台儿对她充满情欲的注
视，但是她马上用女人的直觉来当幌子，拒绝认为这是一种爱欲的吸引。

---

① ［美］纳撒尼尔·霍桑：《红字·福谷传奇》，侍桁、杨万、侯巩译，上海译文出版社
1996 年版，第 121—22 页。

② ［美］纳撒尼尔·霍桑：《红字·福谷传奇》，侍桁、杨万、侯巩译，上海译文出版社
1996 年版，第 106 页。

另一次是小说结尾，齐诺比娅因为霍林华斯的选择伤心欲绝，准备自杀，这时她被卡佛台儿的深情注视所感动，说道："真是无穷的遗憾……卡佛台儿先生，我始终没有想到要争取你的爱情来代替霍林华斯。我想我一定会成功的。"① 这说明，在之前齐诺比娅是觉察到卡佛台儿炽热的爱欲的，只是她自始至终都把自己封闭在对霍林华斯的唯一爱情之中，无法也不愿回应卡佛台儿的爱。

综上所述，虽然卡佛台儿对小说里的其他三位主要人物都充满了爱欲渴望，而且想构建一个释放激情、放纵欲望、多元配偶、多种性爱关系的爱欲乌托邦，但是其他三位人物却似乎更渴望一对一的异性恋关系，不接受多元的爱侣模式。所以齐诺比娅和蒲丽丝拉两姐妹会因为一个男人而成为情敌，而霍林华斯也会因为一次选择而酿成悲剧。但无论如何，他们的举动确实和卡佛台儿的爱欲乌托邦幻想（vision）大相径庭，当然也是挫败卡佛台儿乌托邦幻想的主要原因。其实在还没离开福谷前，卡佛台儿就感受到了被其他三个人物排斥在爱欲关系之外，只能充当配角和旁观者的事实：

> 在这些事中，我自己只是一个次要的角色，我就像一出古典戏剧里的一个合唱队员，似乎没有一个人表演的可能性……这个旁观者的任务是在适当的时候喝一声彩，有时候还得淌下一滴不可避免的眼泪，检查一下戏剧的内容对戏剧中人究竟是不是适合，以及在自己长思默想中，去吸取整出戏剧的教训。②

来想和其他三个人物都发生爱欲关联却不知不觉被踢出了局，沦为

---

① ［美］纳撒尼尔·霍桑：《红字·福谷传奇》，侍桁、杨万、侯巩译，上海译文出版社1996年版，第546页。

② ［美］纳撒尼尔·霍桑：《红字·福谷传奇》，侍桁、杨万、侯巩译，上海译文出版社1996年版，第231页。

这三人爱情戏剧的旁观者和配角，这不能不说是对卡佛台儿最大的打击。

但是和齐诺比娅女权主义乌托邦的幻灭和霍林华斯超验主义乌托邦的幻灭比较起来，卡佛台儿爱欲主义乌托邦幻灭的影响是最轻的，他既没有像齐诺比娅一样自杀，也没有像霍林华斯一样精神崩溃，他不过是重新回到了原来舒适、慵懒的"单身汉生活，没有任何确定的生活目标"①。可是作为曾有着乌托邦梦想的理想主义者，卡佛台儿的结局却最让人感慨和唏嘘。在小说的末尾，当卡佛台儿陈述了生活的种种无聊、空虚和毫无意义之后，他突然告诉读者他有一个秘密要袒露，这个秘密就是："我——我自己——爱上了蒲丽丝拉。"②

本书认为这里的蒲丽丝拉已经不是那个初到福谷，身体渐渐变成女人③的有具体肉身的蒲丽丝拉，卡佛台儿这里所说的蒲丽丝拉，其实是他看到一个象征，一个符号。福谷失败了，霍林华斯像小孩一样紧紧靠着蒲丽丝拉，而蒲丽丝拉带着"一种保护他和照顾他的神态"再一次表现出"深沉的、顺从的，毫无疑问的尊敬"的神情。④ 这说明此时的蒲丽丝拉完全吻合维多利亚时期的理想女性符号，顺从、温柔，要么是男性权威的崇拜者，要么是男性生活的保姆。但是维多利亚时期对女性理想的推崇是以压抑正常性欲和拒绝情欲的欢乐为代价的。正如尼娜·贝姆所说："女性越贞洁娴静，越虚幻缥缈，越有可能脱离肉体走向纯粹的灵魂升华。"⑤ 所以此时蒲丽丝拉代表了维多利亚时期男权社会对女性理想的

① ［美］纳撒尼尔·霍桑：《红字·福谷传奇》，侍桁、杨万、侯巩译，上海译文出版社1996年版，第593页。

② ［美］纳撒尼尔·霍桑：《红字·福谷传奇》，侍桁、杨万、侯巩译，上海译文出版社1996年版，第597页。

③ 在故事的刚开始，蒲丽丝拉来到福谷后没多久，卡佛台儿惊喜地发现，蒲丽丝拉已经不是原来呆瞪瞪的瘦削模样，在身体上已经越来越像一个真正的女人，于是他说道："而现在似乎我们真看到造物主就当着我们的面造成了一个女人。"本书认为此时卡福台儿所说的女人是指女人真实的、物质的身体，而不是精神的抽象。

④ ［美］纳撒尼尔·霍桑：《红字·福谷传奇》，侍桁、杨万、侯巩译，上海译文出版社1996年版，第584页。

⑤ Nina Baym, "'The Blithedale Romance': A Radical Reading", *Journal of English and Germanic Philology*, Vol. 67, No. 4, 1968, p. 564.

虚幻塑造，代表了社会道德习俗对女性肉体欲望的剥夺，当然也包括整个社会对欲望的压抑。可是卡佛台儿这个原本最积极倡导爱欲解放，号召对情欲关系施以最少量社会限制的乌托邦实践者，却在最后主动走向了虚幻的社会理想，走向了标志着情欲死亡的女性形象。这不得不说是对他爱欲乌托邦理想的最大讽刺。

第五节　福谷社会田园主义乌托邦的幻灭

如果说齐诺比娅、霍林华斯和卡佛台儿因为各自身份、性别、信仰的不同，怀揣着不同的乌托邦构想来到福谷，那么他们和其他福谷成员还有一个基本的、共同的乌托邦梦想——那就是前工业时代的乡村田园梦想。根据马歇尔·伯曼的研究，美国社会不安定感在 19 世纪早期尤其深刻，一方面公民们怀念稳定、统一的农业小手工业经济；另一方面他们又面临着时代的技术、工业和经济漩涡，"发现自己身处这个大漩涡之中的人很容易觉得，他们是最初的并且或许是仅有的一些通过这个大漩涡的人；这种感受产生了数不清的痛失前现代乐园的怀旧性神话"[1]。

因此对于福谷的改革者来说，一个不言自明的改革愿望就是恢复前工业时代的田园传统。如果从经济角度来说，就是对抗腐朽的资本主义经济，最小化人类经济剥削，提倡以农业经济为基础的经济模式。正如当时活跃的文人和社会改革家伊丽莎白·帕默·皮波迪（Elizabeth Palmer Peabody）指出布鲁克农庄的经济基础时所说，"将农业作为他们生活的根基，因为农业与自然有着最直接和最简单的联系"[2]。

---

① ［美］马歇尔·伯曼：《一切坚固的东西都烟消云散了：现代性体验》，徐大健、张辑译，商务印书馆 2013 年版，第 15 页。
② 转引自尚晓进《乌托邦、催眠术与田园剧——析〈福谷传奇〉中的政治思想》，《外国语（上海外国语大学学报）》2009 年第 6 期。

正因为对资本主义世界的厌恶和对田园改革的向往，所以初到福谷的卡佛台儿总是喜欢把福谷和波士顿放在新与旧、乡村与城市、质朴与虚伪、自由与压抑的对照格局中，给读者一幅鲜明的对比画面。

> 我还记得，当我们穿过街道的时候，两旁的建筑物仿佛压得我们太紧了，连我们雄伟的胸怀在它们中间也似乎找不到可以舒展的地方。……可是当我们离开街道，马蹄无声无息地踏在荒凉的田野上，那些才踩上的马蹄印子一下子就被狂暴的风雪盖没了，那时候我们才呼吸到新鲜空气。这里的空气，不像阴暗的城市里所有的空气那样，它没有受过人们的吐纳，在这种空气里也没有人说过虚伪，做作和不正当的话。①

在此之后，在小说的第二章和第三章中，卡佛台儿还不止一次表达出抛弃旧世界，进入新世界的欢愉心情："我们已经摆脱了铁箍似的旧社会的束缚……为的是要给人类指出另一种生活的示范，在那种生活里，人们再也不会受到虚伪和残酷的主义的统治，而人类社会一向是建筑在那些基础上的。"②

当然农业经济和乡村环境并不能代表田园传统的所有内涵，正如威廉·燕卜荪（William Empson）和雷蒙·威廉斯（Raymond Williams）所指出的，田园传统之所以让人欣然向往，因为它通常给人昭示一种消除贫富差距，消弭阶级等级，召唤人类友爱平等的美好范式。威廉·燕卜荪在《田园诗的几种变体》中最早指出了田园传统与阶级问题的关联，认为"老的田园文学给人的感觉是暗示了富者与贫者间的美好关系"③。

---

① ［美］纳撒尼尔·霍桑：《红字·福谷传奇》，侍桁、杨万、侯巩译，上海译文出版社1996年版，第17页。

② ［美］纳撒尼尔·霍桑：《红字·福谷传奇》，侍桁、杨万、侯巩译，上海译文出版社1996年版，第37页。

③ William Empson, *Some Versions of Pastoral*, New York：New Directions, 1974, p. 11.

继他之后，雷蒙·威廉斯进一步探讨了田园传统，认为其遮掩了贵族和封建的等级剥削，美化了人与人之间的平等、友爱关系，"土地和庄园被神话为黄金时代和天国的诗歌象征物"而"友爱的人际关系被表现为和谐的典范"。① 因为田园传统融合了小农经济和社会公义的梦想，所以19世纪上半叶在美国出现了许多抵制腐朽的资本主义生产方式的乌托邦实验团体，其实行的大多都是共同劳动、集体友爱、超越阶级差别的公有制农业经济模式。比较著名的有，霍桑曾参与过的一段时间的布鲁克农场（Brook Farm）以及布隆生·阿尔考特（Bronson Alcott）创办的果园农场（Fruitland）。

关于福谷进行的田园农业实践，卡佛台儿最先也是充满一腔热情，认为其实现了与资本主义剥削经济完全不同的一种生产方式。

> 首先，我们已经抛弃了自傲情绪，正尽力以亲密的友爱来代替它。我们的目的是要减轻劳动者的劳力负担，用我们自己的体力来干我们所应干的一份工作。我们依靠互助的力量来求得利益，而不是用暴力从敌人手里取得利益，也不是用诡计从不如我们伶俐的人那里窃取利益，更不是要耍弄巧取豪夺、自私自利的手腕从邻居那里赢得利益。②

用友爱替代傲慢，用互助代替利益，用共同的体力劳动来代替资本攫取和剥削，这既是对古老田园梦想的回归又是对共产主义经济模式的实践。难怪当卡佛台儿在餐桌边第一次看到文化人、农夫和女佣不分等级尊卑围坐在一起用餐时，他几乎乐观地认定福谷已经走上了实现人类

---

① Raymond Williams, *The Country and the City*, New York: Oxford University Press, 1973, pp. 31 – 40.

② ［美］纳撒尼尔·霍桑：《红字·福谷传奇》，侍桁、杨万、侯巩译，上海译文出版社1996年版，第37—38页。

友爱、打破阶级壁垒的旅程："这是我们首次将兄弟姐妹平等的理论付诸实践，而我们这些受到高等教育和熏陶的（我猜我们毫不迟疑地认为自己是这样的人）觉得自己似乎已经踏上了走向友爱千禧年的旅程。"[1] 与阶级秩序紧密相关的还有身份问题。在福谷，个体原来特定的身份和角色被消解，友爱的兄弟联盟似乎承诺所有成员都可以进行身份更新。齐诺比娅、霍林华斯、卡佛台尔和蒲丽丝拉等主要人物来到福谷后，似乎都抛开了原有的身份角色，也不再与原有的社会地位挂钩。例如，在福谷，齐诺比娅不再是有钱的贵族小姐而变成"身上穿着一件美国印花布衣服""打扮得非常朴素"[2] 的农妇；蒲丽丝拉从被奴役的催眠对象和地位低下的缝纫女工转变为福谷中受人喜爱的姊妹；卡佛台儿从四体不勤、五谷不分的孱弱诗人也最后变成塞拉斯·福斯德口中"肩膀宽了六寸"[3]"肺部像一对风箱那样灵活"[4] 的体力劳动者。

可是，卡佛台儿看到的这些友爱团结的景象真的就代表着一个平等、平均、互助的大同世界的实现了吗？成员们共同参加的体力劳动真的可以消除贫富、智力以及阶级的不平等吗？福谷的集体主义生活真的可以替代不同个体的诉求和渴望吗？当然不是。

首先，随着故事的演进，福谷人经历了从最初的满怀期待，热情洋溢到平等、友爱大家庭的破产。虽然卡佛台儿刚到福谷时，确实感受到了福谷里兄弟姐妹、亲如一家的友爱关系，比如齐诺比娅在第一天的晚餐桌上就用充满了熟络、温暖的语言致辞欢迎卡佛台儿一行："欢迎你们到我们自己家里来……如果你们喜欢的话，明天我们可以兄弟姐妹相称，

① ［美］纳撒尼尔·霍桑：《红字·福谷传奇》，侍桁、杨万、侯巩译，上海译文出版社1996年版，第48页。

② ［美］纳撒尼尔·霍桑：《红字·福谷传奇》，侍桁、杨万、侯巩译，上海译文出版社1996年版，第26页。

③ ［美］纳撒尼尔·霍桑：《红字·福谷传奇》，侍桁、杨万、侯巩译，上海译文出版社1996年版，第333页。

④ ［美］纳撒尼尔·霍桑：《红字·福谷传奇》，侍桁、杨万、侯巩译，上海译文出版社1996年版，第334页。

并且在天亮的时候就开始我们新的生活方式。"① 但是，这种平等友爱，其乐融融的大家庭关系不过是一种表面现象，或者是福谷人的一种伪装。随着故事的演进，我们发现成员间根本就不可能实现真正的平等。且不说霍林华斯对其他成员（如齐诺比娅和蒲丽丝拉）的利用和胁迫（如对卡佛台儿），就是坚信"兄弟友爱"的卡佛台儿本人其实也无法摆脱他自己中产阶级的优越感。上文说当他第一次看到文化人、农夫和女佣不分等级尊卑围坐在一起用餐，感到阶级平等的愿望似乎已经实现，但他心里马上又把农夫、女仆这些下层阶级的人归为"粗鲁的同伴"②，并暗暗强调自己和他们的区别："虽然今天晚上我们觉得用陶土制的杯子喝茶，而且跟乡下人在一起，是很适宜的事，可是到了明天我们还是可以自由选用上面印着花的瓷器和银叉。"③ 福谷里，除了卡佛台儿自鸣得意的中产阶级优越感，还有贵族小姐出身的齐诺比娅对贫民姐妹蒲丽丝拉的轻蔑和捉弄。从蒲丽丝拉刚一踏进福谷，齐诺比娅就和卡佛台儿窃窃私语，从前者手上密密的针眼和苍白的面容推测她来自社会底层。卡佛台儿甚至还从蒲丽丝拉编织的手袋推测出其因为生活所迫沦为性工具的生活历史。后来当齐诺比娅从威斯脱华尔处得知，蒲丽丝拉不过是后者为了赚钱而被催眠了的表演工具后，齐诺比娅，作为一个女权主义者，不仅没有向受损害的姐妹（victimized woman）表示同情而且在她"银面罩故事"的结尾处故意"将面纱向蒲丽丝拉头上洒去"，使得蒲丽丝拉又唤起了可怕的回忆，在余下的整晚的时间里，蒲丽丝拉"几乎都没有恢复沉静的常态"。④ 齐诺比娅对蒲丽丝拉的残酷捉弄，在尼娜·贝姆的视角下看来，

---

① ［美］纳撒尼尔·霍桑：《红字·福谷传奇》，侍桁、杨万、侯巩译，上海译文出版社1996年版，第29页。

② ［美］纳撒尼尔·霍桑：《红字·福谷传奇》，侍桁、杨万、侯巩译，上海译文出版社1996年版，第49页。

③ ［美］纳撒尼尔·霍桑：《红字·福谷传奇》，侍桁、杨万、侯巩译，上海译文出版社1996年版，第49页。

④ ［美］纳撒尼尔·霍桑：《红字·福谷传奇》，侍桁、杨万、侯巩译，上海译文出版社1996年版，第280页。

是缺乏共同反抗父权社会的"姐妹情谊"（sense of sisterhood）①，但如果放在田园乌托邦理想的模式里，当然也可以说她其实也并没有摆脱她的阶级属性和阶级优越感。

如果说福谷看似亲如一家的大家庭氛围其实并没有消除阶级差别和阶级不平等，那么被当作田园理想之根本，乌托邦改革之核心的体力劳动是否能担当起革除资本主义社会各种弊端，净化人心灵的任务呢？布鲁克农庄的创建者乔治·李普莱曾指出布鲁克农庄的目标之一就是"要尽可能地把思想者和劳动者结合在一个个体的身上"。在他看来，与其说"金钱是邪恶的根源"不如说"劳动是一切善的起源"。② 爱默生在1848年的文章"人即改革者"中也曾坚定地说，"年轻人要建立一个新世界，没有什么比他们自己拿起铁铲在地里获得食物来得更真实"。他还接着号召说：

> 不论上一代人给我们留下了多少财富，如果它们已经被污染，我们都应该考虑是否要高贵地放弃这些财富，使自己与土地和大自然建立起一种更为根本的联系，戒绝所有不诚实、不干净的事物，并且，我们每个人勇敢地用自己的双手参加到这个世界上的体力劳动中来去。③

李普利和爱默生期待体力劳动荡涤资本主义罪恶的政治理想充分体现在有着田园乌托邦理想的福谷实验社团中。正如卡佛台儿所说："作为我们这个组织的基础，我们要献出自己体力上的积极劳动，我们不仅怀

---

① 姐妹情谊或者又叫姐妹情是西方的女性主义运动中流行的一个理论术语，风行于女性主义文学创作界与评论中。通常姐妹情谊在被解读时既带有着姐妹结盟，共同反抗父权制的政治色彩，也带有女性之间在共同成长与经历中相依相伴，相知相惜的情感色彩。关于尼娜·贝姆对齐诺比娅的分析见 Nina Baym, *The shape of Hawthorne's Career*, Ithaca and London：Cornell University Press，1976，p. 199。

② George Hochfield ed.，*Selected Writings of the American Transcendentalists*，Toronto：Signet Classics，1966，pp. 388 – 389.

③ ［美］爱默生：《爱默生散文精选》，程悦译，长江文艺出版社2013年版，第270页。

着这样一个造福人类的衷心愿望，同时也要努力实现这个愿望。"① 但是卡佛台儿的豪言壮语无法支撑起他孱弱的诗人的身体，还没开始进行高强度的体力劳动之前，他就被严寒的空气给击败了，患上了严重的伤风感冒。在患感冒的日子里，他开始怀念他那温暖舒适的"单身汉客厅，阳光充足，地上铺有地毯……书桌上摆满了书籍和刊物"②。在原来的社会里，他可以早上浏览名画，中午散步，晚上吃着各种美味佳肴，还能悠闲地参加别人的晚宴，而现在他不仅要在"牛房前面的空地上锄草，刈草"，还要给"两对公牛和十二条母牛当奴仆"；吃的是"咸牛肉""粗面包"。③ 于是卡佛台儿第一次发生了动摇和感叹："这难道是更好的生活吗？"④ "这是一个多么凄凉的世外桃源啊！"⑤

体力劳动带来的身体疲惫还在其次，对卡佛台儿和齐诺比娅这些知识分子来说，长期的体力劳动最可怕的是带来思想的僵化和智力的贫瘠。这也是为什么卡佛台儿后来明明恢复了健康，变成了能干的体力劳动者，但是他却常常担心："我们经常用尽力气、翻了又翻的泥块始终没有感化成思想。相反地，我们的思想却很快地变得像泥块那样呆笨。我们的劳动等于零，使我们到了黄昏时分思想迟钝不堪。"⑥ 在他的内心深处，他相信"智力劳动和大量的体力劳动是不相容的。农民和学者……是两种不同的人，绝不能溶化或焊接成为一个东西"⑦。所以当齐诺比娅取笑卡

① ［美］纳撒尼尔·霍桑：《红字·福谷传奇》，侍桁、杨万、侯巩译，上海译文出版社1996年版，第38页。
② ［美］纳撒尼尔·霍桑：《红字·福谷传奇》，侍桁、杨万、侯巩译，上海译文出版社1996年版，第87页。
③ ［美］纳撒尼尔·霍桑：《红字·福谷传奇》，侍桁、杨万、侯巩译，上海译文出版社1996年版，第88页。
④ ［美］纳撒尼尔·霍桑：《红字·福谷传奇》，侍桁、杨万、侯巩译，上海译文出版社1996年版，第88页。
⑤ ［美］纳撒尼尔·霍桑：《红字·福谷传奇》，侍桁、杨万、侯巩译，上海译文出版社1996年版，第83页。
⑥ ［美］纳撒尼尔·霍桑：《红字·福谷传奇》，侍桁、杨万、侯巩译，上海译文出版社1996年版，第152页。
⑦ ［美］纳撒尼尔·霍桑：《红字·福谷传奇》，侍桁、杨万、侯巩译，上海译文出版社1996年版，第152页。

佛台儿两三年后不会变成 "一边割大麦，一边做诗歌"① 的彭斯，而只可能会变成赛拉·斯福斯特那样不看书，只会 "呆蹬蹬地望着麦子长大"② 和杀猪宰牛的地道农民时，卡佛台儿不寒而栗，请求齐诺比娅放过他，因为 "放弃一种富有思想和情感的生活是他无法忍受的"③。其实，即使出身铁匠的霍林华斯也不甘心自己的思想在这种重复的体力中生锈，他也想 "让铁在心头烧红，然后把它捶成思想"④。

由此可见，体力劳动不仅没有拉近齐诺比娅、霍林华斯、卡佛台儿等人与真正体力劳动者的距离，反而让他们对体力劳动产生了抵触，进而对田园乌托邦梦想产生了动摇。面对同情福谷理论兴致勃勃地前来参观的人群，卡佛台儿完全没有了当初的热情，他沮丧地说道："然而，我心里的一股热情已经跟着许多日子的辛勤劳动所流的汗，渐渐发散掉了；因此，至少在我看来，这些渴望入伍的人对我们这种生活和劳动竟想象得那么光荣，实在是件相当荒谬，可笑到了极点的事。"⑤ 卡佛台儿最后甚至以一个过来人的口吻预言新人们的热情一定会被繁重的体力劳动吞噬，他说："那些人的身体是那么虚弱丢人，一生从来没有尝过在惯常的辛苦劳动后所产生的那种满身汗水、疲惫不堪的味道……我难得看到一个新入伍的人在七月炎日地下埋头苦干一刻钟之后，他那股新的热情不变得像他那湿透的衣领一样松懈疲沓。"⑥

当平等友爱的兄弟姐妹情谊和体力劳动纠正阶级差别的梦想相继幻

① ［美］纳撒尼尔·霍桑：《红字·福谷传奇》，侍桁、杨万、侯巩译，上海译文出版社1996 年版，第 153 页。

② ［美］纳撒尼尔·霍桑：《红字·福谷传奇》，侍桁、杨万、侯巩译，上海译文出版社1996 年版，第 156 页。

③ ［美］纳撒尼尔·霍桑：《红字·福谷传奇》，侍桁、杨万、侯巩译，上海译文出版社1996 年版，第 157 页。

④ ［美］纳撒尼尔·霍桑：《红字·福谷传奇》，侍桁、杨万、侯巩译，上海译文出版社1996 年版，第 157 页。

⑤ ［美］纳撒尼尔·霍桑：《红字·福谷传奇》，侍桁、杨万、侯巩译，上海译文出版社1996 年版，第 192 页。

⑥ ［美］纳撒尼尔·霍桑：《红字·福谷传奇》，侍桁、杨万、侯巩译，上海译文出版社1996 年版，第 193 页。

灭之后，压在田园乌托邦理想上的最后一根稻草是集体主义的幻灭。评论家哈维·L. 小盖布尔（Harvey L. Gable, Jr）说："福谷的目标就是建立一种延伸人格或者集体人格。"① 在福谷，读者可以把这种集体人格理解为"如果我们中间有人偶然打了一下他旁边一个人的耳光，每个人头上的这一边好像马上会感觉到刺痛"②。福谷建立统一的集体人格当然有一定的积极意义，比如它可以保护蒲丽丝拉从邪恶的威斯脱华尔手中逃脱，渐渐恢复身体和精神上的自信，它也可以让孱弱的诗人卡佛台儿脱胎换骨变成一个身体强壮、熟悉农事的庄稼汉。但另一方面，加入福谷的集体人格的代价是高昂的，它必然带来个人空间的缩小，自我被挤压，甚至被消除。到福谷的第一天晚上，卡佛台儿就用不同的取暖方式暗示了福谷鲜明的集体主义特征。他告诉我们在城市里，每一座房子里都有自己独立的炉灶但是到了福谷大家只有围坐在一个共同的炉火旁才能享受温暖，一旦离开这个共同的取暖源，只能像卡佛台儿一样在冰窖一般的房间里瑟瑟发抖。福谷的炉火象征着此时乌托邦事业，虽然热气腾腾，火光熊熊，但它同时需要不断地加入一捆捆的"又粗又大"③ 的木材才能让温暖持久。而这些木材则象征了一个个自愿泯灭自我、献身福谷事业的个体。

当然在这熊熊燃烧的火光之中，如卡佛台儿所说，也有些"个性特别"的人，一些"最不容易把他们捆成柴火"④ 的顽固分子。正是这些不愿意当作柴火的所谓的顽固分子，体现了福谷事业中个体自我和集体自我之间的冲突，造成了个体性（individuality）和统一性（uniformity）

---

① Harvey L. Gable, Jr, "Inappeasable Longings: Hawthorne, Romance, and the Disintegration of Coverdale's Self in The Blithedale Romance", *New England Quarterly*, Vol. 67, No. 2, 1994, p. 268.

② ［美］纳撒尼尔·霍桑：《红字·福谷传奇》，侍桁、杨万、侯巩译，上海译文出版社1996 年版，第 258 页。

③ ［美］纳撒尼尔·霍桑：《红字·福谷传奇》，侍桁、杨万、侯巩译，上海译文出版社1996 年版，第 21 页。

④ ［美］纳撒尼尔·霍桑：《红字·福谷传奇》，侍桁、杨万、侯巩译，上海译文出版社1996 年版，第 143 页。

的矛盾。评论家约翰·C.赫什（John C. Hirsh）指出："归根结底，福谷实验最危险的地方是想把一群有着自我身份的个体强行归入一个群体，并且强制推行一种互相共依共存的集体主义观念。"① 而事实上，个体间相互依存、相互渗透的集体主义观念明显已经让卡佛台儿的自我受到了威胁，所以他在"多日劳动"的刻板生活后，迫切地想找一处僻静的林荫小径躲避，生怕"丢掉自己个性的较好的一面"。② 在找到一个葡萄藤缠绕的藏树洞后，卡佛台儿立马把"这个隐蔽的地方当作我的一个独占物"③，而且声称"这个地方是我个性的象征，使我的个性不受侵犯"④。同样感到自我受到威胁的还有齐诺比娅。当她感觉卡佛台儿打着责任感的旗号，不断地介入她的生活，干扰她的自由时，她不客气地指出他的行为已经超出了人与人之间的界限，是多管闲事，进而愤慨地抗议："由你多管闲事而造成的任何灾祸，我都要你负责！"⑤

　　一方面有着集体主义诉求的福谷事业要求成员之间友爱、坦诚、没有秘密、相依相存，而另一方面受惠于资本主义启蒙精神的独立个体又希望能保持自我的完整和不受侵犯，于是福谷的田园乌托邦梦想从一开始就存在着潜在的矛盾和冲突，就像卡佛台儿所说：

　　　　我们的结合不是肯定的，而是否定的。在过去的生活当中，我

　　① ［美］纳撒尼尔·霍桑：《红字·福谷传奇》，侍桁、杨万、侯巩译，上海译文出版社1996年版，第139页。
　　② ［美］纳撒尼尔·霍桑：《红字·福谷传奇》，侍桁、杨万、侯巩译，上海译文出版社1996年版，第210页。
　　③ ［美］纳撒尼尔·霍桑：《红字·福谷传奇》，侍桁、杨万、侯巩译，上海译文出版社1996年版，第235页。
　　④ ［美］纳撒尼尔·霍桑：《红字·福谷传奇》，侍桁、杨万、侯巩译，上海译文出版社1996年版，第235页。
　　⑤ ［美］纳撒尼尔·霍桑：《红字·福谷传奇》，侍桁、杨万、侯巩译，上海译文出版社1996年版，第411页。当然，如本书第三部分所论述的，卡佛台儿对齐诺比娅等人生活的参与不应该归为是他本人有窥探别人隐私的癖好。笔者认为他无法逃离与齐诺比娅等人的纠缠，一方面受到爱欲乌托邦理想的驱使，另一方面也有在集体观念的影响下，渐渐习惯于生活不分彼此、个人事务渗透的原因。

们有个别的人因为一两桩事吵过嘴，而现在大家都一致同意再跟着旧
社会制度去混是很不适当的！至于应当淘汰什么，意见就很不一致
了……即使我们最后会失败，积年累月的实验工作总不会白费，因为
我们至少可以把它当作一时的享乐或者增加人类智慧的一种经验。①

"否定的结合""不一致的意见""失败的经验"，上面这段话是在福
谷事业还在蒸蒸日上的时候卡佛台儿说的，这说明从一开始卡佛台儿就
意识到福谷内在的危机，觉察到个人需求与集体目标的抵牾，所以他对
福谷成功的前景一直持有保留态度。他的这种保留态度一直持续到最后
他竟然不止一次在心里渴望来一场大祸，以便斩断自己与福谷所有人的
纠葛，重新回到个人独立的不受干扰生活："等到大祸过去之后，我打算
继续过我自己可怜的独身生活，而投入其他许多陌生的事情中去，这种
生活现在已经减少很多它固有的本质。"② 齐诺比娅在临死前似乎也对曾
经亲如一家、共同进退的集体生活不再留恋，对曾经投入满腔热情的集
体主义事业彻底绝望。

> 这个地方我已经讨厌了，什么慈善和进步，我也玩得恨透了。
> 我们在努力建设一种真正的生活制度的时候，无疑地我们都造成了
> 各种可笑的生活中间最空虚的笑柄。我洗手不干了。让福谷再去找
> 一个女人来管理洗衣服的事情吧，还有你，卡佛台尔先生，你下一
> 次病倒的时候，另外再去找一位护士来给你煮粥吧。这的确是一场
> 无聊的梦。③

---

① ［美］纳撒尼尔·霍桑：《红字·福谷传奇》，侍桁、杨万、侯巩译，上海译文出版社
1996 年版，第 144 页。
② ［美］纳撒尼尔·霍桑：《红字·福谷传奇》，侍桁、杨万、侯巩译，上海译文出版社
1996 年版，第 380 页。
③ ［美］纳撒尼尔·霍桑：《红字·福谷传奇》，侍桁、杨万、侯巩译，上海译文出版社
1996 年版，第 547 页。

卡佛台儿和齐诺比娅先后放弃福谷，当然有各自梦想破灭的原因，但福谷作为一个改革圣地，号召他们前来为之奋斗的最基本、最原始的动力是它象征了人类通过集体力量改变世界的初衷，而他们最后的放弃只能说他们无法协调福谷事业中根深蒂固的个人主义与集体主义的矛盾。

毫无疑问，福谷作为一项乌托邦改革最后是失败了，不管是齐诺比娅的女权主义乌托邦，还是霍林华斯的超验主义乌托邦、卡佛台儿的爱欲主义乌托邦，抑或是整个福谷人共同期待的田园主义乌托邦都不可避免地走向了幻灭。但是就像欧文·豪（Irving Howe）谈到霍桑参加布鲁克农场的原因时所说，"吸引霍桑的并不是改革者的主张，而是他们的激情，是他们生机勃勃的理想主义，是他们对人类最美好关系可能性的一种信念"。① 因此《福谷传奇》虽然描写了各种乌托邦理想的幻灭，但它同时也书写了浪漫主义的激情时代，寄托了作者对人类为美好理想奋斗的景仰。就像垂暮之年的卡佛台儿，当回忆起年轻时投身福谷事业的那段岁月时，他那暗淡无光、空虚无聊的日子似乎也有了荣光。

> 然而，追随一个人的梦想直到其自然完成，只要那幻想值得拥有，哪怕肯定只能以失败告终，我们终归要承认，这种做法即使不算更神圣，也说不上不够明智。失败又有何妨？其可能根本触摸不到的最虚无的碎片，也会具备一种在任何可行计划的最沉重的现实中埋没不得的价值。那可不是思维的渣滓。因此，无论我有何懊悔，我一度怀着足够的信念和力量所形成的对世界命运的慷慨希冀——是的！——以及将心中所想付诸实现的举动，绝不能归于我的罪孽和蠢行之列。②

① Irving Howe, *Politice and the Novel*, New York：Horizon and Meridian, 1957, pp. 165 – 166.
② ［美］纳撒尼尔·霍桑：《红字·福谷传奇》，侍桁、杨万、侯巩译，上海译文出版社1996 年版，第15—16 页。

　　上面这段话是卡佛台儿对前半生参加福谷乌托邦事业的总结，但也未尝不是霍桑对自己参加布鲁克农场实验的总结，以及对整个时代积极进行乌托邦性质改革的总结。据统计，1840—1849 年的十年之间是美国各种社会团体层出不穷的年代。在这期间，总共有 48 个乌托邦性质的社会团体建立。其中 18 个是颤震教团体（Shaker Commnunities），26 个是像布鲁克农场一样的公有制社会实践，还有的是针对某一种社会问题（比如废奴、女权）而建立起来的乌托邦团体，还有的社会团体根本没有具体的政治或者宗教纲领只是倡导一种集体式的生活方式。① 虽然这些团体都先后失败了，但这并不妨碍它们改变现有社会，构想人类未来的浪漫激情。霍桑对待改革的态度也许保守克制、怀疑批判，但这并不妨碍他被乌托邦构想所吸引，被某些伟大的改变所激励，而并非像很多评论家所说的对整个时代风起云涌的改革浪潮无动于衷、置身事外。② 只是与态度鲜明，细节生动的改革小说③不同，霍桑的作品采用了罗曼司的形式去

---

　　① 可参见 Joel Myerson, Sandra harbert Petrulionis, and Laura Dassow Walls, eds., *The Oxford Handbook of Transcendentalism*, New York：Oxford University Press, 2010, p. 255。

　　② 西奥多·T. 蒙吉尔（Theodore T. Munger）在《浅说〈红字〉》一文中指出："霍桑对改革根本不感兴趣，他对每一项有关于社会生活和行为的实践问题都很淡漠，除非影响到了自己的生计问题，他才会上点心。"Theodore T. Munger, "Notes on The Scarlet Letter", *Atlantic Monthly*, No. 4, 1904, p. 532. 格丽斯瓦德小姐（Miss Hattie Tyng Griswold）在她的传记文学《伟大作家的家庭生活》一书中谈到霍桑和他的妻子时，也说：他们"对于其时代新英格兰生活的社会问题很少表现出兴趣，他们甚至对于震动整个时代生活的改革运动也完全漠不关心"。Hattie Tyng Griswold, *Home Life of Great Authors*, Chicago：Chicago University Press, 1913, p. 211. 布劳内尔（W. C. Brownell）在《美国散体大家》一书中也表达了相似的观点他说："霍桑对 19 世纪中期所有的改革热情以冷漠对之。"William Crary Brownell, *American Prose Master：Cooper, Hawthorne, Emerson, Poe, Lowell, Henry James*, New York：Kessinger Publishing, 1925, p. 102. 根据本章的论述，本书认为霍桑对改革的态度也许保守但并不冷漠，所以笔者认为以上对霍桑的评论都是不公正的。

　　③ 斯托夫夫人的《汤姆叔叔的小屋》正是这一时期典型的改革类小说，涉及戒酒、女权，以及废奴等多项改革运动。同一时期其他的改革小说还有如提摩西·谢伊·亚瑟（Timothy Shay Arthur）的《酒吧里的十个夜晚》（*Ten Nights in a Bar-Room*, 1954）明确体现了对禁酒运动的支持；乔治·利帕德（George Lippard）《震颤城市和纽约：上层十人和下层百万》（*The Quaker City and New York：Its Upper Ten and Lower Million*, 1853）以谴责城市罪恶，揭露资本剥削为主题，表现了对城市工人运动的关注等，详情可见 Robert S. Leivine, "Fiction and Reform", in *The Columbia History of the American Novel*, Emory Elliot ed., Beijing：Foreign Language Teaching and Research Press, 2005, pp. 130 – 154。

展现他对改革的观察与思考。

在《福谷》的序言里，霍桑说他之所以要写这部小说不过是"想建立起一个远离交通要道的舞台，得以演出他头脑中那些人物的古怪离奇的行径，而不致使他们暴露得近在咫尺，与真实生活的实际情况形成反差"①。

这句话常被许多批评者引用为罗曼司文学抽离社会生活真实语境的证据，但如果我们结合福谷故事本身来看，霍桑这样说的目的只不过想与时代如火如荼的改革运动保持一定的美学距离，以便发挥文学想象去更全面、更深刻地揭示一个时代改革的真实。《福谷传奇》无疑是一个文学想象得以充分发挥但又忠于时代、直击现实的良好范例。《福谷传奇》没有书写改革者的日常生活但它却浓缩了一个改革时代，不同乌托邦梦想实践者从追寻梦想到梦想幻灭的过程；它没有具体的改革措施，但却对话了每项改革背后的意识形态，检验了其失败的原因；它没有响应时代任何改革的主张，但隐含了一代人为理想奋斗但又不得不归于失败的悲壮历史。因此这远比拘泥于布鲁克农场这一具体的现实事件来得真实和深刻得多。事实上，布鲁克农场看似是实实在在的事实但在霍桑看来"它本质上不过是一场梦幻"②。这或许就是霍桑所说的，要"在事实和虚幻之间提供一个可能立足点"③的意义。这个立足点既让读者看到改革的真实但又不是物质细节的真实，而是被艺术加工后的观念和意识的真实。

---

① 因杨万、侯巩的译本没序言，故这段引文出自胡允恒译本，以下引文也出自同一本书。详情可见［美］纳撒尼尔·霍桑《霍桑小说全集》，胡允恒译，安徽文艺出版社1998年版，第225页。

② ［美］纳撒尼尔·霍桑：《霍桑小说全集》，胡允恒译，安徽文艺出版社1998年版，第226页。

③ ［美］纳撒尼尔·霍桑：《霍桑小说全集》，胡允恒译，安徽文艺出版社1998年版，第226页。

结　语

自 1850 年梅尔维尔指出霍桑受加尔文原罪思想的影响，其作品有一种清教徒式的忧郁（Puritanic gloom）和黑暗的力量（power of blackness）以来，[①] 霍桑的作品一直笼罩在孤独离世、冷漠悲观的评论阴影之下，延续后世。尤其是 20 世纪上半叶，随着现代主义思潮的兴起，霍桑作品远离社会真实、孤独淡漠的主题被进一步放大，霍桑因此也成为探索人类内心意识，表达抽象意义的现代主义先驱。

1957 年理查德·蔡司在他的丰碑型著作《美国小说及其传统》中提出了美国小说的罗曼司传统，确定了美国文学矛盾、冲突的文本特征和开放、不确定的形式结构，但他把这一文学传统归因于清教意识中的善恶争斗，美国文化里个人与自然的冲突，以及新旧大陆的分裂等，仍然遵照了旧历史主义的研究方法。另外蔡司虽然确定了霍桑在罗曼传统中承上启下的中心地位，[②] 但他认为霍桑既无"统一的历史观念"[③] 又无

---

① 梅尔维尔在《霍桑和他的青苔》（"Hawthorne and His Mosses"）一文中认为霍桑身上潜伏着霍桑自己都不知道的清教徒的阴郁和黑暗力量。而这种巨大的黑暗力量来自于加尔文教"人性本恶"和"原罪"的观念。梅尔维尔的评论奠定了近百年来霍桑作品有关黑暗和人性本恶的评论基调。详情可见 Herman Melville, "Hawthorne and His Mosses", *The Critical Heritage of Nathaniel Hawthorne*, Crowley J. Donald ed., London：Routledge and Kegan Paul, 1970, pp. 111 – 125。

② 蔡司认为美国文学一直延续着从查尔斯·布罗克登·布朗（Charles Brockden Brown）到威廉·福克纳确定的罗曼司传统，其中霍桑居于承上启下的地位。他指出，如果霍桑之前的布朗和库珀等先驱开拓了将英国罗曼司传统搬到美国本土的实验，那么霍桑之后的"每一个作家……以各自的方式寻着他的脚步"。

③ Richard Chase, *The American Novel and Its Tradition*, New York：Doubleday Anchor Books, 1957, p. 76.

"连贯的政治立场"① 的分析视角,② 再一次加强了霍桑作品普世意义的抽象考察,从一定程度上淡化了霍桑作品与时代现实语境的深度互动研究。因此,自蔡司提出美国小说的罗曼司传统之后,20 世纪五六十年代还有一大批研究者,继续蔡司罗曼司研究的思路,努力挖掘美国文学中抽象而共同的文化意象或者原型特征,比如:罗伊·R. 梅尔的《霍桑的悲剧意识》;哈利·莱文的《黑暗的力量:霍桑、坡、梅尔维尔》理查德·波里尔的《另外的世界——美国文学中文体的地位》以及莱斯利·菲德勒的《美国小说中的爱情与死亡》等。虽然在这些著作中霍桑都是他们不可绕过的经典作家,但霍桑的罗曼司作品在他们的研究中也继续被抽离鲜活的社会政治语境,成为反映或者应验某一抽象主题的标本。正如弗兰克·伦特里奇亚 (Frank Lentricchia) 批评波里尔的《另外的世界》所说:"美国文学史研究者们习惯于辨认出一个单一而确定的主题 (亚当的,悲剧的,罗曼司的,田园的,象征的,另一个世界的),但这种策略的结果却导致我们把纷繁复杂的文学事件强制塞进一个单独的容器。"③

伦特里奇亚的话预示着一种新的文学研究方法的到来,即 20 世纪 80 年代兴起的新历史主义研究。新历史主义是对旧历史主义和形式主义的双重反拨,它的新颖之处在于:第一,相对于旧历史主义,新历史主义不再把历史文化背景看成固定、静态的铁板一块,文学与历史背景并不是反映和被反映的关系,而是一种相互关联、相互塑造的动态关系。第二,相对于形式主义,新历史主义打破了将文学与社会历史语境相隔绝的研究思路,提倡回到历史,在具体的历史语境下,以"文化诗学的广阔视野",探索文学文本与其他各种社会政治和社会文本之间相互映照、

---

① Richard Chase, *The American Novel and Its Tradition*, New York: Doubleday Anchor Books, 1957, p. 74.

② 蔡司在分析《红字》时说:"霍桑没有连贯的政治立场。"在分析到霍桑的历史罗曼司时,他认为霍桑作品的美学价值高于历史意义,"一个又一个的故事,我们虽然看到了历史事实,但是没有一个统一的历史理论或者历史观念得以呈现"。

③ Frank Lentricchia, *After the New Criticism*, Chicago: University of Chicago Press, 1980, pp. 202 – 203.

对话以及交流的关系。第三，新历史主义表现出强烈的政治倾向性和意识形态性。新历史主义者把文学看成历史现实和意识形态的结合部，希望从这里看到作家人格力量与意识形态权力之间的相互影响、相互塑造的关系。所以新历史主义批评是一种具有政治批评倾向和话语权力解析功能的"文化诗学"或"文化政治学"。

正是在新历史主义研究的启发下，反观19到20世纪有关霍桑的经典评论，本书决定跳出以前罗曼司研究要么遵循人性善恶、宗教道德、心理冲突的主题模式，要么关注作品象征、讽喻、原型等形式特征的研究窠臼，以时代意识为切入点，通过分析霍桑三部长篇罗曼司作品对话19世纪主流意识形态，互文政治文化事件的过程，表明文学作品参与时代意识形态塑造的能动作用。同时因为本书认为霍桑在塑造时代意识过程中还竭力构建了历史真实，社会真实以及改革真实，笔者希望由此揭示出一个不仅在艺术形式方面有着突破的勇气，而且在社会政治观念方面尤显睿智与深刻的霍桑。

新历史主义号召回到历史。本书通过对19世纪文学文本和文化文本的综合考察，发现霍桑的罗曼司观念提出的真实并不是如蔡司等人所认为的那样仅仅是为了表现抽象的精神或超验的真理，它其实也隐含了19世纪罗曼司作家企图颠覆理性文化的桎梏，建立想象权威的真实诉求。霍桑等人发出罗曼司题材匮乏的喟叹是借欧洲浪漫传奇的美学庇护，尝试新的文学实践，开始独立而自觉的文学虚构和文学创作。在这种新的文学实践中，他们虽然摆脱对现实亦步亦趋的模仿，和事实保持一定的美学距离，但仍然指向历史和社会的真实，并且是修辞与历史、理念和现实之间矛盾和错位的真实。

19世纪修辞与历史、理念和现实的最大错位莫过于有关于清教起源的国家神话。19世纪二三十年代美国政治家、演说家、律师和历史学家共同构建一个殖民地时期的清教统治奠定了美国民主制度基础的纪念性修辞。但霍桑通过对《红字》中公民意识的塑造首先对话了主流意识形态，解构了这一修辞所指与能指的错位，表明共和国的民主从来都是独立个体不屈服地反抗的结果。其次霍桑通过互文 1848 年的欧洲大革命，对话 19 世纪的情感认同、隐私保护等文化观念，表明真正公民意识的塑造还需要实现一个有秩序、有温情、重伦理的公民社会的构建。最后霍桑通过对《红字》中公民意识的塑造，搭建起 17 世纪清教社会与 19 世纪民主社会的历史联系，表明其超越两百年的精神内核不仅是清教的统治或是宗教观念，而更重要的是每个像海丝特一样的普通民众不服从的公民精神，以及以此为基础发展出的公民社会。

19 世纪上半期到美国内战爆发前是一个动荡、喧嚣和急剧变化的时代，在这波涛起伏的社会动荡背后是人们深深的失落和迷惘，和对明晃晃的现实不知所措的焦虑。但霍桑并不着眼于对现实社会里细节的真实，而是通过展现人物思想观念的方式来表现社会真实。《老宅》首先描述了一群处在历史困境中的人，比如沉溺于过去的赫普兹芭姐弟和弃绝历史的霍尔格雷夫。通过质疑美国政体的自然修辞和对话超验的革命理想，霍桑分别批判了受制于过去形式规范，习俗观念的历史意识和完全抛弃历史激进革命的历史意识，认为历史既不是循环重复，也不会遵循某种固定模式的进程，它取决于每一代人内心意识的微小变革。因此霍桑在看似大团圆的结尾里给出了一个开放、矛盾的结局，为几位主人公塑造了一个充满变数，不可预知，不依靠任何"可信"经验的未来；由此指出人们只有好好把握充满神性的当下才是通往未来的道路。

除了社会经济的动荡变迁，19 世纪上半叶还是一个充斥着各种社会构想和改革实践的浪漫主义时代。霍桑在这些改革运动背后看到了一种乌托邦意识。通过对《福谷传奇》中女权主义乌托邦意识、超验主义乌托邦意识，以及爱欲主义乌托邦意识和田园乌托邦意识幻灭过程的探索和表现，霍桑一方面对话了时代主要的社会改革运动和思想，比如以富勒为代表的女权主义运动，以爱默生为代表的超验义运动，以傅里叶的爱欲解放思想和田园农业思想，另一方面他也揭示了各种乌托邦意识幻灭的原因。最后通过乌托邦意识幻灭过程的追溯，霍桑再现了一个激情改革的时代从浪漫理想到社会实践的幻灭，重构 19 世纪改革的真实。

长期以来，霍桑都被认为是一位远离社会政治生活，沉浸在早期清教徒历史和纠结于人性善恶本质的孤独作家，但本书认为霍桑这一形象大多与霍桑初踏文坛时他有意或无意的渲染有关。比如 1837 年，当霍桑把第一本小说集《重讲一遍的故事》赠给他昔日的同窗好友朗费罗时，他在信中不仅把近十二年的隐居生活渲染得极尽凄清寂寞、寡淡无味，而且努力把自我形象构建为一个远离社会，忧伤孤独的隐者："我被带离生活的主流，并发现没有可能再回去……从那以后我就让自己和社会隔绝……世界上没有什么比再不能感受这个世界欢乐和忧伤更可怕的命运了。"① 但是如果我们知道霍桑寄出这封信时，朗费罗新近丧偶，悲伤难抑，霍桑不过是想借离群寡居、形影相吊的生活经历打动后者，引起后者的感同身受，从而获得其推荐和赏识，也许我们就不该对霍桑刻意渲染如此当真。② 同样的，1840 年当霍桑写信向未婚妻索菲亚求婚时，为了打动心爱的爱人，他又浓墨重彩了他的"孤独岁月"，在信中他反复调自己"离群索居""孑然一身的青春""孤寂的房间"、生活"孤独"、身心"僵冷麻木"。但正如霍桑著名的传记作家兰德尔·斯图尔特（Randall Steward）所指出，"这样的描述究竟包含了作者的几多诚实，又有几分真实，我们就不必追究了……那封信中充满的伤感，（如果）从写信的背景来看，在理解时必须打些折扣，人们在写情书时，往往可能会把过去的岁月描绘得暗淡无光，以便反衬出今天的欢乐幸福"③。

事实上，正因为霍桑在两封信件中所塑造出的孤独形象影响如此之

---

① James R. Mellow, *Nathaniel Hawthorne in His Times*, Boston: Houghton Mifflin Company, 1980, p. 79.

② 霍桑的传记作者 Arlin Turner 认为，霍桑在这封信里夸大了自己的孤独感受，早期的隐居生活是他自我选择的文学练笔岁月（literary apprceticeship）。详情可见 Arlin Turner, *Nathaniel Hawthorne: A Biography*, New York: Oxford University Press, 1980, pp. 88-89。

③ ［美］兰德尔·斯图尔特：《霍桑传》，赵庆庆译，东方出版中心 1999 年版，第 39 页。

深，以至于当《重写故事》再版时，为了澄清读者和评论家对他早期经历的误解，霍桑还特意在序言中对自己这段隐居时光进行了说明，"激起作者写这篇序言的原因，主要是它可以提供一个机会来说明，这些选集出版前和出版后，他是多么喜悦。它们是对非常宁静也并非不快活的那些年代的回忆"。

根据兰德尔·斯图尔特（Randall Steward）的研究，真正的霍桑在所谓的孤独的"猫头鹰穴居"① 的岁月里，并没有离群索居，也没有与社会脱节。相反，他主动关注周围的世界，并与之保持相当的联系。这些年里，他游历了整个新英格兰，收集各地的逸闻趣事，他甚至还计划入征政府探险队去探索南太平洋和南极洲。并且在成名之后的岁月里，霍桑仍然积极关注国家的社会、政局的变化，有时他还是著名社会事件的参与者与亲历者。1844 年霍桑加入了具有社会主义实践性质的布鲁克农场，而作为超验主义运动代表人物的爱默生和梭罗当时均未参加。内战爆发前，霍桑为反战的民主党党魁富兰克林·皮尔斯撰写传记参加竞选，战争期间，霍桑又在《大西洋月刊》上发表了《主谈战事》（"Chief about War Matter"）一文引起了社会广泛关注。② 难怪著名评论家如理查德·布罗德黑德（Richard Broadhead）说："除非我们承认霍桑一直被一种社会问题才是最真实议题的信念所驱使、被一种构建和重建共同社会真实的欲望所推动，否则霍桑的创作生涯毫无意义。"③ 而早在四十年前，另一评论家劳伦斯·萨金特·霍尔（Lawrence Sargent Hall）就敏锐地意识到，"作为一个社会批评家，霍桑既不狂热地把自己的想法硬塞给别人，也不是像先知、圣徒或者隐士那样戴上眼罩盲目地投入一个伟大的信条。他只允许自己对早已存在的万千众生和社会环境进行考察，从这个角度来

① 霍桑写给朗费罗的信中，因为自己昼伏夜出的习惯把在塞勒姆的住处比作"猫头鹰穴居"（owl's Nest）。
② 可参见《霍桑传》第三章、第十章。
③ Richard Broadhead，"Hawthorne and the Fate of Politics"，*Essays in Literature*，Vol. 11，No. 1，1984，p. 96.

说，他比他的同时代人都更加真实"①。

因此本书认为霍桑的写作从未脱离对其时代社会现实的思考，他也绝不是一个只关注精神抽象和美学原则而忽略了历史和政治所指的作家。他写清教徒的历史并不只是囿于加尔文原罪意识的困扰而是出于追溯国家传统文化精神即公民精神的考量。他写莫尔的诅咒、老宅的易主并不只是为了彰显善恶—救赎的清教教义而是让处在社会变迁中的读者摆脱历史的循环，勇敢地面向未来；他写福谷的失败，并不是对人类命运持有悲观态度而是为了追踪一个激情的主义时代的乌托邦梦想幻灭的过程。

综上所述，本书认为 19 世纪以霍桑为代表的美国罗曼司作家不是对历史和现实的逃离，相反他们是在文本中隐去了显性的社会政治符号，借用古老罗曼司的美学庇护去恢复历史的联系，质疑现实的弊病，构建时代的各种真实。正如大卫·赫希（David Hirsh）说："美国文艺复兴时期的小说家们，不是逃离现实，相反他们是在最要害的中心，用最有意义的方式直击现实。"②

当然，本书中还有许多不尽如人意之处。比如，作为对 19 世纪综合的文化诗学研究，本书还可以讨论霍桑的罗曼司创作与当时流行的感伤文化的互文关系。作为新历史主义研究，本书也可分析文学出版市场和读者接受环境对霍桑罗曼司创作的影响。这些限于篇幅，都未展开，但是可以作为接下来进一步研究的新方向。另外霍桑的短篇小说是研究霍桑早、中期思想的重要宝库，对涉及清教徒历史的名篇如《好小伙布朗》《牧师的黑面纱》《我的亲戚莫里纳上校》进行新历史研究应该非常有意义，但本书都未能涉及，确实也是一大遗憾。

---

① Lawrence Sargent Hall, *Hawthorne：Critic of Society*, New Haven：Yale University Press, 1944, p. 6.

② David H. Hirsh, *Reality and Idea in the Early American Novel*, The Hugue：Mouton, 1971, pp. 43 – 44.

参考文献

一 中文参考文献

（一）图书

代显梅：《超验主义时代的旁观者：霍桑思想研究》，社会科学文献出版社 2013 年版。

方成：《霍桑与美国浪漫传奇研究》（英文版），陕西人民出版社 1999 年版。

方文开：《人性·自然·精神家园：霍桑的现代性研究》，上海外语教育出版社 2008 年版。

钱满素：《自由的基因：美国自由主义的历史变迁》，东方出版社 2016 年版。

王岳川：《后殖民主义与新历史主义文论》，山东教育出版社 1999 年版。

张京媛主编：《新历史主义与文学批评》，北京大学出版社 1997 年版。

中国社会科学院外国文学研究所、《世纪文论》编辑委员会编：《文艺学和新历史主义》，社会科学文献出版社 1993 年版。

［德］弗里德西希·尼采：《权力意志：重估一切价值的尝试》，张念东、凌素心译，中央编译出版社 2000 年版。

［德］卡尔·曼海姆：《意识形态与乌托邦》，李步楼等译，商务印书馆 2014 年版。

［法］莫里斯·哈布瓦赫：《论集体记忆》，毕然、郭金华译，上海人民出版社 2002 年版。

［法］路易·阿尔都塞：《哲学与政治：阿尔都塞读本》，陈越编译，吉林人民出版社 2003 年版。

［法］罗兰·巴特：《神话修辞术：批评与真实》，屠友祥、温晋仪译，上海人民出版社 2009 年版。

［法］米歇尔·福柯：《词与物：人文科学考古学》，莫伟民译，上海三联书店 2002 年版。

——，《规训与惩罚：监狱的诞生》，刘北成、杨远婴译，生活·读书·新知三联书店 2003 年版。

［美］埃默·埃利奥特：《哥伦比亚美国文学史》，朱通伯等译，四川辞书出版社 1994 年版。

［美］爱默生：《爱默生随笔全集》，蒲隆译，北京理工大学出版社 2015 年版。

——，《论自然·美国学者》，赵一凡译，生活·读书·新知三联书店 2015 年版。

——，《爱默生散文精选》，程悦译，长江文艺出版社 2013 年版。

［美］凯特·米利特：《性政治》，宋文伟译，江苏人民出版社 2000 年版。

［美］拉塞尔·雅各比：《不完美的图像：反乌托邦时代的乌托邦思想》，姚建彬等译，新星出版社 2007 年版。

［美］马歇尔·伯曼：《一切坚固的东西都烟消云散了——现代性体验》，徐大健、张辑译，商务印书馆 2003 年版。

［美］纳撒尼尔·霍桑：《霍桑集：故事与小品》，罗伊、哈维·皮尔斯编，姚乃强等译，生活·读书·新知三联书店 1997 年版。

——，《红字》，姚乃强译，长江文艺出版社 2008 年版。

——，《七个尖角阁的老宅》，李映珵译，长江文艺出版社 2008 年版。

——，《玉石人像》，胡允恒译，安徽文艺出版社 1998 年版。

——，《红字·福谷传奇》，侍桁、杨万、侯巩译，上海译文出版社 1996 年版。

[美] 兰德尔·斯图尔特：《霍桑传》，刘庆庆译，东方出版中心 1999 年版。

[古希腊] 亚里士多德：《政治学》，吴寿彭译，商务印书馆 2007 年版。

[匈] 卢卡奇：《历史与阶级意识》，杜章智等译，商务印书馆 2009 年版。

[英] 托马斯·卡莱尔、[美] R. W. 爱默生：《卡莱尔、爱默生通信集》，李静滢、纪云霞、王福祥译，广西师范大学出版社 2008 年版。

[英] 洛克：《政府论》（下篇），叶启芳、瞿菊农译，商务印书馆 2009 年版。

（二）期刊

丛日云、庞金友：《西方公民社会理论的复兴及特点》，《教学与研究》 2002 年第 1 期。

高兆明：《"社会伦理"辨》，《学海》2000 年第 5 期。

黄兆群：《试论杰克逊反"银行"斗争及其影响》，《山东师范大学学报》（社会科学版）1986 年第 1 期。

马大康：《文学：对视觉权力的抗争——从霍桑的〈红字〉谈起》，《文艺研究》2007 年第 2 期。

尚晓进：《改革时代与田园牧歌——谈历史语境中的〈七个尖角阁的宅子〉》，《上海大学学报》（社会科学版）2009 年第 6 期。

尚晓进：《乌托邦、催眠术与田园剧——析〈福谷传奇〉中的政治思想》，《外国语》（上海外国语大学学报）2009 年第 6 期。

史少博：《空想社会主义者傅立叶探"情欲引力"与"和谐社会"》，《学术论坛》2010 年第 2 期。

杨金才：《玛格丽特·福勒及其女权主义思想》，《国外文学》2007 年第 1 期。

杨金才、王育平：《新中国 60 年霍桑研究考察与分析》，《学海》2011 年第 6 期。

汪行福：《乌托邦精神的复兴——西方马克思主义对乌托邦的新反思》，《复旦学报》（社会科学版）2009 年第 6 期。

王晓升：《市民社会、公民社会与国家——重新认识葛兰西的"市民社会"概念》，《华南师范大学学报》（社会科学版）2010 年第 2 期。

张剑：《英国浪漫主义诗歌与新历史主义批评》，《外国文学评论》2008 年第 4 期

张彭松：《"永不在场"的乌托邦——历史与价值之间的张力》，《北方论丛》2004 年第 6 期。

二 外文参考文献

（一） 图书

Abram, M. H., *The Mirror and the Lamp: Romantic Theory and the Critical Tradition*, Oxford: Oxford University Press, 1953.

Arac, Jonathan, "The Politics of the Scarlet Letter", In Sacvan Bercovitch and Myra Jehlen (eds.), *Ideology and Classic American Literature*, New York: Cambridge University Press, 1986.

Arvin, Newton, *Hawthorne*, New York: Russell & Russell, 1929.

Auerbach Jonathan, *The Romance of Failure: First-Person Fictions of Poe, Hawthorne, and James*, New York: Oxford University Press, 1989.

Bancroft George, *History of the United States, from the Discovery of American Continent to the Declaration of Independence*, Boston: Little, Brown and Company, 1956.

Barthes, Roland, *Sade, Fourier, Loyola*, trans. Richard Miller, New York: Hill and Wang, 1976.

——, *Mythologies*, trans, Annette Lavers, New York: Hill and Wang, 1972.

Baym, Nina, *The Shape of Hawthorne's Career*, Ithaca and London: Cornell University Press, 1976.

Bell, Michael Davitt, *The Development of American Romance: The Sacrifice of Relation*, Chicago: The University of Chicago Press, 1980.

Benjamin, Walter, "Theses on Philosophy of History", *Illuminations*, Trans. H. Zohn (ed.), Hannah Arendt, New York: Schocken Books, 1968.

Bercovitch, Sacvan, *The Office of "The Scarlet Letter"*, Baltimore: Johns Hopkins University Press, 1991.

Berlant, Lauren, *The Fantasy of National Fantasy: Hawthorne, Utopia and Everyday Life*, Chicago: University of Chicago Prss, 1991.

Broadhead, Richard, *Hawthorne, Melville and the Novel*, Chicago: The University of Chicago Press, 1976.

Brownell, W. C., *American Prose Master*, New York: Kessinger, 1925.

Buick, Emily Miller, *Fiction and Historical Consciousness: The American Romance Tradition*, New Haven, CT: Yale University Press, 1989.

Buitenhuis, Peter, *The House of Seven Gables: Severing Family and Colonial Ties*, Boston: Twayne Publishers, 1991.

Canby, Seidel Henry, *Classic Americans: A Study of Eminent American Writers from Irving to Whitman*, New York: Russell &Russell, 1931.

Carson Ann, *Eros and the Bittersweet: An Essay*, Princeton: Princeton University Press, 1986.

Chase, Richard, *The American Novel and Its Tradition*, Garden City NY: Doubleday Anchor Books, 1957.

Choate, Rufus, *The Colonial Age of New England*, Boston: Little Brown, 1862.

Clark, Robert, *History, Ideology and Myth in American Fiction 1823 – 1852*,

London: Macmillan, 1984.

Commager, S. Henry, *The Era of Reform: 1830 – 1860*, Princeton: Van Nostrand, 1960.

Colacurcio, Michael J. , *The Province of Piety: Moral History in Hawthorne's Early Tales*, Cambridge: Harvard University Press, 1984.

—— (ed.) , *New Essays on "The Scarlet Letter"*, Cambridge: University of Cambridge Press, 1986.

Crews, Frederick, *The Sins of the Fathers: Hawthorne's Psychological Themes*, Berkeley: University of California Press, 1966.

Crowley, J. Donald (ed.) , *Nathaniel Hawthorne: The Critical Heritage*, London: Routeldge and Kegan Paul, 1970.

Dahlstrand, Frederick C. , *Amos Bronson Alcott: An Intellectual Biography*, Rutherford NJ: Fairlegh Dickinson University Press, 1982.

Edward, Christian (ed.) , *Commentaries on the Laws of England* (Vol. 2) , New York: George Long, Collins, 1823.

Edwards, Jonathan, *A Faithful Narrative of the Surprising Work of God*, New Haven: Yale University Press, 1972.

Elkin, Stanley, *Slavery: A Problem in American Institutional and Intellectual Life*, Chicago: University of Chicago Press, 1976.

Elliot, Emory (ed.) , *The Columbia History of the American Novel*, Foreign Language Teaching and Research Press, 2005.

Elliot, Robert C. , *The Shape of Utopia: Studies in a Literary Genre*, Chicago: University of Chicago Press, 1970.

Emerson, Ralph Waldo, *Selected Writings of Ralph Waldo Emerson*, New York: The New American Library, 1965.

Empson, William, *Some Versions of Pastoral*, New York: New Directions, 1974.

Everett, Edward, *An Oration Delivered at Plymouth*, December 22, 1824, Boston: Cummings, Hilliard, 1824.

Feidelson, Charles Jr., *Symbolism and American Literature*, Chicago: University of Chicago Press, 1953.

Fiedler, Leslie A., *Love and Death in the American Novel*, New York: Stein and Day, 1960.

Franklin, H. Bruce, *The Victim as Criminal and Artist*, New York: Oxford University Press, 1978.

Fogle, Richard H., *Hawthorne's Fiction: The Light &The Dark*, Norman: University of Oklahoma Press, 1952.

Fuchs, Barbara, *Romance*, New York: Routledge, 2004.

Fuller, Margaret, *Woman in the Nineteenth Century*, New York: Greeley & McElrath, 1845.

Gallagher, Catherine, and Stephen G. reenblatt, *Practicing New Historicism*, Chicago: University of Chicago Press, 2000.

Garvey, T. Gregory, *Creating the Culture of Reform in Antebellum America*, Athens: University of Georgia Press, 1998.

Gilmore, Michael T., *The Middle Way: Puritanism and Ideology in American Romantic Fiction*, New Jersey: Ruggers University Press, 1977.

——, *American Romanticism and the Marketplace*, Chicago: University of Chicago Press, 1985.

Greenblatt, Stephen, *Shakespearean Negotiation*, Berkeley: University of California Press, 1988.

——, *Learning to Curse*, New York: Routledge, 1990.

——, *Renaissance Self-Fashioning: From More to Shakespeare*, Chicago: University of Chicago Press, 1980.

Griswold, Hattie T., *Home Life of Great Authors*, Chicago: Chicago University

Press, 1913.

Grossberg, Michael, *A Judgment for Solomon: The D'Hauteville Case and Legal Experience in Antebellum America*, New York: Cambridge University Press, 1996.

Hall, Sargent Lawrence, *Hawthorne: Critic of Society*, New Haven: Yale University Press, 1944.

Hawthorne, Julian, *Nathaniel Hawthorne and his Wife: A Bibliography*, Boston: J. R. Osgood, 1885.

Hawthorne Nathaniel, *Septimius Felton or The Elixir of Life Manuscripts*, Edward H. Davidson, Claude M. Simpson, and L. Neal Smith, (eds.), Columbus: Ohio State University Press, 1977.

Hirsch, David H., *Reality and Idea in the Early American Novel*, The Hague: Mouton, 1971.

Hochfield, George, *Selected Writings of the American Transcendentalists*, Toronto: Signet Classics, 1966.

Howe, Irving, *Politics and the Novel*, New York: Horizon and Meridian, 1957.

Horwitz, Howard, "Ours by the Law of Nature: Romance and Independents on Mark Twain's River", *Revisionary Interventions into the American Cannon*, Donald E. Pease (ed.), Durham & London: Duke University Press, 1994.

Hutner, Gordon, *Secrets and Sympathy: Forms of Disclosure in Hawthorne's Novels*, Athens: University of Georgia Press, 1988.

Irving, Washington, *Knickerbocker's History of New York*, New Orleans: Pelican Publishing, 2009.

James, Henry, "The Preface to *The American*", In R. P. Blackmur (ed.), *The Art of the Novel: Critical Prefaces by Henry James*, New York: Scribner's, 1934.

Jameson Fredric, *Marxism and Form*, Princeton: Princeton University Press, 1971.

Lawrence, D. H. , *Studies in American Classic Literature*, New York : Penguin Books, 1977.

Lentriccchia, Frank, *After the New Criticism*, Chicago: University of Chicago Press, 1980.

Levin, Harry, *The Power of Blackness: Hawthorne, Poe, Melville*, New York: Vintage, 1960.

Male, Roy R. , *Hawthorne's Tragic Vision*, Austin: University of Texas, 1957.

Marx, Leo, *The Machine in the Garden*, New York: Oxford University Press, 1964.

Mellow, James, R. , *Nathaniel Hawthorne in His Times*, Boston: Houghton Mifflin Company, 1980.

Metthiessen, F. O. , *American Renaissance: Art and Expression in the Age of Emerson and Whitman*, London: Oxford University Press, 1941.

Miller, Samuel, *A Brief Retrospect of the Eighteenth Century*, New York: T. J Swords, 1992.

Millington, Richard, *Practicing Romance: Narrative and Cultural Engagement in Hawthorne's Fictionv*, Princeton: Princeton University Press, 1983.

——, *The Cambridge Companion to Nathaniel Hawthorne*, Cambridge : Cambridge University Press, 2004.

Morris, Lloyd, *The Rebellious Puritan: The Portrait of Hawthorne*, New York: Harcourt, Brace and Company, 1927.

Myerson Joel (ed.), *Selected Letters of Nathaniel Hawthorne*, Columbus: The Ohio State University Press, 2002.

Norton, Mary B. , *Founding Mothers and Fathers: Gendered Power and the*

Forming of American Society, New York: Knopf, 1996.

Pearce, Roy Harvey (ed.), *Hawthorne Centenary Essays*, Columbus: Ohio State University Press, 1964.

———, *Historicism Once More: Problems & Occasions for American Scholars*, Princeton: Princeton University Press, 1969.

Pease, Donald E., *Visionary Compacts: American Renaissance Writings in Cultural Context*, Madison: Unirersiey of Wisconsin Press, 1987.

Perkins, William, *The Work of William Perkins*, Ian Breward (ed.), Berkshire: Sutton Courtenay, 1970.

Poirier, Richard, *A World Elsewhere: The Place of Style in American Literature*, New York: Oxford University Press, 1966.

Porte, Joel, *The Romance in America: Studies in Cooper, Poe, Hawthorne, Melville, and James*, Middletown: Wesleyan University Press, 1969.

Powers, Edwin, *Crime and Punishment in Early Massachusetts, 1620 – 1692*, Boston: Lighthouse, 1966.

Reissing, Russell J., *Unusable Past: Theory and the Study of American Literature*, New York: Methuen, 1984.

Reeve, Clara, *The Progress of Romance and The History of Charoba, Queen of Aegypt*, New York: Facsimile Text Society, 1930.

Richetti, John J., *Popular Fiction before Richardson: Narrative Patterns 1700 – 1739*, Oxford: Clarendon Press, 1969.

Rowe, Carlos J., *The Cultural Politics of New American Studies*, Ann Arbor: University of Michigan Library, 2012.

Schubert, Leland, *Hawthorne the Artist: Fine Art Devices in Fiction*, Russell & Russell: Uniresity of North Carolina Press, 1944.

Scott Walter, "Essays on Romance", *The Miscellaneous Prose works of Sir Walter Scott*, Edinburgh: Cadel, 1847.

Shklar, Judith, *American Citizenship: The Quest for Inclusion*, Cambridge: Harvard University Press, 1991.

Simms, William G., *Views and Reviews in American Literature and Fiction*, New York: Wiley and Putnam, 1845.

Smith, Hery Nash, *Virgin Land: The American West as Symbol and Myth*, Cambridge, MA: Harvard University Press, 1950.

Smokin, Fred, *Unquieted Eagle*, Ithaca: Cornell University Press, 1967.

Stein William B., *Hawthorne's Faust: A Study of the Devil Archetype*, Galesville: University of Florida Press, 1953.

Story Joseph, *A Discourse in Commemoration of the First Settlement of Salem*, Boston: Hilliard, Gray, 1828.

Trilling, Lionel, *Liberal Imagination: Essays on Literature and Society*, New York: Doubleday Anchor, 1950.

Turner, Arlin, Hawthorne: A Biography, New York: Oxford University Press, 1980.

Veeser, Aram H. (ed.), *The New Historicism*, New York: Routledge, 1989.

Waggoner, Hyatt H., *Hawthorne, A Critical Study*, Cambridge: Harvard University Press, 1963.

Walter Herbert T., *Dearest Beloved: The Hawthornes and the Making of the Middle-Class Family*, Berkeley: University of California Press, 1993.

Walzer, Michael (ed.), *Toward a Global Civil Society*, Providence: Berghahn, 1995.

Webster, Daniel, *A Discourse Delivered at Plymouth*, Boston: Wells & Lilly, 1821.

White, Elizabeth B., *American Opinion of France, from Lafayette to Poincare*, New York: Knopf, 1927.

White，Hyde，*Metahistory：The Historical Imagination in Nineteen-century Europe*，Baltimore & London：*The Johns Hopkins University Press*，1973.

Williams，Raymond，*The Country and the City*，New York：Oxford University Press，1973.

Winters，Yvor，*Maule's Curse：Seven Studies in the History of American Obscurantism*，New York：New Directions，1938.

（二）期刊

Berlant，Lauren，"Fantasies of Utopia in The Blithedale Romance"，*American Literary History*，Vol. 1，No. 1，1989.

Broadhead，Richard，"Hawthorne and the Fate of politics"，*Essays in Literature*，Vol. 11，No. 1，1984.

Bronstein，Zelda，"The Parabolic ploys of *The Scarlet Letter*"，*American Quarterly*，Vol. 39，No. 2，1987.

Brook，Thomas，"Citizen Hester：*The Scarlet Letter* as Civic Myth"，*American Literary*，Vol. 13，No. 2，2002.

——，"*The House of the Seven Gables*：Reading the Romance of America"，*PMLA*，Vol. 97，No. 2，1982.

Cary，Louise D.，Margaret Fuller as Hawthorne's Zenobia：The Problem of Moral Accountability in Fictional Biography"，*American Transcendental Quarterly*，No. 4，1990.

Diehl，Feit Joanne，"Re-Reading The Letter：Hawthorne，the Fetish，and the（Family）Romance"，*New Literary History*，Vol. 19，No. 3，1988.

Dryden，Edger A.，"Hawthorne's Castle in the Air：Form and Theme in *The House of the Seven Gables*"，*ELH*，Vol. 38，No. 2，1971.

Gable，Harvey L.，Jr.，"Inappeasable Longings：Hawthorne，Romance，and the Disintegration of Coverdale's Self in The Blithedale Romance"，*New England Quarterly*，Vol. 67，No. 2，1994.

Gatta, John, Jr. , "Progress and Providence in *The House of the Seven Gables*", *American Literature*, Vol. 50, No. 1, 1978.

Gilmore, Michael T. , "Hidden in Plain Sight: *The Scarlet Letter* and American Legibility", *Studies in American Fiction*, Vol. 29, No. 1, 2001.

——, "The Commodity World of The Portrait of a Lady", *The New England Quarterly*, Vol. 59, No. 1, 1986.

Greenblatt, Stephen, "Introduction", *Genre*, Vol. 15, No. 1, 1982.

Hirsh, John C. , "The Politics of Blithedale: The Dilemma of the Self", *Studies in Romanticism*, Vol. 11, No. 2, 1972.

——, " 'Thorough-Going Democrat' and 'Modern Tory': Hawthorne and the Puritan Revolution of 1776", *Studies in Romanticism*, Vol. 15, No. 4, 1976.

Miller, John N. , "Eros and Ideology: At the Heart of Hawthorne's Blithedale Romance", *Nineteenth-Century Literature*, Vol. 55, No. 1, 2001.

Munger, Theodore T. , "Notes on The Scarlet Letter", *Atlantic Monthly* No. 4, 1904.

Reynolds, Larry J. , "*The Scarlet Letter* and Revolutions Abroad", *American Literature*, Vol. 57, No. 1, 1985.

Ryskamp, Charles, "The New England Sources of *The Scarlet Letter*", *American Literature*, Vol. 31, No. 3, 1960.

Shamir, Milette, "Hawthorne's Romance and the Right to Privacy", *American Quarterly*, Vol. 49, No. 4, 1997.

Swann, Charles, "*The House of the Seven Gables*: Hawthorne's Modern Novel of 1848", *The Modern Language Review*, Vol. 86, No. 1, 1991.

Taylor, Olivia G. , "Cultural Confessions: Penance and Penitence in Nathaniel Hawthorne's *The Scarlet Letter* and *The Marble Faun*", *Renascence*, Vol. 58 No. 2, 2005.

Turner, Arlin, "Hawthorne and Reform", *The New England Quarterly*, Vol. 15, No. 4, 1942.

Vanleer, David, "Hester's Labyrinth: Transcendental Rhetoric in Puritan Boston", *New Essays on the Scarlet Letter*, Colacurio (ed.), Michael J. Cambridge: University of Cambridge Press, 1986.

Woodson, Thomas, "Hawthorne's Interest in the Contemporary", *Nathaniel Hawthorne Society Newsletter*, Vol. 7, No. 1, 1981.

后　记

　　本书是我在博士论文的基础上修改、扩充、润色而成。转眼博士已经毕业四年有余，回想当年博士选题时的踌躇，查找资料的艰辛，写作时的迷茫，稿成时的欣喜都历历在目，谨以此书感谢帮助过我的师友，感谢支持我的家人，更感谢一路走来对英美文学研究孜孜以求，不改初心的自己。

　　我从小就热爱文学，但让我真正体会到粗浅兴趣与深厚学问之间巨大差距的，应该是我在2012年至2013年间于美国特拉华大学攻读联合培养博士时的所闻所感。在那一年时间里，我翻阅了大量19世纪美国文学研究的资料，参加了不少英美文学研究的课程和讲座，也结识了不少勤耕一域，颇有建树的学者老师。对于国外的文学研究，我有以下几个感悟：第一，他们所研究并不一定是热门的、当代的或获奖的作家，再经典的作家都有新的研究价值和新的研究角度，比如被研究了几百年的莎士比亚在新历史主义代表人物的格林布拉特的研究中又焕发出新的研究意义 。第二，文学研究的视角也不一定要多宏大，也不一定要拉一个多么时髦的理论大旗，但他们的研究往往能集中一个方向，充分论证，于是结论就更加归于自然和合理（当然也有讨论和争辩的空间，不过反驳者必须做到辩之有据）。第三，研究理论可以推陈出新，五花八门，但理论的意义在于开启视野，启迪心智，任何理论都不可能解释一切文学现象，再老的理论比如形式主义，新批评也都有其适用的空间。

选择霍桑研究源于当年我在选择做爱伦·坡研究还是做霍桑研究踌躇不定时，我的恩师、肖老师一句意味深长的评语："霍桑应该更加 profound。"至于霍桑如何 profound，肖老师没说，我想这是睿智如肖老师留给我探索的课题。直到我接触到新历史主义的研究方法，我才真正体会到肖老师所谓的霍桑的"深刻"。霍桑的深刻在于他时时关注时代，但他的文本却没有明显的时代烙印，他反而借用象征、讽喻、神秘、梦境等罗曼司形式表达了他对现实的思考，与时代的对话；他的深刻在于他心系国家和民族的命运，但他也在意个人如何在宏大的叙事下安放自己的独立与自由，他的深刻在于他能体会历史的变革，社会的变迁，但他更能敏锐捕捉到什么是真正的进步，观念的革新；他的深刻还在于他既能跳入改革的滚滚洪流，但他也能清醒地从改革的激进中抽身而出，审视其伟大与得失。这样说来霍桑是深刻的也是矛盾的，当然也正因为他的矛盾，霍桑才是立体的、多维的、丰富的，永远值得我们去挖掘和研究。

新时代下，随着外语专业的凋零以及人工智能对外语学科的冲击，外国文学也面临着前所未有的挑战。但我始终认为外国文学是了解异域文化，实现文明互鉴和交流的一门重要学科。诺斯洛普·弗莱曾说："一部伟大的文学作品也意味着一个位置，产生这一作品的国家的全部文化历史在此成为焦点。"因此，只要我们对不同国家、民族的思维方式、价值观念、想象形态、历史源流、生存境遇、社会体制和文化品格还保持持续的想象力和理解力，只要我们对人类的苦难与艰辛、高尚与尊严、伟大与进步保持着相同的温情与敬意，只要凝结了人类智慧和蕴含了人类璀璨思想的他国作品还在不断丰盈我们的内心，提升我们的精神品格，那么外国文学研究就一定有生存的空间与存在的意义：外国文学需要我们去研读，去体会，去阐释，去传播，去成为可以对话的"他者"，成为可以攻玉的"他石"。

　　最后，如果说文学是人之所在，是人诗意地栖居的那片大地，那么外国文学研究者就是这片大地上诗意永恒的传唱者，是边界拓展的耕耘者，是跨时空文明的守望者。愿爱与信仰在这片大地上永存！与同辈学友们共勉！